D1154111

CHRYSTINE BROUILLET

Sous surveillance

www.quebecloisirs.com

UNE ÉDITION DU CLUB QUÉBEC LOISIRS INC.
© Avec l'autorisation de Les éditions de la courte échelle inc.
© 2010, Les éditions de la courte échelle inc.
Dépôt légal — Bibliothèque et Archives nationales du Québec, 2010
ISBN Q.L. : 978-2-89666-029-2
Publié précédemment sous ISBN 978-2-89651-320-8

Imprimé au Canada

Pour leur aide amicale et indispensable, l'auteure tient à remercier sincèrement Lucie Allard, Nathalie Allard, Luc Asselin, Isabelle Comtois, Guy Cournoyer, Hélène Derome, Lise Duquette, Jacques Gagné, Michèle Houde, Gilles Langlois, Christine Laviolette, Nathalie Mongeau et Jacinthe Prévost.

L'auteure a aussi apprécié la disponibilité de Stéphanie Accolas, Karine Gibson, Caroline Tanguay, Josée Tanguay et Marie-Michèle Tremblay.

À Anne-Marie Boucher,
avec mon affection.

Chapitre 1

23 octobre 2004

Amélie Richmond avait flotté dans l'eau glacée durant quelques secondes puis elle avait été entraînée au fond du lac par le poids de ses vêtements trempés. Alexandre Mercier l'avait trouvée plus lourde qu'il ne l'avait imaginé quand il l'avait soulevée pour la jeter dans l'eau. Elle lui semblait légère quand ils faisaient l'amour. Elle ne devait pas peser plus de cinquante-deux, cinquante-trois kilos. Mais Alexandre avait déjà lu qu'un corps inerte pesait davantage qu'un corps animé.

Il resta quelques minutes à fixer l'endroit où Amélie avait coulé, puis il saisit les avirons de la chaloupe et rama jusqu'à la rive dans un mouvement régulier. Les battements de son cœur s'apaisaient et il songea qu'il aurait eu froid s'il n'avait fourni autant d'efforts. Les lacs seraient gelés d'ici peu. Amélie resterait prisonnière des glaces jusqu'au printemps. Et si son corps refaisait surface, il serait difficilement identifiable. On pratiquerait une autopsie, on réaliserait une empreinte de ses dents et on finirait peut-être par savoir qu'il s'agissait d'Amélie, mais personne ne pourrait se douter qu'elle avait fait une erreur en refusant de l'épouser et qu'il avait dû la tuer. Quand il avait demandé Amélie en mariage, elle avait répondu qu'elle était sidérée par sa proposition puisqu'ils s'étaient dit, lors de leurs premières rencontres, qu'ils souhaitaient tous deux une relation sensuelle, totalement libre, sans obligation. Elle le trouvait vraiment bel homme, aimait sa chevelure drue, ses traits réguliers, sa carrure, et ils passaient de bons moments au lit. Oui, mais… se marier ? Il n'avait jamais été question d'amour entre eux ! Et avait-il oublié qu'elle partait au Mexique pour un stage en horticulture ?

Alexandre avait été tellement abasourdi par la réaction d'Amélie qu'il l'avait quittée sur-le-champ. S'il était resté, il l'aurait tuée aussitôt et les ennuis auraient commencé. Trop de gens les avaient vus ensemble ; ses copines à qui elle racontait tout, sans oublier Élise qu'il avait eu la bêtise d'inviter à voler avec eux. Pourquoi s'était-il embarrassé de la meilleure amie d'Amélie le temps d'un aller-retour Québec-Montréal ? Il avait péché par orgueil, fier de piloter son nouveau Beaver.

Il avait dû attendre plusieurs mois pour régler son cas à Amélie qui, de toute manière, n'était revenue de Mexico qu'en janvier. Mais voilà, c'était fait. Enfin !

Il scruta le ciel lourd, d'un gris pâle annonciateur de chute de neige, et il claqua la portière de sa voiture. Il voulait être de retour à Montréal avant que la visibilité soit réduite. Il était hors de question d'avoir des ennuis sur la route, il observerait les limites de vitesse. Il n'avait jamais été interpellé sur l'autoroute, ce n'était pas aujourd'hui que cela changerait.

Dans combien de temps la colocataire d'Amélie Richmond commencerait-elle à s'inquiéter de son absence ? Ce soir ? Demain ? Elle penserait sûrement qu'Amélie avait rencontré un homme dans un des bars qu'elle fréquentait le vendredi soir et qu'elle traînait encore chez lui. Probablement que c'était ce qu'Amélie aurait aimé faire. Baiser avec le premier venu, recommencer à l'aube, boire un café en sa compagnie en se faisant croire qu'ils se plaisaient infiniment et que ce partenaire de parties de jambes en l'air avait très envie de la revoir. Elle minauderait en donnant son numéro de téléphone, comme elle l'avait fait avec lui.

Au fond, il avait rendu service à cet homme. Et à tous les autres qui auraient pu perdre leur temps avec cette folle. Car il fallait vraiment qu'elle n'ait pas toute sa tête pour le repousser.

***

Janvier 2009

Gabrielle Leland avait disposé les vêtements près de son lit puis était sortie de la chambre, satisfaite ; elle n'avait rien oublié. Elle se lèverait à six heures trente, mangerait une orange et une banane, prendrait une douche, mettrait un peu de cette nouvelle crème aux fruits de la passion et au chèvrefeuille et enfilerait le pantalon de jogging, le tee-shirt et les chaussettes en deux minutes. Elle avait acheté un ensemble rose et noir, pensant le porter pour sa première journée au gym, mais elle y avait renoncé. Elle devait être parfaitement à l'aise pour se concentrer sur sa tâche ; elle mettrait ses vêtements neufs plus tard, quand elle serait habituée à son lieu de travail. Elle était un peu nerveuse, mais ne savait pas encore si cette anxiété était liée à son nouvel emploi ou à son retour à Québec. Peut-être qu'elle aurait dû revenir un peu plus tôt avant de commencer à enseigner au gym ? Elle était arrivée de Vancouver l'avant-veille. Elle n'avait pas voulu trop réfléchir à son installation à Québec. Avait-elle fait le bon choix ? Est-ce qu'assez de temps s'était écoulé entre le jour où elle avait quitté la capitale, persuadée de ne jamais y revenir, et maintenant ? Penserait-elle quotidiennement à ce qui l'avait poussée à partir ou se réapproprierait-elle sa ville natale ? Dix ans s'étaient écoulés depuis le drame. Il était temps de tourner la page. Elle n'aurait rien pu faire pour l'adolescent. Martin était déjà mort quand elle était sortie de la voiture. Mais elle revoyait son visage dans ses cauchemars.

Stop !

Il était inutile de ressasser le passé ! Pourtant, elle ne cessait de se remémorer l'événement. Ce soir-là, elle aurait parlé à n'importe qui pour oublier qu'elle avait vu Jeff embrasser une autre fille. Elle errait entre les voitures, dans le stationnement, sans savoir si elle devait retourner au bar et confronter le traître, appeler un taxi et rentrer chez elle, ou aller dans un autre bar et se soûler pour tout oublier. Puis elle avait croisé Denis et elle avait accepté son invitation à boire un verre chez lui, même si elle avait remarqué sa démarche hésitante. Parce qu'elle aussi avait bu et manquait de jugement, voilà la vérité. Quand elle avait conseillé à Denis de rouler prudemment, il lui avait répondu qu'il n'y avait pas un chat sur la route à cette heure-là.

Il s'était trompé. Il y avait un jeune de dix-sept ans qui rentrait chez lui à vélo. Denis l'avait heurté. Gabrielle avait hurlé en entendant le bruit du métal contre la carrosserie. Elle avait continué à crier pour forcer Denis à s'arrêter.

— Tu as frappé quelqu'un !

Il l'avait dévisagée comme si elle l'ennuyait, trop

cynique ou trop soûl pour réagir, lui avait ordonné de descendre de la voiture, avait refermé la portière et démarré. Et elle était revenue vers le corps qui gisait sur l'asphalte. Elle avait tout de suite compris qu'il était mort, mais elle avait néanmoins posé un doigt sur son cou, cherchant le pouls, cherchant autour d'elle quelqu'un pour l'aider. Mais il n'y avait personne sur cette route secondaire. Il avait recommencé à pleuvoir et Gabrielle avait frissonné, puis vomi.

Elle s'était mise à courir sans savoir pourquoi, avait fini par ralentir.

Combien de temps avait-elle marché? Pourquoi n'avait-elle pas prévenu le conducteur du bus qu'elle avait pris pour rentrer chez elle? Ou appelé elle-même les policiers? Des années plus tard, elle se répétait qu'elle croyait que Denis allait revenir et qu'elle ne voulait plus le voir, mais n'était-ce pas plutôt parce qu'elle craignait d'être mêlée à cette mort absurde? Elle était moins ivre que Denis, elle aurait dû l'empêcher de prendre le volant. Au lieu de ça, elle était montée à ses côtés, elle l'avait laissé lui caresser la cuisse et un gamin de dix-sept ans était mort.

Elle se rappelait l'odeur d'ozone de cette nuit-là, l'orage qui fouettait le bitume, la terre sur le bas-côté de la route, le gémissement du vent dans les arbres, la peur qui lui nouait le ventre, qui lui faisait oublier qu'elle avait mal aux pieds à cause de ses sandales neuves.

Non! Ne plus penser à l'accident. À quoi bon? Elle aurait dû dénoncer Denis à la police et elle ne l'avait pas fait. Et elle n'avait jamais revu Denis.

Gabrielle secoua la tête; peut-être avait-elle eu tort de revenir à Québec. Mais à quoi toutes ces années de méditation auraient-elles servi si elle fuyait son passé au lieu de l'affronter ? Elle se revoyait en Inde, au centre de spiritualité, pleurant sa lâcheté, son silence coupable, prête à tout pour purifier son âme. Combien de thérapies avait-elle expérimentées avant de comprendre qu'elle devait accepter d'avoir été cette jeune femme qui avait abandonné un mort en pleine nuit au lieu de le veiller jusqu'à l'arrivée des secours ? Elle devait croire qu'elle n'était pas totalement mauvaise puisqu'elle aidait beaucoup de femmes et d'hommes à être bien dans leur corps. À Vancouver, elle avait appris les techniques de massage. Et le yoga. Et le parapente. Et le trapèze. Elle avait toujours été sportive mais s'était découvert une vocation pour l'entraînement. Elle voyait avec bonheur des filles trop grosses s'épanouir dans ses cours d'aérobie, des garçons relever la tête, oser se regarder dans une glace en constatant que leurs épaules, leurs bras, leurs mollets se développaient.

Elle serait la meilleure des entraîneurs dès le lendemain ! Ne lui avait-on pas répété chez Best, à Vancouver, qu'on la regretterait et qu'elle pouvait revenir et retrouver son emploi à n'importe quel moment si elle ne se plaisait pas à Québec ? Son patron était sincère quand il affirmait qu'elle était son entraîneure préférée. Elle ferait tout pour être aussi appréciée au gym du Nouveau Quartier. Et elle se plairait à Québec. De toute manière, elle ne serait pas en permanence face à ses souvenirs, car elle habiterait à Saint-Roch où tout avait changé. Elle avait bien fait d'acheter la veille les deux derniers romans de Michel Tremblay. Retrouver le personnage de Nana la distrairait, la réconforterait, calmerait son anxiété. Pourquoi est-ce que tout ne se déroulerait pas à merveille demain ?

Elle se glissa sous les couvertures, saisit son roman et se demanda quelle allure pouvait avoir Montréal lorsque des tramways quadrillaient la ville.

***

Au Bistrot du Clocher penché, André Rouaix et Pierre-Ange Provencher sirotaient un Morgon en attendant leurs plats. Le partenaire de Graham et l'officier de la Sûreté du Québec avaient pris l'habitude de se retrouver, quand leur travail le leur permettait, les mercredis soir alors que l'épouse de Rouaix était à son cours d'aquarelle.

Quand Liette, la sommelière, déposa le boudin noir aux pommes caramélisées et la joue de bœuf braisée aux légumes racines, Rouaix sourit.

— Maud nous envierait si elle savait ce qu'on mange.

— Elle ne doit pas faire pitié à Rome, tout de même !

— Non, j'ai reçu un courriel où elle me nargue en évoquant le meilleur carpaccio de sa vie, ses orgies d'artichauts frits et un somptueux Barolo Chinato qu'elle a dégusté avec Alain ! Il est chanceux d'avoir été invité à ce colloque. Moi aussi, j'irai à Rome quand je serai à la retraite.

Il y eut un silence qui s'étira avant que Provencher avoue sa déception causée par la démission d'un de ses hommes, au lieu de demander à Rouaix s'il était certain de vouloir prendre sa retraite l'année suivante. C'était une décision si personnelle.

— Nous, on nous envoie une nouvelle, annonça Rouaix. Tiffany. C'est un nom bizarre. On n'a pas d'autres femmes que Graham aux Crimes contre la personne depuis que Mélanie Florent est partie. Dommage, Maud l'aimait bien.

— Tu as peur qu'elle ne s'entende pas avec la nouvelle ?

— Non, mais...

— Mais Maud n'est pas tellement patiente...

— Seulement avec Grégoire et Maxime.

— Ça lui ferait du bien de contempler les étoiles. Rien

15

ne clarifie autant mon esprit que mes soirées d'observation. Quand je me lève le lendemain, j'ai toujours les idées plus nettes. Ça m'aide à voir mes enquêtes d'un nouvel œil.

— Je vais peut-être m'y mettre, à la retraite.

Provencher hocha la tête en se disant que Rouaix parlait trop souvent de sa retraite. Cherchait-il à se convaincre qu'il désirait vraiment cesser de travailler ?

— Graham appréhende sûrement ton départ.

— Elle n'en parle pas.

« Parce qu'elle est comme moi », fut tenté de dire Provencher. Elle n'osait pas intervenir pour ne pas influencer leur ami.

— Tes voleurs de chevaux, c'est réglé ? reprit Rouaix.

— Arrêtés avant-hier. Libérés sur parole aujourd'hui. Ça me dégoûte ! J'aime mieux ne pas y penser.

— Heureusement qu'il y a du bon vin pour nous faire oublier le reste.

Provencher leva son verre pour approuver Rouaix.

***

Alexandre Mercier s'arrêta net au bord du trottoir, fronça les sourcils. Avait-il la berlue ou était-ce vraiment Gabrielle Leland qui venait de traverser la rue Sainte-Ursule ? Gabrielle Leland ? Celle pour qui il avait tant soupiré ? Gabrielle qui avait été au cœur de ses fantasmes durant des années ? Qu'il n'avait pu séduire à l'époque, qui ne s'apercevait même pas de son trouble quand elle bavardait avec lui ? Gabrielle qu'il voyait nue, soumise à ses désirs, Gabrielle qui aurait dû lui appartenir ? Il se ressaisit et s'élança derrière elle, puis ralentit. Que lui dirait-il ? Des années s'étaient écoulées depuis leur dernière rencontre. Le reconnaîtrait-elle seulement ?

Mais oui, bien sûr. Il n'avait pas tant changé. Elle non plus, d'ailleurs ; il aurait reconnu sa souple démarche n'importe où. Autrefois, il l'avait comparée à une antilope. Une très belle antilope.

Vivait-elle à Québec ou était-elle de passage ? Elle portait toujours ses cheveux courts, comme il les aimait. Il ne comprenait pas pourquoi beaucoup d'hommes préféraient les longues chevelures qui cachaient le cou, les épaules, les seins. Gabrielle avait-elle déjà eu les cheveux longs ? Enfant, peut-être, mais il n'avait jamais vu de photos d'elle gamine. Il l'avait complimentée sur sa coiffure, la veille du concert au parc des Gouverneurs, et elle lui avait souri. Mais c'était Jeff, le guitariste du groupe, qu'elle avait embrassé en coulisse. Ce n'était pas lui, le manager trop sérieux, c'était Jean-François, le coureur de jupons. Toutes les filles voulaient sortir avec Jeff, toutes les filles pleuraient quand il passait à la suivante, et Gabrielle n'avait pas échappé à la règle. Il l'avait jetée pour une autre. Et ce soir-là, au bar, Alexandre était prêt à la consoler. Il pensait avoir enfin sa chance, mais Gabrielle était montée en voiture avec Denis. Il les avait entendus discuter dans le stationnement. Denis n'avait eu qu'à proposer de boire du champagne.

Il les avait suivis et avait vu l'accident de loin.

Pourquoi n'en avait-il jamais parlé à Gabrielle ? Il s'était posé mille fois la question et avait fini par conclure qu'il avait préféré laisser passer un peu de temps. C'était une mauvaise idée. Gabrielle avait quitté le Québec sans prévenir personne. Des amis avaient interrogé sa mère qui était restée évasive au sujet d'un voyage en Inde.

Il s'était peut-être tu aussi parce que lui-même n'avait rien fait pour secourir la victime heurtée par Denis. Il avait ralenti quand il avait vu la voiture s'arrêter,

Gabrielle en sortir, crier en courant sur la route. Il l'avait vue se pencher sur le corps, se relever, marcher comme une automate, courir, ralentir, puis courir de nouveau. Il l'avait suivie de loin, tous phares éteints, en roulant doucement sur le bord de la route, jusqu'à ce qu'elle monte dans le dernier bus.

Peut-être aurait-il dû se rendre en Inde pour retrouver Gabrielle, lui jurer qu'il ne trahirait jamais son secret. Elle aurait éprouvé de la gratitude. Mais il avait rencontré Karine Picard à l'automne, Karine et ses yeux gris, ses cheveux dorés, Karine et sa bouche cerise. Il avait laissé tomber le groupe de musique pour se consacrer à ses études, et il portait son uniforme de pilote de l'air quand Karine et lui s'étaient mariés quelques mois après leur rencontre. Est-ce que les gens croient vraiment qu'ils s'aimeront pour le meilleur et pour le pire ? Est-ce qu'on songe au pire, le jour de notre mariage ?

Aujourd'hui encore, Alexandre s'interrogeait ; pourquoi avait-il supporté d'être trahi pendant de si longs mois ? Et pourquoi avait-il opté pour un accident avec Karine et Jonas ? À ses risques et périls ! C'était un miracle qu'il ait survécu, un autre miracle qu'on ait cru sa version des faits. Il avait prétendu s'être endormi au volant, mais il avait délibérément foncé dans le lampadaire. Il avait joui d'entendre Karine hurler, tenter de lui arracher le volant. Seule, elle se serait jetée hors de la voiture, mais pas avec Jonas sur le siège arrière. Mal attaché, bien sûr, puisque Alexandre avait tenu à s'en charger lui-même. Jonas qui ressemblait à Karine jusqu'à avoir les mêmes fossettes, les mêmes lobes d'oreille. Il avait cependant d'insolites, d'insolents cheveux roux, alors qu'absolument personne dans leurs familles n'avait une chevelure de feu.

Il fallait vraiment qu'elle l'ait poussé à bout pour qu'il soit prêt à se blesser pour punir la traîtresse! Qui était le père de Jonas? Un rouquin géniteur? Il n'avait pas cherché à le savoir. À quoi bon? Karine avait tout gâché, sali leur union, déshonoré son nom en couchant avec un autre homme. Il avait décidé sur-le-champ de mettre fin au plus tôt à cette brûlure insoutenable.

Les gens avaient cru que son souvenir était trop douloureux, que c'était pour cette raison qu'il avait vendu leur maison. On l'avait plaint. Certains lui avaient dit qu'il était encore jeune et qu'il serait de nouveau heureux, un jour, avec une autre femme. Il avait haussé les épaules. À qui pourrait-il faire confiance?

Il s'était pourtant laissé aller avec Heather, deux ans plus tard. Mais Heather s'était révélée décevante. Elle se plaignait constamment de ses manières trop rudes. Disait qu'elle appréciait la douceur. La douceur? Mais il n'était pas une lavette, une chiffe molle! Et Heather avait besoin d'être encadrée, elle était si instable. Il avait fini par la quitter, écœuré, lorsqu'elle s'était mise à prétendre qu'elle était en dépression. Dépression? Elle voulait juste cesser de travailler, céder à sa paresse naturelle. Amélie lui avait semblé plus énergique. Et elle l'était. Mais il s'était aussi trompé à son sujet.

Aujourd'hui, il avait une certitude: il ne pouvait aimer qu'une femme incapable de le trahir.

Mais comment s'en assurer?

Gabrielle avait ralenti et contemplait maintenant la vitrine du magasin Simons où dominait le rouge. Rouges les cœurs, rouges les robes, rouge l'éclairage, les femmes se feraient belles pour la Saint-Valentin. Il se souvint de la robe écarlate que portait Karine à leur premier anniversaire de mariage. Non, ne pas se laisser distraire, ne pas perdre de vue Gabrielle qui regardait sa montre. Elle se décida à pousser la porte. Alexandre pesta ; il ne voulait pas entrer à sa suite, il ne savait pas encore ce qu'il devait lui dire. Mais puisqu'elle avait retroussé la manche de son manteau pour jeter un coup d'œil à sa montre, elle était probablement pressée et ne traînerait pas dans le magasin. Il remonta un peu plus haut dans la côte de la Fabrique d'où il pourrait voir Gabrielle quand elle ressortirait de chez Simons.

Elle tenait un sac et souriait lorsqu'elle s'avança vers Alexandre qui se tenait devant la basilique. Il avait remonté le col de son manteau pour cacher son visage. Elle passa devant lui sans le remarquer, faisant signe à un taxi garé tout près. Il courut derrière elle pour monter dans le taxi suivant et ordonna au chauffeur de suivre la voiture de son collègue.

— Eh ! Comme dans un film ? dit l'homme. Wow !

— Je dois savoir où va cette femme, fit Alexandre en tendant un billet de vingt dollars au chauffeur.

Plus tard, en sortant de la voiture, il se reprocha d'avoir été si généreux, mais il voulait être certain que Gabrielle ne lui échapperait pas. Il oublia ce détail en constatant avec satisfaction que Gabrielle était descendue devant un immeuble de trois étages et qu'elle y était entrée après avoir fouillé dans ses poches de manteau. Sans doute à la recherche de sa clé.

Si elle s'était arrêtée devant un édifice à bureaux, il aurait mis tellement plus de temps à la retracer. Il aurait dû attendre qu'elle ressorte. Il aurait perdu toute sa journée. Au lieu de ça, il savait où Gabrielle habitait. Il sourit, content de lui.

Il n'avait plus qu'à décider du moment où il devait la rencontrer « par hasard ». Pour l'instant, il n'était pas prêt.

***

Hubert Sicotte regardait le C inscrit en rouge sur la copie que lui avait remise Rémi Bergeron une heure plus tôt. Un C ! Comment pouvait-il ne lui avoir accordé qu'un C alors qu'il avait inscrit dans la marge que le style était souple et fluide ? Ça méritait un B+ au moins ! Il n'avait jamais eu une aussi mauvaise note depuis le début de ses études universitaires !

Un C !

Selon cet enfoiré, il n'aurait pas respecté le sujet. Il avait manipulé la proposition. Quelle proposition ? Il avait voulu donner une autre dimension, élargir les cadres stupides du thème, et Rémi Bergeron l'avait puni au lieu de se féliciter d'avoir un étudiant qui voyait un peu plus loin que le bout de son nez.

Rémi Bergeron était un imbécile. Qu'il plaise autant aux étudiantes était un mystère. On aurait dit que sa chevelure poivre et sel, ses yeux sombres faisaient perdre tout discernement aux filles. Hubert voyait bien comme elles tournaient autour de Bergeron. Probablement que deux ou trois avaient couché avec lui. Ou davantage. Il ne savait pas lesquelles, sinon il aurait été tenté de le dénoncer au directeur du département. Mais on aurait cru qu'il se vengeait de Bergeron parce que celui-ci l'avait ridiculisé devant toute la classe au début de la session.

Hubert rougit en repensant à l'incident. Il tenta de le repousser au fond de son esprit, mais il entendait de nouveau les rires des étudiants, il revoyait le regard amusé de Bergeron lorsqu'il avait évoqué le suicide de la nièce d'Hemingway.

— C'est hors sujet, avait dit Bergeron, mais je vais tout de même apporter une correction. Il s'agit plutôt de la petite-fille d'Ernest Hemingway, et la thèse du suicide n'a jamais été prouvée. Il faut lire le *Paris-Match* avec plus d'attention !

Lui ? Lire *Paris-Match* ? Comme s'il était le genre de personne qui s'intéresse aux stars ! Il avait noté le clin d'œil moqueur que lui avait adressé Micky, battant ensuite des paupières comme s'il voulait l'aguicher. Peut-être le croyait-il gay ? Bergeron avait dit ensuite qu'il savait bien qu'Hubert avait des lectures plus sérieuses que la presse *people*, mais le mal était fait.

Et maintenant un C !

Jennifer avait sûrement eu la meilleure note. Qu'elle se les garde, les A+. Il devinait comment elle les avait obtenus.

Un C ! Est-ce qu'il ne pouvait vraiment pas alerter les autorités au sujet du comportement de Bergeron avec les étudiantes ? Il y en avait forcément une qui avait souffert de son attitude. Il devait la dénicher.

***

La neige ralentirait le retour à la maison des travailleurs et Gabrielle arriverait chez elle trop tard pour regarder le film qu'elle avait repéré dans le guide télé, mais peu importait. Rien ne pouvait la contrarier, ce soir-là : sa première journée au gym s'était déroulée encore mieux qu'elle ne l'avait espéré. Elle avait eu un bon contact avec Stéphane, le gérant, quand elle avait répondu à l'offre d'emploi, mais elle n'imaginait pas que ses collègues seraient aussi chaleureux et qu'on lui proposerait si vite de donner des cours privés en plus des cours de yoga, de spinning et de jukari. Elle avait même vu sa première élève en fin d'après-midi, Anaïs Rancourt, juste après le cours de spinning pour débutants. Une fille en forme qui souhaitait changer sa routine d'exercices.

« Je viens ici aussi pour me vider l'esprit », avait dit Anaïs. Elle voulait qu'on lui pousse dans le dos. Parfait ! Elle serait heureuse d'aider quelqu'un d'aussi motivé. Et visiblement curieuse ; elle avait tâté de plusieurs disciplines sportives, faisait du ski, du roller, du patin, jusqu'à ce qu'une blessure au genou l'oblige à renoncer momentanément à ces activités.

— Mais je participerai au Tour de l'île à vélo, cet été, avait-elle annoncé. C'est magique, paraît-il, quand Montréal nous appartient. J'ai un client qui le fait chaque année.

Gabrielle avait voulu lui demander dans quel domaine elle travaillait, mais Stéphane l'avait hélée : pouvait-elle rester jusqu'à vingt heures au lieu de dix-neuf comme il était prévu ? Un entraîneur était coincé sur l'autoroute à la hauteur de Saint-Antoine-de-Tilly et n'arriverait jamais à temps pour donner son cours privé.

— Je ne pensais pas qu'il neigerait autant, avait repris Anaïs. Tant mieux, j'aime que l'hiver ressemble à l'hiver. Pas toi ?

— Oui, les pentes vont être belles en fin de semaine au mont Sainte-Anne.

— Oui, mais il y a beaucoup de monde... J'ai déjà skié dans les Alpes, c'est autre chose !

— Dans les Alpes ? Chanceuse ! Quand es-tu allée là-bas ?

— Avant les fêtes. As-tu un billet de saison au mont Sainte-Anne ?

Gabrielle avait secoué la tête ; elle ne savait pas encore si son horaire lui permettrait de s'adonner beaucoup au ski, cet hiver.

En repensant à cette conversation, Gabrielle avait l'impression qu'Anaïs n'avait pas vraiment écouté sa réponse ; elle avait cessé de la regarder pour se mettre à fixer l'écran de télé en pédalant avec une ardeur renouvelée. Peut-être qu'Anaïs l'avait trouvée trop bavarde ? Elle lui avait pourtant adressé un large sourire en la saluant avant de quitter le gym. Et elle avait pris un rendez-vous pour s'entraîner de nouveau avec elle trois jours plus tard.

« Je m'en fais pour rien. Tout s'est bien passé. Je n'ai pas trop parlé. »

Elle était fatiguée, mais elle décida de faire quelques courses. Elle ne devait pas en prendre l'habitude, mais, après avoir acheté des fruits, des légumes et des barres de céréales dans une fruiterie, elle ne put résister aux plats préparés d'une épicerie italienne. Elle les savourerait en relisant les notes qu'elle avait prises pour le projet concernant les marathons dans le monde. Elle était contente d'avoir gardé contact avec Rémi Bergeron à la suite de leur rencontre au marathon de Vancouver. Était-il vraiment sérieux en lui proposant de s'associer à lui pour rédiger un ouvrage destiné aux marathoniens ? Ils avaient échangé plusieurs courriels avant son arrivée à Québec et ils avaient rendez-vous le surlendemain pour jeter sur papier les bases du projet, pour tenter d'évaluer la pertinence d'un tel livre. Mais pourquoi pas ? Les marathoniens allaient d'une ville à l'autre pour courir ; des informations sur les hôtels, les restaurants, les cliniques, les spas pourraient leur être utiles.

L'entrée de l'immeuble où elle habitait n'était pas déneigée et elle regretta de ne pas avoir de pelle pour s'en charger. Ça lui avait manqué quand elle demeurait à l'étranger.

Elle poussa la lourde porte du rez-de-chaussée sans remarquer la voiture garée de l'autre côté de la rue.

Alexandre soupira de soulagement en reconnaissant Gabrielle même si elle avait remonté le capuchon de son manteau. Il l'attendait depuis une heure. Il voulait savoir si elle rentrait seule ou non à l'appartement, vérifier à quel étage elle habitait. Dès qu'il la vit, il comprit qu'il ferait le nécessaire, cette fois-ci, pour qu'elle ne lui échappe pas. Elle était encore plus belle que dans son souvenir et il sentit son sexe palpiter. Cette sensation lui rappela toutes ces vaines érections qu'il avait eues dans le passé en rêvant à Gabrielle. Cette fois, il saurait la séduire.

On alluma au second. À gauche. Des rideaux clairs permettaient de voir la silhouette de Gabrielle aller et venir.

Bien.

Il était gelé, car il n'avait pas voulu faire tourner le moteur pour éviter d'attirer l'attention. Il mit le chauffage à fond, hésita sur la direction à prendre ; rentrerait-il chez lui ou s'offrirait-il un souper au restaurant ?

Il aurait aimé inviter Gabrielle à l'accompagner, mais c'était prématuré.

***

Malgré la musique trop forte, on entendait le vent siffler, et Grégoire devinait que la tempête n'était pas terminée. S'il n'en tenait qu'à lui, la ville pouvait être enterrée sous des montagnes de neige, il s'en foutait. Il regarda son verre vide, chercha des yeux la bouteille de vin. L'avait-il laissée dans la cuisine ?

Il entendit le bruit d'une clé dans la serrure, fronça les sourcils ; ça ne pouvait pas déjà être Biscuit ! Elle ne devait pas rentrer avant plusieurs jours. Qu'il était bête, c'était Maxime. C'était pour lui qu'il était là. Il était venu dormir chez Maud Graham pour s'occuper de Maxime.

— Greg ? Qu'est-ce que tu fais ?

— Je bois. Toi ? Tu rentres tard, il me semble.

— Je t'avais dit que je soupais chez Michael. J'ai attendu l'autobus longtemps à cause de la tempête. Je pensais que tu travaillais ce soir.

— On dirait que non. Veux-tu aller me chercher la bouteille dans la cuisine ?

Maxime revint ; la bouteille était vide.

— Ouvres-en une autre.

Maxime hésita ; il avait déjà vu Grégoire éméché à la fin d'un souper bien arrosé, mais c'était différent cette fois. Le ton de sa voix était amer. Que s'était-il passé ?

Maxime apporta une bouteille de bordeaux. Grégoire la saisit, esquissa un rictus.

— C'est le vin préféré de mon ex. William a toujours dit que les Bordelais font les meilleurs vins. Je n'étais pas d'accord avec lui. Je suis comme Biscuit, j'aime la Bourgogne. Ouvre-la donc, Max. Le tire-bouchon doit être dans la cuisine.

Maxime reprit la bouteille et la rapporta débouchée, versa un verre à Grégoire, s'en servit un peu.

— Tu peux en prendre plus.

— Non, c'est correct comme ça.

En temps normal, Maxime aurait profité de cette occasion, mais le comportement de Grégoire le déstabilisait.

— Pourquoi tu bois ?

— Pourquoi pas ? C'est une belle soirée pour ça.

— Je pensais que William serait ici.

— T'as pas entendu tantôt ? J'ai parlé de mon ex. Il m'a *flushé*. Il paraît qu'il y pensait déjà avant Noël, mais il n'a pas voulu me faire de la peine durant les fêtes. C'est *sweet*, hein ?

— Il t'a quitté ? Ça n'a pas de bon sens.

— C'est ce que je lui ai dit, mais Monsieur trouve qu'on n'a pas d'avenir ensemble. À cause de notre différence d'âge. Tabarnac ! C'est moi qui aurais dû m'en faire pour ça, pas lui. Il me laisse parce qu'il n'est plus capable de vivre avec l'idée que je pourrais le quitter pour quelqu'un de mon âge. Ça l'obsède. Il aime mieux qu'on se sépare.

— C'est niaiseux comme raison, avança Maxime. Biscuit est avec Alain même s'il est plus jeune qu'elle. Ça ne veut rien dire, l'âge.

— Pas pour William. Il jure qu'il me rend service en me dompant, qu'il me permet de faire des expériences avec du monde de mon âge, que c'est plus normal. Si moi ça ne me tente pas, les expériences ? Si je trouve que j'en ai fait assez ? Il n'a pas le droit de décider à ma place !

— C'est poche, vraiment poche, répéta Maxime avec compassion. Mais William va peut-être réfléchir et changer d'idée ?

— Ça sera trop tard. On ne me jette pas comme un vieux kleenex pour me reprendre après.

— Je pensais pourtant que ça allait bien entre vous deux.

— Moi aussi. Je me suis trompé.

Grégoire vida d'un trait son verre et fit signe à Maxime de le resservir.

— J'ai des vêtements chez lui, des livres, des photos.

— On ira ensemble, si tu veux.

Grégoire leva son verre comme s'il portait un toast à la santé de l'adolescent.

— T'es cool, Max.

— Toi aussi.

— Non, moi, je suis un idiot. Câlice !

L'avertisseur d'un camion qui reculait se fit entendre. Maxime se leva pour regarder par la fenêtre, vit un chasse-neige passer dans la rue balayée par la poudrerie.

— Peut-être que je vais avoir congé d'école demain.

— Je te signerai un papier d'absence si tu ne veux pas y aller. À condition que tu n'en parles pas à Biscuit.

— Je ne suis pas fou.

— Je ne veux pas que tu lui écrives que William m'a *flushé*. Je lui en parlerai plus tard.

Ils restèrent quelque temps assis l'un en face de l'autre, puis Grégoire suggéra à Maxime d'aller dormir.

— Toi ?

— Moi, j'ai ma bouteille. Max ?

— Quoi ?

— T'es le meilleur frère que j'ai jamais eu.

— Tu n'as pas de frère.

— Puis ? Va te coucher. Peux-tu donner à manger à Léo avant ?

Le chat qui dormait au bout du canapé dressa l'oreille en entendant son nom, s'étira, hésita à suivre Maxime à la cuisine, s'y décida même s'il n'avait pas tellement faim. Peut-être qu'il irait dormir ensuite avec l'adolescent. Ou dans la chambre de Maud.

***

Cette demoiselle
Est si belle
Quand il la regarde dormir
Quand elle met son manteau vert
Quand elle court avec le sourire
Vers la côte Gilmour qui est fermée l'hiver

Comme ses yeux sur lui.
Fermés, clos, elle ne le voit pas dans la nuit
Pourtant, il est là, tapi.
Et las de tous ces pas
Derrière elle, si belle
Il a hâte de lui dire
Qu'il la désire depuis toujours
De hurler son amour
Qui a dû rester enfoui
Que la soif le tenaille
D'être dans son univers
Car il connaît ses secrets
Cachés sous son chapeau violet
Il les garde dans son cœur
En attendant la bonne heure
Celle de leurs fiançailles
Elle ne sera plus qu'à lui seul
Ou elle finira dans un linceul
Belle, si belle Gabrielle

Alexandre relut son poème à voix haute et sourit. Il était content du résultat; il lui semblait avoir trouvé le ton juste pour inquiéter la jeune femme. Il posterait la lettre anonyme le lendemain. Ensuite, il croiserait son chemin par hasard...

Il aurait pu être écrivain. Peut-être qu'il s'y mettrait un jour. Il pourrait raconter ses voyages, des anecdotes sur son métier; les gens étaient toujours curieux d'en apprendre davantage sur la vie d'un pilote d'avion. Les pilotes fascinent les gens. Il le voyait dans leur regard quand il était en uniforme. Il porterait sa casquette de commandant quand il rencontrerait Gabrielle.

Il la verrait à son retour de Saskatoon.

Il se coucha et se caressa en pensant à Gabrielle. Elle serait bientôt à lui, offerte, ouverte, et il la prendrait sans relâche pour lui montrer ce qu'elle avait raté en lui préférant Jeff autrefois. Dans son fantasme, elle portait une robe écarlate, du même rouge que le pull de sa sœur Alice, le jour de sa mort. Il déchirait la robe et libérait la poitrine de Gabrielle pour goûter enfin à sa chair. Il se masturba de plus en plus vite mais, malgré la jouissance, son désir demeurait inassouvi. Il aurait eu besoin d'images de Gabrielle sous les yeux. Il s'en procurerait très bientôt.

Chapitre 2

Rémi Bergeron admirait les fesses d'Anaïs en songeant qu'elles étaient aussi fermes qu'il l'avait supposé. Dès qu'elle s'était assise en face de lui, au deuxième rang, il avait eu envie d'elle. Mais il n'avait pris aucune initiative, car rien dans son regard ne l'y avait encouragé. Il avait vu certains de ses collègues faire des avances à peine déguisées à des étudiantes et il trouvait ça pathétiquement petit-bourgeois. Ne devinaient-ils pas s'ils avaient une chance ou non avant de tenter de séduire une femme ? Lui-même s'étonnait d'avoir autant de veine avec elles. Que ce soit des collègues ou des étudiantes, il avait chaque année de belles suprises, même s'il n'était pas un apollon. Pas mal, mais moins beau que Jocelyn Vignola, par exemple. Et, alors que Vignola n'avait aucun succès auprès de la gent féminine, lui était rarement seul. Les filles lui disaient toutes qu'elles aimaient sa tignasse grise et son corps musclé, son ventre plat. Il est vrai qu'il s'entraînait assidûment en vue des marathons estivaux. Mais quand même... les femmes devaient apprécier sa manière de croquer à pleines dents dans la vie, de jouir de l'existence. Il ne leur promettait rien d'autre qu'un bon moment en sa compagnie, il les prévenait qu'il ne s'attachait à personne. La plupart du temps, cependant, il restait ami avec ses anciens flirts. Parce qu'il savait écouter, peut-être. Plusieurs de ses maîtresses lui racontaient leurs histoires de cœur sans le lasser ; il aimait entendre ces confidences, baigner dans un esprit féminin.

Anaïs lui plaisait, évidemment, mais il n'aurait pas cru avoir de chances avec elle même si elle avait pris un deuxième cours avec lui. Mais c'était peut-être justement une question d'horaire ; après une petite recherche, Rémi avait appris qu'Anaïs n'était inscrite à aucun cours du matin et il en avait déduit qu'elle travaillait le soir.

Et puis voilà qu'elle était restée après le cours pour discuter d'Hemingway avec lui. Il y avait eu ensuite un verre au Concorde et, tout en contemplant la ville à leurs pieds, il s'était demandé pourquoi elle s'intéressait subitement à lui. La réponse la plus banale ? Elle voulait un A+ pour le prochain travail. Mais c'était peu probable, elle avait déjà de bons résultats. Alors quoi ?

Une question d'orgueil ? Elle ne comprenait pas pourquoi il ne lui avait pas manifesté plus d'attention jusqu'à maintenant ? Elle était habituée à ce que sa beauté lui attire des privilèges.

Et puis voilà qu'elle avait posé une main sur son genou, qu'elle lui avait souri longuement. Il l'avait dévisagée, comprenant subitement qu'il s'était trompé à son sujet. Anaïs Rancourt différait des autres élèves. Elle était beaucoup plus avertie. Plus mature, plus décidée. Déterminée, oui. Que voulait-elle ?

— On devrait trouver un endroit plus discret, avait-elle dit en posant son verre de meursault.

— J'habite en banlieue. Si je louais une chambre ici ?

— Pourquoi pas ? C'est amusant d'être à l'hôtel.

Et puis voilà qu'il admirait la courbe de son dos après avoir fait l'amour avec elle. Il avait été étonné de sa propre performance ; l'élément de surprise, la rapidité avec laquelle les choses s'étaient enchaînées l'avaient excité. Mais peut-être n'aurait-il pas été à la hauteur s'il ne s'entraînait pas autant ; les rares aveux d'amis concernant des échecs au lit lui semblaient imputables à une mauvaise forme physique ou à l'abus d'alcool. Il aimait la phrase de Cocteau, « le tact dans l'audace, c'est de savoir jusqu'où on peut aller trop loin », à propos des plaisirs de la chair. Et de la chère. Rémi savait jusqu'où il pouvait exagérer. À quarante-sept ans, il en paraissait cinq de moins. Sa chevelure seulement trahissait son âge, mais il ne se teindrait certainement pas les tempes. C'était ridicule chez un homme.

Il passa la main dans les cheveux d'Anaïs ; ses cheveux bruns étaient parcourus de tons roux, plus chauds. Sa coloriste faisait un beau travail. Elle se retourna, s'étira comme l'aurait fait une chatte.

Une chatte qui venait de croquer une souris. Que lui voulait Anaïs ? Il était assez lucide pour ne pas croire que son charme avait agi si brusquement ; il avait eu l'intelligence de ne pas poser de questions avant. Mais, maintenant, il espérait qu'elle montre son jeu.

Ou alors il ne devinait plus aussi bien les femmes qu'auparavant.

Comme elle le regardait en souriant mais gardait le silence, il finit par lui confier que son intérêt soudain l'avait surpris.

— Agréablement, bien sûr.

— Tant mieux.

— Pourquoi aujourd'hui ?

— Parce que je t'ai observé avec les autres. Tu prends les choses comme elles viennent et tu n'es pas collant.

— Pas collant ?

— Je ne veux pas m'embarrasser d'un homme, je n'ai pas de temps pour ça.

— Ou tu as peur d'être blessée.

Elle se leva à moitié, s'appuyant sur son coude droit.

— Je n'ai peur de rien, Rémi Bergeron. Es-tu toujours aussi curieux ? Tu es pire que mon dernier client...

Anaïs prononça le mot client sur un ton légèrement badin sans terminer sa phrase et Rémi Bergeron comprit alors qu'il s'était fait manipuler en beauté. Il admira l'aisance d'Anaïs qui l'avait amené à proposer une chambre à l'hôtel, tout en s'étonnant qu'elle n'ait pas encore soulevé la question financière.

— Tu as beaucoup de clients ? s'enquit-il sur un ton qu'il souhaitait décontracté.

— Ça dépend de mon horaire à l'université. C'est exigeant, le droit, même si je n'étudie pas à temps plein. Je ne veux pas de dettes, je paie tout. Il n'est pas question d'échouer dans aucun cours. J'essaie d'équilibrer études et boulot.

— Pourquoi as-tu choisi mon cours ?

— Pourquoi pas ? On est obligés de suivre des cours hors programme. J'aime lire. Autant me tourner vers la littérature. Même si je ne suis pas certaine d'aimer Hemingway.

— Ça cadrait dans ton horaire, je suppose ?

Elle hocha la tête, quitta le lit, ouvrit le minibar et en tira une mignonnette de vodka et une bouteille de jus d'orange.

— Ce ne sera pas un vrai drink, mais c'est mieux que de la bière.

— On peut commander d'autre meursault, si ça te fait plaisir.

Il ne savait pas encore quel était le tarif d'Anaïs, mais il avait décidé d'être beau joueur.

— Non, la vodka me convient. En veux-tu?

— Tu ne préfères pas qu'on sorte pour souper? Je t'invite où tu veux.

Anaïs revint vers lui et lui tapota l'épaule. Il savait vivre, mais elle devait rentrer chez elle, se coucher tôt et se lever à l'aube pour étudier.

— Tu es sérieuse? On repart maintenant?

— Jocelyn Vignola est un prof exigeant.

— Il paraît que les femmes le trouvent beau avec son profil parfait.

— C'est une beauté plastique. Ennuyante.

— Ce n'est pas comme la mienne, plaisanta Rémi pour la sonder.

Elle acquiesça en ramassant son soutien-gorge tombé derrière un fauteuil. Il aimait beaucoup son aisance naturelle.

— De plus, j'ai intérêt à lui remettre un travail en béton. Vignola m'en veut sûrement d'avoir repoussé ses avances.

— Il t'a draguée? s'étonna Rémi.

— Tu as l'air surpris.

— Vignola est plutôt lâche, le genre à tout faire en douce sans jamais y aller franchement.

— C'étaient effectivement des allusions, mais son regard était éloquent. J'ai fait celle qui ne comprenait rien. J'ai assez des clients que je ne choisis pas. Tu peux me ramener chez moi, maintenant?

— Tu es certaine que tu ne veux pas souper avant?

Il faillit lui demander combien il lui devait, mais il

répugnait à parler d'argent. Serait-il platement vulgaire ? Il se leva, s'habilla et attendit qu'elle soit prête à son tour. En fermant la porte de la chambre, Rémi Bergeron avait l'impression d'être en décalage avec la réalité, comme si ce qui s'était passé derrière la porte était une parenthèse onirique.

Durant le trajet, ils parlèrent des collègues de Bergeron et des élèves qui suivaient le cours sur Hemingway.

— Laetitia est brillante, fit remarquer Anaïs. J'aurais voulu faire équipe avec elle pour le travail, mais elle est déjà avec Micky.

— Tu pourrais demander à Marie-Ève Poulain. C'est une bosseuse.

— Je pense qu'Hubert Sicotte est déjà avec elle.

— Non, il voulait sûrement travailler avec Marie-Ève, mais il est avec Aurélien Dubuc. Très mauvais choix. Dubuc est paresseux. Hubert va le regretter. C'est dommage pour lui, c'est un gars intelligent. Il a une mémoire impressionnante, mais il manque de maturité. On dirait qu'il vit à l'écart du monde. Il faudrait qu'il baise un peu, qu'il soit plus incarné. *Mens sana in corpore sano.*

— Je n'ai pas l'intention de me dévouer. De toute façon, il ne doit pas avoir les moyens.

— Là, tu te trompes. Vieille fortune de Québec. Il s'habille comme un as de pique, mais il vient d'un milieu très aisé.

— Tourne à droite, c'est la maison avec les deux épinettes.

— Tu demeures chez tes parents ? fit Rémi sur le ton de la plaisanterie en découvrant le cottage.

— J'ai trouvé cette maison à louer à bon prix. Le proprio a étranglé une femme. La location n'est pas trop élevée. C'est pour ça que je peux me le permettre.

Anaïs releva le col de son manteau alors que Rémi ralentissait devant la maison au toit pentu. Elle allait enfin lui dire combien il lui devait, mais elle sourit en le remerciant pour la soirée.

— J'ai une requête. Pourrais-tu m'enseigner à jouer au poker?

— Au poker?

— Il paraît que tu as participé à des tournois.

— Oui, mais... D'accord, si tu es certaine que c'est ce que tu veux.

— Je suis toujours sûre de ce que je veux, affirma-t-elle avant de claquer la portière de la Golf.

Médusé, Rémi Bergeron se demanda s'il s'était totalement mépris sur son compte. Elle avait pourtant parlé de clients. Pourquoi lui avait-elle fait une fleur? Simplement pour apprendre à jouer au poker?

***

Même si le thermomètre indiquait seulement moins quinze degrés, Maud Graham frissonna dès qu'elle sortit de la maison et remonta le capuchon de son Kanuk gris. En attendant Rouaix qui devait la prendre pour l'emmener au Palais de justice où ils témoigneraient dans une cause de vol à main armée, elle regardait les bancs de neige tout autour d'elle avec un sentiment d'incrédulité. Comment pouvait-elle se trouver là alors qu'elle était à la terrasse chauffée d'une trattoria et se délectait d'un risotto aux potirons quelques jours plus tôt? L'escapade à Rome était déjà loin dans le temps, mais une partie de son esprit était restée là-bas. Elle avait relu les notes concernant le vol avec trop de détachement. Elle devrait être plus concentrée lorsqu'elle s'adresserait au juge, afin de le convaincre de retirer Verrette de la circulation même si les preuves étaient insuffisantes. Elle savait que l'accusé était dangereux et qu'il ferait des victimes la prochaine fois qu'il commettrait un hold-up.

Elle entendit un coup de klaxon. Rouaix, enfin !

— J'ai réussi à dormir après notre téléphone. Mais je me suis réveillée à trois heures. L'histoire de Grégoire me désole.

— Tu ne peux pas faire grand-chose pour lui.

— Je l'ai persuadé d'habiter chez nous quelque temps. Ce n'est pas bon qu'il se retrouve seul dans son petit appartement.

— Pourquoi William l'a-t-il quitté ?

— Je ne sais pas trop, commença Graham avant d'expliquer que William avait préféré rompre plutôt que de vivre avec la peur que Grégoire s'amourache d'un homme plus jeune. Ou qu'il reste avec lui, mais le trompe.

— C'est peut-être ce qui est vraiment arrivé et Grégoire ne te l'aura pas avoué.

Graham haussa les épaules ; elle espérait que Rouaix avait tort, mais elle s'interrogeait tout de même. Elle avait entendu Grégoire évoquer la sexualité très active des gays alors qu'il avait des clients ; leur vie lui avait semblé plus mouvementée que celle des hétéros. Peut-être qu'elle comparait instinctivement à sa propre existence, simplissime à résumer ; deux histoires d'amour. Une avec Yves. Et maintenant une avec Alain. Point à la ligne. Elle connaissait bien sûr l'existence des bars populaires pour leur *backroom*, tout comme les lieux de drague, parcs, saunas, centres commerciaux, mais Grégoire avait l'air heureux avec William ; pourquoi serait-il allé s'amuser ailleurs ?

— J'ai hâte qu'Alain revienne de Montréal. La maison

sera plus joyeuse. Je ne sais pas quoi dire à Grégoire, et Maxime non plus. On a l'impression de vivre avec un zombie qui ne nous voit pas, ne nous entend pas.

— Tu ne changeras jamais. Il n'a plus seize ans, tu n'as pas à le protéger tout le temps. Une peine d'amour, ça arrive à tout le monde. À moi, à toi. On n'en est pas morts. Il s'en remettra.

Peut-être que Rouaix avait pu balayer ces souvenirs douloureux, mais Graham n'oublierait jamais ce qu'elle avait ressenti lorsque Yves lui avait annoncé qu'il la quittait, l'impression de tomber au fond d'un gouffre. Des années s'étaient écoulées depuis, elle avait rencontré Alain et, même s'il lui répétait qu'il l'aimait, elle savait qu'une catastrophe pouvait arriver, qu'il pouvait changer d'idée à son sujet, vouloir des enfants avec une femme plus jeune.

— Grégoire a préparé des côtes de veau au beurre de câpres, hier soir, répondit-elle pour éviter de rappeler à Rouaix qu'être abandonné laisse des cicatrices et que Grégoire avait déjà vécu ce drame avec sa mère. Et avec son père.

Rouaix sourit, taquina Graham ; elle faisait semblant de compatir au chagrin de Grégoire alors qu'elle s'offrait un chef privé à bas prix.

— Tu es jaloux.

— Oui, un peu. Tu t'es gâtée à Rome et tu continues ici.

— Mais la dure réalité me rattrape, fit Graham en songeant aux dossiers empilés sur son bureau. Rien de réjouissant là-dedans...

— Prions pour que la femme de Benjamin Matteau ne retire pas sa plainte, cette fois.

— Il lui a cassé le poignet parce qu'il s'imaginait qu'elle le trompait, alors qu'elle était en retard de cinq minutes pour le souper! Si on pouvait l'envoyer en taule pour quelques années...

— Commençons par l'autre zigoto. J'espère qu'on ne passera pas toute la journée au Palais de justice.

— Ne rêve pas en couleurs! dit Graham. C'est vrai qu'on annonce une tempête? Vous en avez pourtant eu deux en notre absence.

— C'est au choix. Un hiver de neige ou un hiver de froid.

— Je retourne à Rome!

***

Nicole Rhéaume laissa retomber le rideau qu'elle avait discrètement entrouvert lorsqu'elle avait entendu claquer la portière d'un véhicule tout près de chez elle. Elle avait parié intérieurement qu'Anaïs avait encore de la visite et elle ne s'était pas trompée. Elle n'avait pas de mérite, les voisins de gauche étaient partis en Floride et ceux de droite se couchaient à l'heure des poules. Alors que la belle Anaïs...

Elle ne savait pas encore ce qu'elle pensait de sa nouvelle voisine, mais celle-ci avait de bonnes manières et avait su la remercier pour les muffins qu'elle lui avait offerts quand elle avait emménagé au début de janvier. Anaïs n'avait pas attendu deux jours avant de lui apporter une bouteille de pomerol en signe de gratitude; elle avait accepté son invitation à souper sans faire de chichis, avouant franchement qu'elle voulait en savoir un peu plus sur le drame qui avait coûté sa liberté au propriétaire de la maison qu'elle venait de louer. Nicole ne s'était pas fait prier pour lui raconter que Vivien Joly avait étranglé Jessie, leur voisine trop bruyante.

— Il l'a tuée parce que sa musique était trop forte ?

— Jessie l'a provoqué, elle se moquait de lui. Je n'ai pas pleuré sa mort, même si elle ne méritait pas d'être assassinée.

— Vous avez dû être surprise !

— On a tous été secoués. Laura, Simon et Élian ont même déménagé. J'y ai songé, moi aussi.

Nicole avait fait une pause, se remémorant cet été où elle avait cru devoir vendre sa maison. Contrairement à ce qu'elle racontait à Anaïs, elle avait plutôt failli quitter le quartier pour des raisons financières, mais la mort de son frère aîné avait tout arrangé, lui permettant d'hériter d'une somme confortable.

— J'aime trop notre quartier pour déménager. Ça fait longtemps que je vis ici. Je m'y suis installée à la mort de mon mari.

— Vous êtes bien trop jeune pour être veuve ! s'était exclamée Anaïs.

Nicole avait souri sans préciser que son mari aurait effectivement vécu plus longtemps si elle ne l'avait pas aidé à se noyer quelques années plus tôt...

— Je le suis pourtant et la solitude me pèse. Toi, tu es jeune, ravissante. Tu dois pouvoir séduire n'importe quel homme. Profites-en pendant que tu le peux.

— Je n'ai pas envie de m'embarrasser d'un homme. Mes études sont plus importantes.

C'était ce qu'avait dit Anaïs quelques semaines plus tôt mais, depuis, Nicole avait vu des hommes rendre visite à sa jeune voisine. Quand elle l'avait vue pelleter son entrée, elle était allée bavarder avec elle, lui faisant remarquer qu'elle avait eu beaucoup de visites dernièrement.

— Ce sont des clients. J'enseigne l'allemand. Ça me

permet d'organiser mes horaires en fonction de mes cours à l'université.

— Tu étudies le droit, c'est ça?

Anaïs avait hoché la tête avant de donner un coup de pelle dans le banc de neige.

Depuis cette conversation, Nicole avait épié Anaïs et conclu que la jeune femme avait menti en disant que les hommes ne l'intéressaient pas. Il devait y avoir des petits copains dans le lot...

Elle n'avait pu donner d'âge à l'homme qui venait de sortir de sa voiture, il était trop emmitouflé. Nicole préférait nettement l'été à l'hiver où on reconnaissait mal les gens, où les congères gênaient l'observation.

Pourquoi Anaïs avait-elle prétendu ne pas vouloir d'hommes dans sa vie? Elle la trouvait trop âgée pour se confier à elle?

Une petite mise au point s'avérait nécessaire.

***

Alexandre Mercier avait garé sa Toyota Camry à cinq minutes de marche de l'immeuble où habitait Gabrielle Leland. Il avait sorti des chenilles antidérapantes, les avait jetées devant les roues avant comme s'ils étaient nécessaires pour dégager sa voiture. Il avait dû faire trois fois le tour du pâté de maisons pour trouver cette place. En rentrant de Saskatoon, il avait repéré un magasin de matériel informatique dans la rue voisine. Il prétendrait vouloir y faire des achats si Gabrielle l'interrogeait sur sa présence en face de chez elle.

Il tenait un miroir de poche afin de voir Gabrielle se diriger vers lui et, dès qu'il repéra son chapeau violet, il se pencha pour donner un coup de pied à l'une des chenilles. Il n'aimait pas tellement la couleur de son chapeau ; il lui en offrirait un en fourrure de la même teinte que sa chevelure fauve. Il se releva quelques secondes avant que la jeune femme arrive à sa hauteur et fit mine de sursauter en la voyant.

— Excusez-moi, je ne vous ai pas entendue arriver.

Gabrielle lui sourit, désigna les chenilles.

— Vous ne serez pas le seul à les utiliser, aujourd'hui. On a eu une bonne bordée !

— Les skieurs seront contents...

Il s'interrompit, fronça les sourcils.

— Il me semble que je vous ai déjà vue.

— Ça m'étonnerait. Je viens d'arriver dans le quartier.

— Non, je n'habite pas dans le coin. Je me demande où...

Alexandre fit un large sourire en claquant des doigts et s'exclama en enlevant sa casquette d'officier.

— Gabrielle ! Gabrielle Leland ! C'est moi, Alexandre ! C'est incroyable ! Ça doit faire dix ans !

Elle écarquilla les yeux, interdite, troublée de voir surgir quelqu'un de son passé. Ça devait pourtant arriver un jour ou l'autre. Québec n'est pas une mégapole. Elle cherchait ce qu'elle devait répondre à Alexandre Mercier. Même si elle l'avait vu souvent au moment où elle s'était amourachée de Jeff, elle ne l'avait pas beaucoup connu. Il était plus âgé qu'eux et prenait son rôle de manager au sérieux. Il répétait aux musiciens qu'ils devaient travailler davantage et moins faire la fête s'ils voulaient réussir.

— Tu disais que tu viens de déménager par ici ? reprit Alexandre en remettant sa casquette.

— Oui, j'étais à Vancouver. Et toi ? Tu n'as pas bougé ?

Alexandre esquissa un sourire ; il n'avait pas quitté la

ville longtemps, mais il avait tout de même beaucoup voyagé puisqu'il était pilote d'avion.

— Je fais tout le Canada : Calgary, Toronto, Vancouver, Edmonton, Regina, Halifax.

— J'adore prendre l'avion.

— C'est vrai ? Je possède mon propre appareil. Le fameux Beaver. Si ça te tente, on pourrait voler ensemble. C'est tellement différent des vols commerciaux, on a l'impression qu'on peut toucher tous les clochers du Québec. Comme si on était un oiseau, prêt à se poser sur une girouette. Mais attention, on peut aller en pleine brousse avec cet avion. C'est du solide.

Gabrielle sourit avant d'admettre que ça lui plairait sûrement de survoler la province.

— Je dois te laisser, sinon je serai en retard au gym.

— Tu t'es inscrite à un cours ?

— Non, c'est moi qui donne le cours de spinning au gym du Nouveau Quartier.

— Il paraît que c'est refait à neuf.

— C'est un des plus beaux gyms de Québec, affirma Gabrielle. Bon, faut que j'y aille. Ravie de t'avoir revu. Pense à moi en volant au-dessus de Vancouver !

— Si tu as vécu là, tu pourrais m'indiquer de bonnes adresses de restos, non ? Donne-moi ton adresse courriel. Je pourrai t'inviter pour un tour dans les airs.

Tout en lui parlant, il fouillait dans la poche de son manteau, lui tendait son carnet d'adresses et un crayon. Gabrielle s'exécuta rapidement avant de le saluer. Elle s'éloigna de quelques pas, puis se retourna, esquissant un petit signe de la main.

Il avait été assez près d'elle pour respirer son parfum. Elle ne portait plus Diorissimo qui embaumait le muguet, mais une fragrance plus herbacée, moins florale, tonique. Il aurait aimé respirer le parfum plus longtemps afin qu'il s'imprègne dans sa mémoire ; peut-être pourrait-il tout de même le reconnaître chez Holt Renfrew ? Il aurait voulu capturer cette odeur, s'en enivrer ; elle l'aiderait à patienter. Il avait oublié la luminosité de la peau de Gabrielle, l'épaisseur de ses cils qui lui faisaient un regard de velours noir, de biche attendrissante. Ses joues s'étaient un peu creusées, perdant les rondeurs de la fin de l'adolescence. Quel âge avait-elle aujourd'hui ? Vingt-huit, vingt-neuf ans ? Il croyait se souvenir qu'ils avaient huit ans de différence.

Il attendrait quelques jours avant de lui écrire sous prétexte d'obtenir ses adresses gourmandes en Colombie-Britannique, puis il irait tester les restos qu'elle lui aurait suggérés. Ce serait un sujet de conversation de plus quand ils souperaient ensemble la première fois.

Il souleva les chenilles, les rangea dans le coffre de la voiture et démarra aussitôt. Il devait passer chez le teinturier pour récupérer l'un de ses uniformes.

Dans l'autobus, Gabrielle fixait sans la voir la nuque de l'adolescent assis devant elle. Elle devait se calmer. Il était inévitable qu'elle rencontre quelqu'un appartenant à son passé. Pourquoi était-elle si secouée ? Ce n'était qu'Alexandre Mercier. Elle aurait pu être émue de revoir Jeff qu'elle avait trop aimé. Ou Denis, évidemment. Non, ne plus penser !

Mais le visage d'Alexandre s'imposait. La ramenait dans le passé. Elle le connaissait si peu, pourtant. Il avait bien vieilli, lui semblait plus beau qu'il y a dix ans. Peut-être parce qu'il souriait davantage ? Quand il était le gérant de Jeff, il avait toujours l'air si sérieux ! Pourquoi avait-il quitté le monde du spectacle pour l'aviation ?

Avait-elle eu raison de lui donner son adresse courriel ?

Mais comment aurait-elle pu faire autrement sans être vraiment impolie ? Pourquoi se méfiait-elle à ce point de tout le monde ? Personne ne connaissait son secret.

Gabrielle secoua vivement la tête pour chasser ces pensées et se concentrer sur *La traversée de la ville*, sur les propos colorés de Nana.

*****

Maud Graham déplaça la photo d'Alain, Maxime et Grégoire qui était en équilibre précaire sur le coin de son bureau. Elle datait du premier été où Maxime était avec eux. Grégoire avait posé la main sur son épaule dans un geste rassurant. C'était lui, maintenant, qui avait besoin d'être rassuré.

Elle releva la tête en reconnaissant le pas de Rouaix. Il était accompagné d'une jeune femme aux cheveux d'un blond doré étincelant.

— Je te présente Tiffany McEwen qui remplace Mélanie Florent.

Tiffany s'avança vers Maud Graham, lui tendit la main. Une main longue, ferme et calleuse ; est-ce que la nouvelle recrue était passionnée de kayak ou de jardinage, de menuiserie ?

— D'où viens-tu ? s'enquit Graham.

Tiffany eut un large sourire avant d'expliquer qu'elle avait vécu un peu partout dans la province et même à l'étranger puisque son père était militaire.

— J'espère rester ici plus de deux ans, avoua-t-elle. Québec est une belle ville.

Maud Graham s'efforçait de regarder Tiffany droit dans les yeux, mais elle était distraite par la série de brillants qui ornaient son oreille gauche ; les gardait-elle pour dormir ? Elle-même enlevait toujours ses anneaux avant de se coucher.

Elle paraissait plus grande parce qu'elle était mince. Devait-elle faire autant de sacrifices qu'elle pour conserver sa taille ou était-elle de ces femmes bénies des dieux qui peuvent dévorer n'importe quoi sans prendre un gramme ?

— Vous devez être contente que le juge ait envoyé Verrette au pénitencier pour un bout de temps, reprit Tiffany McEwen.

— Très contente. Ça ne dissuadera pas les criminels pour autant, mais il a reçu la sentence que j'espérais pour ce hold-up.

— J'espère qu'on aura la même chance avec Matteau. C'est moi qui ai pris la déposition de son épouse à l'hôpital. J'ai réussi à la convaincre de porter plainte. Des hommes comme Matteau ne s'arrêtent jamais !

Tiffany McEwen avait prononcé cette phrase avec une telle rage contenue que Graham s'interrogea. Avait-elle été témoin de violences au sein de sa famille ? Une amie avait-elle vécu ces horreurs ?

— On essaiera de la persuader de poursuivre son mari si elle revient sur ses déclarations, fit Graham. Est-elle dans un refuge ?

— Oui, Claudie sait que son mari va la chercher chez ses parents, ses amis. Et qu'il fera ensuite le tour des refuges. Même si les adresses sont secrètes, des hommes les découvrent parfois. Je l'ai hébergée deux jours chez moi, mais je ne pouvais pas la garder plus longtemps.

— Chez toi ?

— Je sais que je n'aurais pas dû, mais j'avais besoin de temps pour la convaincre d'aller au refuge.

— C'était une mauvaise idée.

Graham aurait dû reprocher avec plus de véhémence à Tiffany de s'impliquer de façon trop personnelle dans cette histoire, mais elle était touchée d'apprendre que la policière éprouvait une réelle empathie pour la victime, qu'elle avait préféré assurer sa sécurité plutôt que d'appliquer à la lettre le règlement.

— Et maintenant ?

— Claudie a pris congé au travail. C'est le premier endroit où son mari l'aurait attendue, même s'il n'a pas le droit, en principe, de s'approcher d'elle.

— Mais entre les principes et la réalité, il y a un abîme, soupira Rouaix.

— Une de ses collègues lui a parlé d'un appartement à louer dans l'immeuble où elle habite. Il sera libre dans huit jours. Claudie restera au refuge en attendant.

— Il faudra aller récupérer les affaires de Claudie quand Matteau sera au boulot. On ira ensemble, si tu veux.

Tiffany hocha la tête avant de déposer le dossier Matteau sur le bureau de Graham.

— Si vous voulez lire mon rapport sur l'agression...

— Tu peux me tutoyer, je ne suis pas si vieille que ça.

Tiffany McEwen éclata de rire et Maud Graham lui en fut reconnaissante. Elle semblait trouver incongru qu'elle évoque son âge devant elle.

— Bienvenue dans l'équipe, dit-elle.

Graham désigna le sac de sport qui pendait à l'épaule de Tiffany McEwen ; s'entraînait-elle depuis longtemps ?

— Deux ans. Je viens juste de m'inscrire au gym du Nouveau Quartier.

— Il faudrait que je me décide à t'imiter.

— Viens avec moi, ce midi.

— Non, tu seras gênée de traîner un poids mort comme moi.

— Tu cherches des excuses pour ne pas m'accompagner, rétorqua Tiffany sur un ton léger.

Elle reprit son sérieux pour vérifier une information.

— Il paraît que le gars que vous avez coincé pour le trafic de crack ira en appel ?

— Oui. Et c'est Daniel Couture qui le défend, hélas. Meilleure moyenne de libérations... Il vaut mieux ne pas y penser.

— C'est quand même frustrant !

— On s'habitue, déclara Rouaix.

— Joubert et toi plus que moi ! lança Graham.

— Joubert ?

Est-ce que Graham se trompait ou Tiffany avait-elle mis quelques secondes de trop à répondre en s'empressant de fixer l'horloge murale ? Michel Joubert plaisait-il à Tiffany McEwen ?

***

Jocelyn Vignola quittait la salle des professeurs quand il fut bousculé par Hubert Sicotte. Il laissa tomber son attaché-case et son manteau en jurant, mais réussit à éviter la chute en s'appuyant au mur.

— Eh ! Regarde où tu vas, Sicotte !

— Je m'excuse.

L'étudiant se pencha pour ramasser l'attaché-case et le tendit à Vignola qui nota sa grande agitation.

— Tu as l'air pressé.

— Est-ce que Rémi Bergeron est là ?

— Non, il est parti depuis dix minutes. Tu voulais le voir ?

Hubert se mordilla la lèvre inférieure et jura.

— Je peux peut-être t'aider ?

— Non. C'est entre lui et moi, déclara l'étudiant avant

de tourner les talons et de s'éloigner à grands pas.

Peut-être espérait-il rattraper Bergeron? Que voulait Hubert Sicotte à Rémi Bergeron? Sûrement pas la même chose que ces filles qui utilisaient des prétextes ridicules pour venir discuter avec le professeur de littérature américaine. Que lui trouvaient-elles donc?

Vignola suivit Hubert Sicotte du regard jusqu'à ce qu'il atteigne le bout du corridor. Il ressemblait à ces androïdes qu'on voit au cinéma, il manquait de naturel, d'entregent. Pas étonnant qu'il ait si peu d'amis, même s'il était brillant; son regard fuyant, ses hésitations lorsqu'il s'exprimait étaient agaçantes. Vignola n'avait enseigné que durant un trimestre à Sicotte; il se souvenait d'un élève qui restait dans son coin. Et qui était le premier à rendre ses travaux. Il l'avait d'ailleurs toujours bien noté. Il avait tendance à s'écarter un peu du sujet donné, mais il écrivait correctement et se documentait réellement. C'était reposant de lire une copie sans la moindre faute.

En repensant à l'air effaré de Sicotte, Vignola se demanda si celui-ci était inquiet ou furieux. Il enfila son manteau et reprit son attaché-case lourd des copies à corriger. Le froid le fit tousser quand il sortit du pavillon de Koninck; y avait-il un autre endroit à Québec où il ventait autant? Les étudiants qui se dirigeaient vers les arrêts d'autobus marchaient rapidement, tête courbée.

Alors que Vignola longeait le stationnement pour récupérer sa voiture, il vit Sicotte qui avançait lentement, comme s'il ne sentait pas la morsure du vent. Vignola s'engouffra dans son auto, pesta car elle était glacée. Sicotte passa à quelques mètres de lui. Vignola entrouvrit sa portière, le héla.

— Hubert?

L'étudiant se retourna, le dévisagea, perdu dans ses pensées.

— Veux-tu un lift ? Je vais au centre-ville.

Sicotte s'approcha, l'air surpris.

— Il fait tellement froid ! La voiture chauffe, on pourra partir dans quelques minutes.

Hubert Sicotte avait hésité, mais il finit par se glisser sur le siège avant.

— Merci.

— Je me souviens du temps où j'étudiais ici. J'attendais parfois le bus jusqu'à ne plus sentir mes pieds. Toi, tu n'as pas l'air aussi frileux que moi. Tu ne portes pas de tuque.

— Je l'ai oubliée ce matin. Je me suis levé en retard.

— C'est pénible de se lever ces jours-ci. On a envie de rester au chaud.

— C'est parce que je me suis couché trop tard. J'oublie tout quand je surfe.

— C'est vrai que le Web est magique, dit Jocelyn Vignola. L'idée de communiquer avec n'importe qui partout sur la planète donne le vertige.

— J'ai un correspondant à Sydney. Et un autre à Djakarta.

— Moi, ça me permet d'économiser. Avant, je faisais beaucoup d'appels en Europe. J'ai vécu là-bas quelques années, j'y ai toujours des amis. Ça me coûtait cher ! Avec Internet, on peut se parler et même se voir tant qu'on veut.

Jocelyn Vignola était conscient de débiter des banalités, mais il devait mettre Hubert à l'aise avant de l'interroger sur Bergeron. Le moteur fit un bruit étrange. Hubert sursauta.

— Ne t'inquiète pas. C'est une vieille voiture, mais

on réussira à se rendre au centre-ville. À moins que tu préfères que je te dépose en chemin. Je ne sais pas où tu habites.

— Rue Cartier, ça serait parfait.

Le bruit du vent, qui semblait redoubler de violence, n'arrivait pas à rendre le silence moins embarrassant, et Vignola commençait à regretter d'avoir offert à Hubert Sicotte de le véhiculer. Il s'expliquait mal son malaise, son incapacité à le questionner à propos de son collègue. Parce qu'il ne souhaitait pas qu'il devine son antipathie pour Bergeron ?

Depuis quand ce dernier l'exaspérait-il ? Neuf, dix ans ? Depuis qu'il avait compris qu'il ne pourrait le manipuler ? C'était dans un colloque à Paris. Il se souvenait du regard de Bergeron qui lui signifiait clairement qu'il n'était pas dupe de son manège avec le vice-recteur. À chaque rentrée, il espérait que Bergeron ait enfin décidé de prendre une année sabbatique pour écrire son roman comme il le projetait, mais il était encore là, toujours là, avec sa cour d'étudiantes, sa cour d'idiotes. De belles idiotes...

— Es-tu content de ton début de session ? finit-il par demander à Hubert.

— Comment savez-vous si un travail est bon ou non ?

— Pardon ?

— Comment êtes-vous sûr de votre jugement pour nous attribuer une note ?

— Je ne sais pas comment travaillent mes collègues, dit Vignola. Pour ma part, j'attache autant d'importance à la forme qu'au contenu. Si un élève est incapable de me rendre une copie avec un minimum de fautes, il ne doit pas compter sur mon indulgence. Ce n'est pas ton problème, tu me remettais des travaux impeccables.

— Je n'avais pas une faute dans mon travail, mais Bergeron m'a mis un C.

— Un C ? À toi ? Pourquoi ?

— Il paraît que je n'étais pas dans le sujet.

— Ça m'étonne, mais je n'ai pas lu ton travail. Et je n'ai pas vraiment le droit de contester le jugement d'un collègue.

Hubert Sicotte cessa de fixer la route pour se tourner vers l'enseignant.

— Mais ça vous étonne ?

— Tu m'as toujours donné satisfaction. Pourquoi serais-tu moins bon aujourd'hui ? As-tu des problèmes personnels ? Ça explique parfois qu'on soit moins concentré sur un travail. Si c'est le cas, tu pourrais en discuter avec Bergeron, peut-être...

— Pas question ! Je vais abandonner son cours.

Jocelyn Vignola eut un geste de dénégation ; il ne fallait pas agir sur un coup de tête.

— Je ne veux plus voir sa face de bellâtre qui pense que toutes les filles veulent coucher avec lui.

— C'est ce que tu crois ?

— Je ne suis pas aveugle. Vous le savez aussi bien que moi.

Vignola se contenta de soupirer avant de changer de sujet ; s'attarder sur le cas de Bergeron aurait manqué de subtilité. Il y reviendrait en temps et lieu, quand il saurait comment utiliser l'animosité d'Hubert Sicotte contre ce prétentieux.

— Fais-tu quelque chose pendant le congé de mi-session ? s'enquit-il.

— Non, je travaille dans un club vidéo deux fois par semaine et je ne peux pas m'absenter. C'est là que je vais maintenant. C'est cool, je vois tous les nouveaux films.

— Tu termines à quelle heure ?

— À minuit en semaine, mais le samedi je fais la nuit. C'est tranquille, j'ai le temps d'étudier. Je regrette de ne pas m'être inscrit à un de vos cours, cette session. Je n'aurais pas dû écouter Mélissa...

Il rougit, se tut. Vignola se garda d'insister, devinant qu'il avait choisi le cours de Bergeron, donné à la même heure que le sien, parce que Mélissa s'y était inscrite.

Il avait du goût. Et aucune chance d'attirer l'attention de cette blonde glacée qui ne pensait qu'à ses résultats scolaires.

— Vous pouvez vous arrêter au coin, je suis rendu, indiqua Hubert.

Il hésita en descendant de la voiture, se retourna pour serrer la main de l'enseignant et Vignola lui sourit.

Hubert détestait autant que lui Bergeron. Comment pourrait-il utiliser la frustration de cet étudiant ?

Chapitre 3

Des flocons s'accrochèrent au foulard de Gabrielle quand elle sortit du restaurant. Elle désigna le ciel à Alexandre.

— La lune ressemble à une opale. J'adore ces pierres laiteuses. Elles me rappellent mon voyage en Australie. C'est là qu'on en extrait le plus dans le monde.

Alexandre sourit à Gabrielle, prenant bonne note de ce détail; il pourrait lui offrir une bague sertie d'une de ces pierres semi-précieuses pour son anniversaire. Gabrielle était si belle quand elle levait la tête pour contempler la voûte étoilée. Il regretta de ne pouvoir la photographier dans cette attitude, mais il avait déjà plusieurs clichés de la jeune femme, pris à son insu. Ce qui lui manquait, c'était un objet lui appartenant, un vêtement où il pourrait respirer son odeur. Mais après l'avoir habilement questionnée sur les habitants de son immeuble, il avait conclu qu'il ne pouvait risquer de pénétrer chez Gabrielle par effraction alors que trois travailleurs autonomes aux horaires fantaisistes pouvaient le surprendre. Il devait attendre qu'elle l'invite chez elle pour lui subtiliser un effet personnel. Il avait toutefois appris qu'elle portait Lime Basil & Mandarin de Jo Malone. Il irait dès demain en acheter chez Holt Renfrew.

— Tu as la grâce d'un cygne, lui dit-il.

— C'est gentil, mais j'ai plutôt l'impression d'être un éléphant. Deux desserts ! C'est indécent.

— C'était un plaisir de te voir te régaler.

— Tu n'aurais pas dû payer pendant que j'étais aux toilettes, ça m'embarrasse.

— J'avais pourtant été clair dans mon courriel. J'avais précisé que je t'invitais.

— On n'avait pas parlé d'un restaurant aussi chic... Je me serais habillée autrement.

— Tu es parfaite quoi que tu portes.

— Tu ne m'as pas vue au réveil.

— Je suis prêt à parier que je ne changerais pas d'idée.

Il s'avança vers la jeune femme, posa une main sur sa nuque et se pencha pour l'embrasser. Elle s'immobilisa quelques secondes puis le laissa mordre doucement ses lèvres, entrouvrir sa bouche, la serrer davantage contre lui. Il ferma les yeux pour savourer ce moment qu'il attendait depuis qu'il avait décidé que Gabrielle serait à lui, et il fut désagréablement surpris de la sentir se raidir subitement, se détacher de lui.

— Je... je crois que c'est prématuré. On ne se connaît pas beaucoup.

— Depuis dix ans tout de même, protesta-t-il.

Il s'était exprimé sur un ton léger. Gabrielle ne devait pas deviner sa frustration. D'ailleurs, après quelques secondes de réflexion, il n'était plus en colère ; il préférait qu'elle lui résiste un peu au lieu de se jeter dans son lit à leur première sortie. Il s'était attendu, il devait se l'avouer, à ce qu'elle accepte ses avances, car il gardait le souvenir d'une fille peu farouche, mais elle avait changé. Elle était plus calme, plus réservée qu'autrefois. Plus mature. Tant mieux, ce n'était pas avec une gamine écervelée qu'il voulait refaire sa vie, mais avec une femme dont il n'aurait pas à rougir.

— On ne se parlait pas tellement à l'époque, fit Gabrielle. Tout va un peu trop vite, on vient juste de se retrouver. Il ne faudrait pas confondre le plaisir qu'on peut avoir à se revoir et...

— Tu as raison, je m'excuse.

— Non, non. Tu n'as pas à t'excuser. C'est une très belle soirée, mais ça m'a fait tout drôle d'évoquer le passé avec toi. Ça me paraît si loin. Tantôt, j'avais l'impression qu'on parlait d'une fille que je ne connaissais pas.

— C'est probablement parce que tu as longtemps vécu ailleurs.

— Et que tu es la première personne que je revois depuis mon arrivée...

— Oui, tout le monde s'est éparpillé aux quatre coins du pays. Je suis le seul à être resté à Québec. Excuse-moi, je t'ai coupé la parole.

Gabrielle posa la main sur le bras d'Alexandre ; elle avait beaucoup parlé d'elle durant cette soirée, mais l'avait peu écouté. Elle était heureuse d'en apprendre davantage sur lui.

— Je suis trop bavarde. Tu sais tout ce que j'ai fait en dix ans, mais tu ne m'as rien dit sur toi. Veux-tu qu'on boive un dernier verre au Largo ? Il n'est pas si tard.

Tentait-elle de se faire pardonner de l'avoir repoussé ? Il hocha la tête ; bien sûr qu'il était partant pour continuer la soirée. Peut-être trouverait-il un moyen pour l'amener à parler de la lettre anonyme qu'il lui avait envoyée. Elle avait admis plus tôt qu'elle était un peu nerveuse, sans donner de détails.

— On appelle un taxi, précisa-t-il. Je préfère laisser ma voiture ici. J'ai trop bu pour conduire. C'est une des choses qui ont changé au cours de la décennie. On était moins raisonnables auparavant. Je dois avouer qu'il m'est arrivé lors de nos tournées de laisser Jeff conduire le camion même s'il était ivre. Heureusement que j'ai plus de jugement, maintenant.

Est-ce que Gabrielle retira sa main parce qu'il avait fait allusion à la conduite en état d'ébriété ? Pensait-elle encore souvent à l'accident causé par Denis ou avait-elle simplement voulu remonter le col de son manteau ? Elle finit par dire qu'elle avait toujours cru, même s'il venait de lui confesser son irresponsabilité, qu'il était du genre sérieux.

— Ennuyeux, veux-tu dire ?

— On était plus jeunes que toi, plus fous. Aujourd'hui, c'est différent.

— Qu'est-ce qui est différent ?

Elle haussa les épaules avant d'avouer qu'elle avait eu son lot d'hommes volages qui ne pensaient qu'à s'amuser. Elle observa quelques secondes de silence puis déclara qu'il l'avait étonnée en lui apprenant que Jeff s'était marié.

— C'est ce qu'on m'a rapporté, en tout cas, dit Alexandre. Il paraît qu'il vit à Rimouski.

— Qu'est-ce qu'il fait là-bas ?

— Je l'ignore. Tu aimerais le revoir ?

Elle secoua vivement la tête.

— Surtout pas.

— Il y a des filles qui gardent des relations avec leurs ex.

— Pour qu'il soit mon ex, il faudrait qu'on ait été ensemble. Je n'ai été qu'un numéro parmi d'autres. Je l'ai seulement réalisé un peu tard... Si on marchait jusqu'au

Largo au lieu de prendre un taxi ? Ce n'est pas si loin.

Elle mit les mains dans ses poches et pesta ; elle avait encore oublié ses gants.

— Je suis tellement distraite, ces temps-ci !

Était-ce à cause de la lettre ?

— Prends les miens, dit Alexandre.

— Et toi ?

— Je n'ai pas froid.

Elle enfila les gants avant de tirer Alexandre par la manche en riant et il la suivit rue Dalhousie. Il y avait peu de circulation et les rares voitures qui passaient près d'eux ne les empêchaient pas d'entendre le crissement de leurs pas dans la neige.

— C'est ce qui m'a le plus manqué l'année où j'ai habité à San Francisco. La neige, sa lumière...

— Et les tempêtes qui nous clouent au sol, qui compliquent tout, qui retardent les vols, qui stressent les voyageurs.

— Tu n'as jamais peur ?

— Quand c'est nécessaire. Un pilote qui ignore la peur est un danger public. Il faut apprendre à la dompter, ne pas confondre intuition, état d'alerte et panique inutile.

— Ça doit te servir dans la vie quotidienne. Tu restes zen en tout temps.

Gabrielle ignorait à quel point elle avait raison. Il ne s'était pas affolé après avoir tué Amélie Richmond, même quand son corps avait été repêché. Il avait appris la nouvelle au journal télévisé et se rappelait qu'il avait continué à manger ses pâtes carbonara après avoir monté le son de l'appareil. Il avait eu raison de ne pas s'inquiéter ; on l'avait interrogé deux fois et il n'avait plus jamais entendu parler des enquêteurs. Il n'avait été qu'un témoin parmi tant d'autres. Il est vrai qu'avec le nombre d'hommes qu'avait dû connaître Amélie entre le moment où elle avait été assez folle pour refuser sa demande en mariage et celui où il l'avait tuée, les policiers n'avaient pas manqué de suspects. L'un d'entre eux avait même été arrêté puis relâché.

Au journal télévisé, un enquêteur avait déclaré qu'on cherchait toujours à connaître la vérité. Bonne chance, les *boys*!

— As-tu vu le Moulin à images? demanda-t-il alors qu'ils longeaient le bassin Louise.

— Mais non, je ne suis à Québec que depuis quelques semaines.

— Tu as voulu arriver en plein hiver pour la neige?

— Oui, mentit-elle.

Gabrielle avait conservé de sa ville natale le souvenir des jours précédant son départ, des jours d'été pluvieux, des nuits d'été sans sommeil, habitées par l'image du corps disloqué de l'adolescent sur la chaussée. Elle était contente de retrouver sa ville ensevelie sous la neige, symbole de pureté. Elle aurait aimé pouvoir y plonger et tout oublier.

— Tu as l'air songeuse, fit remarquer Alexandre.

— Je suis contente d'être rentrée à Québec, mais je m'ennuie de mes copines de Vancouver.

— Je ne peux rien te promettre, mais je pourrais peut-être t'avoir un vol à prix réduit.

— Je croyais que les tarifs spéciaux étaient réservés aux membres de la famille.

— Il y a toutes sortes de clauses. Je vérifierai.

Elle ne répondit pas tout de suite, finit par avouer que ça la mettrait mal à l'aise, répéta qu'ils se connaissaient à peine. Elle commençait à regretter d'avoir proposé un dernier verre et il dut le sentir car il haussa les épaules.

— Je n'ai pas dit que ça marcherait. Attends avant d'être gênée. Mais j'ai pu faire voler un de mes partenaires de golf. Tu serais bête de ne pas en profiter, toi aussi.

— Tu joues au golf?

— J'adore ça. Ça me vide l'esprit complètement. Toi, tu joues?

Gabrielle secoua la tête; elle n'était pas assez patiente pour pratiquer ce sport.

— Tu dois avoir besoin de plus d'action, d'émotions fortes.

— Je ne suis pas si téméraire. Je ne cherche pas les situations périlleuses. Les ennuis viennent bien assez vite.

Faisait-elle allusion à son poème? Il lui tapota l'épaule.

— Eh? As-tu des problèmes?

— Non, c'est seulement qu'une de mes élèves n'est pas venue au gym pour son cours privé. J'espère que je ne l'ai pas déçue.

— Déçue? Mais pourquoi? protesta Alexandre.

Il ne parvenait pas à deviner si Gabrielle inventait cette histoire parce qu'elle n'avait pas assez confiance en lui pour évoquer la lettre. Ou peut-être que la lettre ne l'avait pas effrayée? Il devrait en écrire une autre, plus inquiétante, plus démente, qui la pousserait à vouloir se confier, et il serait là pour la rassurer. Elle l'apporterait peut-être au poste de police, mais que pourraient faire les enquêteurs? En tout cas, il n'avait pas été assez stupide pour manipuler la lettre et l'enveloppe sans porter de gants et il avait posté la missive loin de son quartier. Il n'y avait aucune chance qu'on remonte jusqu'à lui. Gabrielle aurait peur, la prochaine fois, mais ne pourrait trouver du réconfort auprès d'un petit ami. Il l'avait questionnée à ce propos durant le souper; elle était célibataire depuis quatre mois, sa rupture avec Terry était l'une des raisons qui l'avaient incitée à quitter Vancouver. Il serra les poings : il était bête de lui avoir proposé une place pour un vol vers la Colombie-Britannique, c'était la cause de son malaise. Gabrielle n'avait pas envie de retourner à Vancouver et de faire face à ses souvenirs de Terry. Ou à Terry lui-même. C'était plutôt bon signe.

— Je ne sais pas si j'ai déçu cette fille, reprit Gabrielle, mais ça m'ennuierait vis-à-vis de Stéphane qui m'a engagée.

— Je suis certain qu'il est content de toi, fit Alexandre en songeant que ses gants s'imprégnaient de l'odeur de la jeune femme.

Il s'excitait juste à penser qu'elle avait glissé sa chair dans le cuir noir. Il lui offrirait des gants de suède à la première occasion. C'était parce qu'elle portait un pantalon de cuir que Miranda avait attiré son attention. Il n'aurait jamais dû se laisser aller à ses pulsions, mais il se sentait désœuvré ce soir-là à Regina, et quand Miranda s'était assise à côté de lui au comptoir d'un bar, il avait cédé à la tentation. Il ne pouvait repenser à cet épisode pourtant ancien sans ressentir une certaine humiliation. Comment n'avait-il pas deviné qu'il s'agissait d'une professionnelle ? Quand Miranda lui avait demandé de la régler avant de « passer à l'action », il avait vu rouge. Une pute ! Est-ce qu'il avait l'air d'un homme qui a besoin des services d'une pute ? Besoin de payer pour baiser ? Une pute ! Il l'avait frappée si violemment contre le mur de la chambre d'hôtel qu'elle avait perdu conscience. Il était parti après avoir essuyé la poignée de porte et vérifié qu'il n'oubliait rien qui puisse l'incriminer. Il n'avait jamais su si elle avait repris connaissance. Il n'avait plus jamais entendu parler d'elle. Toutefois, lorsqu'il faisait escale à Regina, il évitait de retourner dans le bar où ils s'étaient rencontrés.

Des cris joyeux le tirèrent de ces réflexions. Des jeunes couraient dans la rue en se lançant des boules de neige et, avant qu'Alexandre ait eu le temps de le réaliser, Gabrielle se penchait et formait une boule qu'elle dirigea de toutes ses forces vers un des adolescents.

Celui-ci se tourna vers eux, surpris, mais riposta aussitôt en projetant une boule vers Gabrielle qui l'esquiva. En se relevant, elle s'étonna qu'Alexandre soit demeuré immobile et comprit à cet instant qu'il n'avait pas tellement changé. Il était toujours aussi sérieux. Il ne savait pas s'amuser, se détendre. Avait-elle envie de l'aider à y parvenir ? Elle tapa dans ses mains pour secouer la neige accrochée aux gants de cuir. Il était bien trop tôt pour décider de ce qu'elle avait envie de faire ou non avec Alexandre, même si elle n'était pas indifférente à son regard vert.

En poussant la porte du Largo, elle soupira d'aise.

— On est bien ici !

Elle s'avança vers une des tables du fond et Alexandre s'en réjouit. Il n'aurait pas protesté si elle s'était assise à l'avant, mais il préférait être loin des musiciens, conserver une certaine intimité. Dès qu'elle eut déposé son manteau, elle s'éclipsa vers les toilettes après lui avoir fait promettre de la laisser payer leurs verres.

— Sinon je ne sors plus jamais avec toi, c'est d'accord ? Je veux un Cosmopolitan.

Il avait ri, heureux qu'elle envisage de le revoir, qu'elle le lui dise.

En revenant vers lui, Gabrielle semblait troublée et but une gorgée de son cocktail avant de révéler ce qui la tracassait.

— Je viens de lire un graffiti. Une femme a écrit qu'elle voulait que son chum crève pendu par les couilles. Je ne peux pas m'imaginer écrire un truc pareil. Même quand j'étais furieuse contre Terry, je n'ai jamais souhaité sa mort. C'est fou !

— C'était sans doute pour se défouler. Ça l'a peut-être soulagée de l'écrire noir sur blanc. Les graffitis permettent d'adresser un message à tout le monde, de se plaindre publiquement, tout en restant anonyme.

— C'est plutôt de la lâcheté. On n'ose pas dire à quelqu'un ce qu'on pense réellement. On se cache derrière un message anonyme.

— J'ai déjà reçu des lettres anonymes inquiétantes, prétendit Alexandre. Je n'ai pas pris la première au sérieux, mais ensuite ça ne m'a pas plu du tout. Il y a tellement de gens perturbés...

— J'en ai déjà eu, moi aussi.

Enfin ! Il allait savoir ce qu'elle pensait de sa prose anonyme. Il dut réprimer sa stupeur quand elle évoqua une lettre reçue alors qu'elle vivait à Vancouver.

— À Vancouver ?

— Un idiot qui cherchait à me faire peur.

— Tu as déposé une plainte ?

— Je ne pouvais accuser personne. Mais, comme toi, je n'ai pas trop aimé ça. En fait, j'étais surtout furieuse. Vexée de ne pas plaire à tout le monde. D'être dénigrée par un imbécile et d'y attacher de l'importance. C'est ridicule. De toute façon, l'important, c'est qu'il y ait davantage de personnes qui nous aiment que l'inverse.

Elle approcha sa coupe de la sienne pour trinquer avec lui. C'était la troisième fois au cours de la soirée qu'elle le désarçonnait par sa rapidité à changer de sujet. Il ne pouvait plus reparler des lettres anonymes sans l'intriguer. Pourquoi n'avait-elle pas fait allusion à son poème ?

Et si elle ne l'avait pas encore reçu ? Si le facteur s'était trompé et avait déposé la lettre dans le mauvais casier ?

Gabrielle leva son verre.

— À nos retrouvailles !

Était-ce l'alcool, la chaleur ambiante, le soulagement que la soirée se soit bien déroulée ? Elle se trouvait sotte de s'être fait une montagne à l'idée de rencontrer quelqu'un de son passé. Pourquoi fallait-il toujours qu'elle dramatise tout ? La soirée avait été agréable et son Cosmo était délicieux. Pourquoi ne pas jouir tout simplement de cet instant ? Et oublier la lettre anonyme. Elle avait été tentée d'en parler à Alexandre, mais elle avait craint qu'il prenne la chose trop au sérieux. Elle était quasiment persuadée qu'il s'agissait d'un jeune employé du dépanneur. Elle avait remarqué qu'il la dévisageait et, à deux occasions, elle avait eu l'impression d'être suivie.

Alexandre répéta « à nos retrouvailles » et elle lui sourit avant d'agiter le bâtonnet devant son visage.

— Et maintenant à ton tour ! Tu sais où j'ai vécu durant ces dix ans, je t'ai même ennuyé avec mon histoire avec Terry, mais tu ne m'as rien raconté sur toi.

— On passe une belle soirée, on parlera de moi une autre fois.

Alexandre avait regardé ailleurs en prononçant ces mots sur un ton un peu triste. Il espérait intriguer Gabrielle et se retint de sourire quand elle insista mordant à l'hameçon.

— C'est arrivé il y a plusieurs années, mais je n'aimerai jamais évoquer ces moments-là...

Elle se redressa, posa son verre, subitement attentive. Bingo ! Alexandre garda le silence jusqu'à ce qu'elle murmure :

— Je ne veux pas être indiscrète...

— Tu finiras bien par rencontrer quelqu'un qui me

connaît et qui te racontera tout. Autant que ce soit moi. J'ai été marié.

Il évoqua la beauté de Karine, son intelligence, la naissance de Jonas. Puis l'accident. Et le sentiment de culpabilité qui ne l'avait pas quitté depuis.

— C'était moi qui conduisais. Je me suis endormi.

Il se réjouit de voir Gabrielle pâlir quand il confessa ses remords.

Comme elle se taisait, il s'excusa ; il n'aurait pas dû gâcher la soirée avec ces pénibles souvenirs.

— Je vais mieux, maintenant. J'ai appris à vivre avec mes fantômes, avec cette impression de gâchis. Tu ne peux pas imaginer...

Gabrielle secoua la tête pour protester, mais ne dit rien, se contenta de prendre ses mains dans les siennes.

— J'espère que tu as été bien entouré. Ta famille était près de toi ?

— Je n'ai jamais été très famille. Mes parents vivent à Ottawa. Ils ont déménagé l'année où je me suis marié. Toi, si je me souviens bien, tu as un frère.

Gabrielle saisit son verre, but deux gorgées avant d'avouer qu'elle non plus n'avait pas d'atomes crochus avec les siens. Ses parents avaient passé toute leur vie à Saint-Tite-des-Caps et son frère était retourné là-bas après ses études à l'Université Laval.

— On n'a rien à se dire. Il ne parle que de son garage. Il est concessionnaire.

— On prend un autre verre ?

Gabrielle hésita ; elle donnait deux cours privés le lendemain, avait une classe de spinning et une de yoga. Elle voulait faire plaisir à Alexandre, après ce qu'elle venait d'apprendre, mais ne pouvait se permettre de traîner trop tard. Elle faillit lui parler de son projet avec Rémi Bergeron, mais elle se tut ; Rémi croyait au projet, mais ils n'en étaient qu'aux balbutiements. Elle préférait attendre avant de se vanter de coécrire un ouvrage.

— Il faut que je sois performante demain, se contenta-t-elle de répondre. Mais c'est d'accord pour un Perrier.

— Il serait peut-être plus sage de rentrer. On se reprendra à mon retour d'Edmonton, d'accord ?

Alexandre lut de la gratitude dans le regard de Gabrielle. Elle était heureuse qu'il ait deviné sa réticence à rester au bar, deviné qu'elle aurait accepté un autre verre s'il avait insisté ; elle avait aimé sa délicatesse. Il prit son téléphone cellulaire et appela un taxi. Il récupérerait sa voiture plus tard. Et, quand il déposerait la jeune femme devant son immeuble, il saurait réfréner son désir et se contenterait de l'embrasser sur les deux joues. En bon camarade.

**

Maître Daniel Couture reboutonnait sa chemise en regardant Anaïs Rancourt préparer leurs mojitos. Il n'aurait jamais cru prendre goût à ce genre de cocktail, mais il aimait bien ce petit rituel. Peut-être que certains hommes, en faisant appel aux services d'une call-girl, cherchaient l'exotisme et rêvaient de positions acrobatiques, d'un kama-sutra sophistiqué, mais pour lui, c'était l'inverse. Ses journées en tant qu'avocat de la défense étaient exigeantes et il préférait la simplicité en toute chose quand il quittait son bureau. Son appartement à Québec, son studio à Montréal, sa maison de campagne à La Malbaie étaient décorés avec une sobriété qui le reposait. S'il aimait être au lit avec une femme, il refusait les complications ; sa relation avec Anaïs Rancourt lui convenait très bien. Anaïs Rancourt... Était-ce son vrai nom ? Il aurait pu charger un détective de monter un dossier sur elle, mais il y avait renoncé. Il se fichait qu'elle se prénomme Anaïs ou autrement. Tout ce qu'il voulait, c'est qu'elle soit suffisamment intelligente pour le distraire et comprendre quand elle devait se taire, contrairement à la plupart des femmes qu'il avait tenté de fréquenter.

Il trempa ses lèvres dans le verre que lui tendait Anaïs, vêtue seulement du peignoir de soie noir qu'il lui avait offert la semaine précédente. Elle n'avait pas pris la peine de l'attacher et il devina ses seins parfaits, ces seins qui emplissaient ses mains. Et il s'approcha pour toucher le droit, content de sentir une nouvelle érection alors qu'il venait tout juste de faire l'amour. Cette fille avait un petit quelque chose de plus que toutes celles qui l'avaient précédée. Un certain mystère peut-être ; il ne savait jamais vraiment ce qu'elle pensait, même si elle s'exprimait avec beaucoup de franchise, n'hésitant pas à le taquiner à l'occasion. Il avait parfois l'impression que c'était elle qui s'amusait avec lui. Comme une chatte joue avec une souris. Et lui aimait le jeu. Tous les jeux. Plaider en était un. Il sourit en regardant Anaïs.

— Délicieux, fit-il en posant son verre sur la table de chevet.

Il prit sa montre, vérifia l'heure. Il devait se rhabiller pour arriver à temps au théâtre. Il avait failli inviter Anaïs à l'accompagner mais s'était ravisé ; il croiserait sûrement le juge Veillette. Il préférait être seul.

Anaïs rajusta sa cravate avant qu'il mette son manteau.

— Je te vois jeudi ?

— Comme d'habitude. S'il y a un changement, je t'appelle le matin.

Elle recula lorsqu'il ouvrit la porte, le froid mordant la

soie de son peignoir, et referma très vite derrière lui. Il resta quelques secondes sur le perron avant de regagner sa voiture, ayant eu brusquement envie de renoncer au théâtre et de rentrer chez Anaïs, y passer tranquillement la soirée. Il assisterait néanmoins à cette soirée-bénéfice, serrerait les mains qu'il fallait serrer.

S'il s'était attardé davantage devant la porte d'Anaïs, il aurait peut-être vu un rideau bouger dans la maison de biais, à gauche, mais il s'engouffra dans sa voiture et démarra.

Le rideau retomba et Nicole Rhéaume retourna à la cuisine pour faire réchauffer son café. Elle souriait, certaine d'avoir reconnu maître Daniel Couture ; elle devait porter des lunettes pour lire, mais de loin sa vue était excellente. C'était bien son front large, son menton un peu fort, son profil d'aigle.

Suivait-il des cours privés d'allemand avec Anaïs Rancourt depuis longtemps ?

Nicole avait espéré qu'un célibataire de son âge remplace Vivien Joly, mais sa nouvelle voisine semblait connaître beaucoup de monde ; elle pourrait sûrement lui présenter quelqu'un. Elle était peu douée pour les langues, mais si elle suivait des cours d'allemand, elle aussi ? Anaïs organisait peut-être des activités avec ses élèves afin qu'ils échangent entre eux. Ça lui permettrait de rencontrer des hommes intéressants...

***

Tiffany McEwen leva le bras pour saluer Gabrielle qui courait sur le tapis roulant et l'envia de si peu transpirer. L'entraîneure pouvait avaler des kilomètres sans se transformer en serpillière, alors qu'elle-même s'agitait dix minutes sur l'elliptique et devait s'éponger le front pour empêcher les gouttes de sueur de tomber dans ses yeux. En plus, elle avait un corps parfaitement proportionné et un sourire irrésistible à cause des fossettes qui creusaient ses joues. Tiffany l'aurait détestée si elle n'avait pas été aussi gentille. Mais comment ne pas être séduite par la chaleur, l'enthousiasme que dégageait Gabrielle ? C'était le meilleur prof qu'elle avait eu de toute sa vie et Tiffany s'y connaissait en entraîneurs ; elle essayait tout, pratiquait autant la voile que le parachutisme, la raquette que le vélo. Elle adorait les cours de jukari que donnait Gabrielle ; lorsqu'elle se pendait au trapèze, son corps acquérait une souplesse nouvelle, s'étirait, se pliait, lui obéissait avec bonheur.

Gabrielle cessa de courir, s'approcha de Tiffany, à peine décoiffée, juste un peu moite.

— Je ne veux pas savoir combien de temps tu as couru, déclara Tiffany. Tu restes fraîche comme une rose, c'est injuste !

— Trente minutes. Je n'ai pas de mérite, c'est de famille. Ma mère ne transpire pas non plus.

— Habite-t-elle à Québec ?

Gabrielle secoua la tête sans dire où sa mère vivait. Elle regrettait d'avoir prononcé le mot famille.

— Toi, tes parents ?

— Ils sont loin. On a beaucoup bougé, mon père est militaire. J'ai habité en Allemagne durant mon adolescence.

— Et maintenant ?

— Pas loin d'ici. Je suis fonctionnaire, dit Tiffany, persuadée que Gabrielle lui poserait peu de questions sur ce travail fictif. Elle lui dirait plus tard qu'elle était policière, si elles se liaient davantage.

— Fonctionnaire ?

— Au ministère de la Justice. Toi, ça fait longtemps que tu es entraîneure ?

— Un bout de temps. J'ai vécu à Vancouver, à San Francisco.

— Et tu es venue t'installer à Québec ? En plein mois de janvier ? Jamais je n'aurais quitté la Californie !

Gabrielle envia Tiffany d'avoir des certitudes. Depuis l'accident, elle n'en avait plus. Elle savait que le monde peut basculer en une fraction de seconde. En même temps, cette conscience de la fragilité de la vie l'avait amenée à la respecter davantage, à essayer d'en jouir le mieux possible.

Elle reconnut des voix joyeuses provenant de l'entrée ; des filles enlevaient leurs chaussures. Le cours de jukari débutait dans dix minutes. Elle repensa à Tiffany ; Gabrielle n'aurait jamais cru qu'elle était le genre de fille à travailler dans un bureau, à faire du neuf à cinq. Elle l'aimait bien. Peut-être deviendraient-elles amies. Amies ? Pourrait-elle lui parler de ses rêves, de ses angoisses, sans dévoiler son secret ?

Chapitre 4

L'atterrissage s'était fait en douceur malgré les turbulences dues à une tempête qui empêchait les passagers du vol 347 à destination de Montréal de voir la ville. On distinguait à peine quelques lumières et les gens qui se penchaient vers les hublots ne pouvaient rassurer leurs voisins. Les hôtesses avaient vérifié s'ils avaient tous bouclé leur ceinture et s'étaient aussitôt assises à leurs places. Même si elles avaient souri aux passagers pour les rassurer, plusieurs d'entre eux avaient lu une certaine appréhension dans leur regard. Quand l'appareil se posa enfin, ils applaudirent tous, même ceux qui étaient assis en classe affaires, soulagés d'arriver à bon port après un vol difficile. Une femme affirmait qu'elle se plaindrait à la compagnie, raconterait aux journalistes qu'on n'aurait jamais dû leur donner l'autorisation de décoller si c'était pour risquer leur vie ensuite, mais personne ne l'écoutait et c'étaient des passagers plus détendus qui souriaient à leur tour au personnel de bord.

Une heure plus tard, alors qu'il buvait un whisky avec Peter, le copilote, Alexandre Mercier regrettait que Gabrielle n'ait pu assister à sa performance ; elle aurait vu de quoi il était capable, elle l'aurait admiré. Mais, bien sûr, il ne pouvait l'inviter maintenant à monter à bord. Il devait se montrer patient. Il était surpris, après avoir vécu plusieurs années sans compagne, d'être si pressé que les choses avancent avec Gabrielle. C'est qu'il avait enfin trouvé la femme qu'il lui fallait. Plus il regardait les photos d'elle qu'il avait prises, plus il en était persuadé. On aurait dit qu'elle lui souriait, qu'elle l'attendait. Il la connaissait depuis toujours ou presque, il l'avait connue autrefois ; il savait qui elle était, il n'aurait pas de surprises avec elle.

Il se demanda s'il donnerait à Gabrielle le jonc qu'il avait offert à Amélie ou s'il lui en achèterait un nouveau. Le porterait-elle ? N'avait-elle pas dit lorsqu'ils avaient soupé ensemble qu'elle enlevait ses bijoux quand elle s'entraînait ?

— Personne ne porte d'alliance à l'entraînement ? s'était-il étonné.

— Ça arrive. Mais c'est désagréable de sentir un jonc entrer dans la chair quand on soulève des poids ou quand on est suspendu à une barre parallèle. De toute manière, j'ai toujours préféré les bracelets aux bagues ou aux colliers. Je ne porte jamais rien autour du cou.

Alexandre voulait bien lui offrir un bracelet, mais il voulait aussi qu'elle ait une alliance en signe d'engagement. Il devrait parvenir à la convaincre. Les clients du gym sauraient ainsi qu'elle n'était plus célibataire.

Dans combien de temps pourrait-il glisser une bague à son annulaire ?

— Je pense que j'ai des chances avec la grande blonde, Caroline, dit le copilote.

— Tu n'étais pas pâmé sur Nancy, la semaine dernière ?

— L'une n'empêche pas l'autre. Moi, je suis ouvert à

toute proposition. Tu devrais en profiter comme moi. La vie est courte. Tu aurais pu partir avec Karen, tantôt.

— Peut-être, mais...

Il se tut, remarquant un homme qui le dévisageait de l'autre côté du bar.

— Tu le connais ? s'informa Peter.

— Non. Sûrement un des passagers de notre vol qui a eu peur de ne jamais revoir sa mère.

— Je préférerais que ce soit une jolie fille qui ait envie de nous remercier.

— Tu ne changeras jamais, dit Alexandre sans cesser d'observer l'inconnu.

L'homme aurait dû leur sourire s'il leur était reconnaissant d'avoir réussi l'atterrissage, mais il le regardait fixement. Lui. Lui seul. Comme si Peter n'avait pas été là. Pourquoi le fixait-il ainsi ? Son visage ne lui était pas étranger, mais il ne parvenait pas à se rappeler où il l'avait vu.

— Pourquoi t'examine-t-il comme ça ? Il a l'air bizarre.

— On rencontre tellement de gens étranges, commenta Alexandre.

Il venait de se souvenir que l'homme qui lui faisait face était le frère d'Amélie Richmond. Carl. Il avait beaucoup maigri, voilà pourquoi il ne l'avait pas immédiatement reconnu. Il finit son whisky d'un trait, ne lui trouva plus aucun goût. L'apparition de Carl avait gâché ce moment de détente, lui rappelant l'humiliation ressentie lorsque Amélie l'avait rejeté.

— Tu es sûr que tu ne le connais pas ?

Alexandre haussa les épaules, se déplaça légèrement en se tournant vers Peter, s'efforça de sourire.

— Je ne suis pas un coureur de jupons, moi. Toi, tu pourrais t'inquiéter qu'un mari te dévisage...

— Ne me souhaite pas de malheur ! On en prend un autre ?

Alexandre hésita ; il ne voulait surtout pas que Peter croie que la présence de Carl Richmond le gênait. Ni que ce dernier s'imagine qu'il le craignait. Car il ne le craignait pas plus aujourd'hui qu'en 2005 lorsqu'il était venu chez lui pour l'avertir qu'il engagerait un détective privé pour enquêter sur la mort d'Amélie. Alexandre l'avait écouté l'injurier sans broncher avant de refermer sa porte. Qu'est-ce qu'un détective ferait de plus que ce qu'avaient fait les policiers ? Il ne trouverait rien non plus, parce qu'il n'y avait rien à trouver.

Il n'avait reçu la visite d'aucun privé, n'avait jamais vu le détective engagé par Carl Richmond. Il était tout de même embêté de sentir la présence de ce dernier à quelques mètres de lui.

— Bon, soupira Peter, ce type est parti. Il avait une drôle de manière de te regarder.

— Peut-être que je lui rappelais quelqu'un ? Tu n'avais pas parlé de m'offrir un autre verre ?

— Non, non, c'est à ton tour.

Alexandre fit un clin d'œil au copilote et adressa un signe au barman qui s'approcha avec la bouteille. En levant son verre, il distingua la silhouette de Carl Richmond qui s'éloignait vers la salle d'embarquement. Il avait vraiment perdu beaucoup de poids. Peut-être était-il malade ? Ce serait bien s'il mourait.

***

Ce fut l'odeur de cuir qui surprit Hubert Sicotte quand il poussa la porte du hall d'entrée du club sportif où il avait décidé de s'inscrire. Une odeur puissante, inadéquate en ce lieu. Il aurait dû sentir la sueur. En s'avançant, il comprit d'où provenaient ces relents : des dizaines de paires de bottes étaient alignées, celles de toutes les personnes qui s'entraînaient. Hubert enleva ses bottes et les déposa au bout d'une rangée, sur le tapis trempé. Tandis qu'il se retournait, une blonde passa près de lui et son parfum citronné le réconforta. Il aurait aimé être moins sensible aux odeurs. Il ne parlait jamais des parfums qui l'indisposaient, ses plaintes auraient manqué de virilité. Les vrais hommes se moquaient sûrement des odeurs d'un vestiaire. La fille blonde s'éclipsa si vite qu'il douta un instant de l'avoir vue.

Au comptoir, au centre du gymnase, un employé lui présenta les différents types d'abonnements, lui expliqua l'intérêt des cours avec un entraîneur. Hubert, qui s'était mis en tête de faire du sport pour ressembler à ces hommes qu'il voyait dans les magazines, l'écoutait attentivement.

— Je prends l'abonnement pour un an, décida-t-il subitement. Où dois-je me changer ?

— Eh ! Une minute, il faut signer le contrat. Et choisir une heure de rendez-vous avec ton entraîneur. Tu ne peux pas te lancer comme ça, c'est imprudent.

Le visage d'Hubert se figea immédiatement ; il voulait commencer dès aujourd'hui. Il était prêt, il avait apporté ses vêtements de sport. Stéphane dut sentir une sorte d'urgence dans le ton d'Hubert et devina que celui-ci pourrait rebrousser chemin aussitôt s'il n'accédait pas à sa demande. Il fit un geste apaisant de la main gauche.

— Attends, je vais voir si quelqu'un peut s'occuper de toi tout de suite.

Il parcourut la salle des yeux, consulta l'horaire des entraîneurs. Si Gabrielle acceptait de reporter son dîner, elle pourrait se charger de ce jeune client trop nerveux. Il se dirigea vers la salle du fond où se terminait le cours de yoga, lui expliqua la situation et revint en souriant vers Hubert.

— C'est bon, va te changer. L'entraîneure sera libre dans dix minutes. En attendant, tu peux commencer l'échauffement sur une des bicyclettes ou à l'elliptique.

Hubert faillit demander ce qu'était l'elliptique mais réserva cette question pour l'entraîneur. Il espérait qu'il s'entendrait bien avec lui. Un peu anxieux, il se dévêtit en silence sans oser regarder les hommes qui entraient et sortaient du vestiaire, qui s'interpellaient, riaient.

Il grimpa sur la première bicyclette de la première rangée, se demandant s'il arrivait que tous les appareils soient occupés en même temps. Et s'il avait eu raison de payer un abonnement pour toute une année. S'il abandonnait après quelques semaines, son père lui reprocherait ce gaspillage. Mais s'il persistait, peut-être qu'il serait fier de lui. Qui sait ? Il pédalait depuis sept minutes et avait le souffle court, quand une femme s'avança vers lui.

— Hubert ? Je suis Gabrielle. C'est moi qui t'entraînerai. Tu as déjà commencé, bravo ! Mais si tu veux, j'aimerais en savoir un peu plus sur toi. On va s'installer au bureau et remplir un questionnaire.

C'était une fille qui allait s'occuper de lui ! Est-ce qu'elle vit qu'il rougissait ou pensa-t-elle que c'était l'exercice qui colorait son teint pâle ? Il cessa de pédaler, descendit maladroitement du vélo et suivit Gabrielle dans un coin du gymnase. Elle lui désigna une chaise, s'assit en face de lui, poussa une feuille sur la table et un crayon.

— Ce sont des questions de routine sur ta santé. Ensuite, on discutera ensemble de ce que tu souhaites faire ici.

Hubert remplit rapidement la feuille, crut sentir le

regard de Gabrielle sur lui ; jugeait-elle son corps trop mou, trop gros, trop empoté ? Elle lut la feuille dès qu'il la lui rendit, sourit.

— Tu n'as pas de problèmes de santé, tant mieux. Maintenant, qu'attends-tu d'un entraînement ?

Il bredouilla qu'il manquait d'énergie, de tonus, qu'il pensait qu'il se concentrerait mieux à l'université s'il faisait du sport. Il avoua qu'il n'avait jamais vraiment pratiqué d'activité physique.

— On a des gens qui commencent à cinquante ans. Ne t'en fais pas pour ça. Je te parie que, d'ici trois semaines, tu auras assimilé la routine que je vais te proposer.

Gabrielle lui exposa le programme qu'elle imaginait pour lui ; du cardio, de la musculation, des exercices d'assouplissement.

— Ce qu'il faut, c'est rétablir une bonne posture. Tu te tiens courbé. La respiration en pâtit. On va changer ça.

— Pour devenir bon, ça prend combien de temps ?

Il avait jeté un coup d'œil à deux hommes qui soulevaient des haltères lestés de soixante kilos.

— Bon par rapport à qui ? Le meilleur conseil que je peux te donner, c'est d'être ton propre défi. Fixe-toi des objectifs, compétitionne avec toi-même. Se comparer aux autres ? Pourquoi ? Chaque corps est différent, avec ses forces et ses faiblesses. Tu dois voir le gym comme un grand terrain de jeux, avoir du plaisir.

Il dut avoir l'air de douter de ses paroles, car elle éclata de rire avant d'affirmer que l'endroit était un lieu ludique. Et qu'il verrait qu'elle avait raison avant la fin du mois.

— On gage ? s'étonna-t-il de répondre.

Gabrielle acquiesça, présenta sa main pour toper.

— Maintenant, on va regarder nos horaires respectifs. Es-tu du soir ou du matin ?

Quinze minutes plus tard, Hubert Sicotte quittait le centre sportif avec un sentiment de légèreté inconnu pour lui. Il avait déjà hâte à son premier cours.

Il eut envie de marcher pour se rendre chez lui, mais le temps lui manquait. Il devait réviser ses notes de cours pour l'examen sur les écrits révolutionnaires et les pamphlets du XIXe siècle à aujourd'hui. Lui aussi aurait sa révolution, mais elle ne serait pas tranquille du tout! On verrait de quoi il était capable.

Alors qu'il fouillait dans ses poches pour trouver les clés de la maison, son voisin de gauche sortit de chez lui, lui adressa un vague sourire avant de commenter le temps. C'était la première fois qu'il lui parlait; habituellement, il le regardait à peine. Est-ce qu'une seule visite au gym l'avait à ce point changé pour qu'on ait envie de jaser avec lui? Il sourit à son voisin, l'avertit que le trottoir était très glissant, puis il entra dans la maison. Sans même ôter son manteau, il tira son horaire de son sac de sport pour l'étaler sur son bureau. Il soupira; entre son boulot au club vidéo, ses cours et l'entraînement, il faudrait être très discipliné.

***

Nicole Rhéaume se regarda pour la troisième fois dans le miroir de la salle de bain du rez-de-chaussée et se traita d'idiote. Pourquoi s'inquiétait-elle tant de faire bonne figure? Sa voisine avait suggéré un apéro. Un apéro. Point. Il n'était pas question d'un souper. Et il n'y aurait qu'elles, personne d'autre n'était invité. L'appel d'Anaïs l'avait étonnée; depuis le départ de ses voisins, elle s'était résignée à n'avoir que des contacts très superficiels avec ceux qui les remplaçaient. Les Baudry la saluaient quand ils la croisaient dans la rue, mais ça s'arrêtait là. Quant à l'homme qui occupait la maison de Jessica et Tony, il était manifestement asocial; il se contentait d'un vague signe de tête s'ils sortaient leurs poubelles en même temps.

Nicole étira les lèvres, vérifia que son nouveau rouge tenait bien et mit son manteau et son écharpe, prit son sac à chaussures. Elle avait choisi les escarpins en cuir verni rouge, voulant montrer à Anaïs qu'elle était capable de fantaisie malgré son look assez classique.

Elle fut surprise, alors qu'Anaïs la faisait entrer au salon, de constater que rien n'avait changé chez Vivien Joly; sa nouvelle voisine avait tout conservé en l'état. Il est vrai que Vivien était un homme raffiné, les gays ayant du goût pour décorer une maison. Anaïs avait réalisé des économies substantielles en se contentant d'accrocher des tableaux aux murs. Elle semblait aimer l'art moderne. Nicole n'y comprenait rien mais fit semblant d'admirer les œuvres, fut ravie de pouvoir commenter une des affiches laminées après s'être souvenue du nom de l'artiste.

— Tu es allée voir l'exposition de Botero à New York? C'est toi qui as rapporté cette affiche? J'aime bien ce peintre. Peut-être parce qu'il dessine des femmes qui sont rondes. Je suis toujours au régime, mais je finirai bien par démissionner un jour et je deviendrai aussi grosse que ses modèles. Ça me rassure de savoir que des amateurs paient des fortunes pour les toiles de Botero. Il doit y avoir des hommes qui aiment les femmes bien en chair.

Elle se tut, émit un petit rire.

— Toi, tu n'as pas ce problème-là, ajouta-t-elle. C'est beau d'être jeune.

— Je m'entraîne au gym trois fois par semaine.

— Tu es courageuse, avec tes études et ton travail, de prendre le temps de t'entraîner. Tu dois aussi surveiller ton alimentation?

— Pas aujourd'hui, en tout cas! J'ai acheté des bouchées apéritives chez Nourcy. Et j'ai mis du crémant d'Alsace au frais. Ça te convient?

Nicole acquiesça avant de suivre la jeune femme dans la cuisine. Celle-ci tenait une bouteille de Calixte rosé.

— Il m'arrivait de boire du vin avec Vivien Joly, confia-t-elle. Toujours de bonnes bouteilles.

— C'est triste comme destinée...

— Vivien Joly aurait dû se contrôler, mais Jessica était vraiment exaspérante.

Anaïs esquissa un sourire avant de confesser qu'elle avait envie, elle, de tuer une étudiante du cours de littérature américaine, une Mademoiselle Je-sais-tout.

— Elle est si énervante. Même Rémi ne peut plus la supporter.

— Rémi?

— Un prof de littérature. Très sympa, pas coincé. Peut-être que tu l'as vu quand il est venu me reconduire? Il est sorti de sa voiture pour m'ouvrir la portière.

— Un homme galant? Ça existe encore?

Elle leva son verre pour trinquer à la santé de cette perle rare.

— Galant et cavaleur. Il aime trop les femmes.

— Vraiment?

— Toutes les femmes, les brunes, les blondes, les grandes, les petites, les grasses, les maigres, les jeunes, les vieilles, les étudiantes, les autres profs. Toutes! Il m'amuse. Quand il voit une fille, il est comme un gamin devant un plat de bonbons. Gourmand!

— Si tu tombes amoureuse de lui, tu souffriras.

— Amoureuse de Rémi ?

Anaïs éclata de rire.

— Pas de danger. Je te l'ai dit, je n'ai pas de temps pour ça. Qu'est-ce que je ferais d'un homme au quotidien ?

— La plupart des femmes aiment vivre en couple, avança Nicole en songeant à sa propre situation.

Anaïs faisait preuve d'indépendance parce qu'elle était jeune et belle ; elle savait qu'elle aurait l'embarras du choix quand elle changerait d'idée.

— Ça ne me tente pas, réaffirma Anaïs. Si on n'a pas d'enfant, je ne vois pas l'intérêt de faire sans cesse des concessions.

— Tu ne veux vraiment pas d'enfant ?

— Non, dit Anaïs.

Son ton était si catégorique que Nicole, qui n'avait elle-même jamais désiré être mère, s'en étonna ; la jeune femme semblait bien certaine de sa décision.

— Tu n'en as pas eu et tu ne le regrettes pas, non ? reprit Anaïs.

— Non. Je n'étais pas faite pour élever des enfants. Je n'ai pas de patience, sauf en cuisine. C'est regrettable, si j'étais plus patiente, j'aurais continué mes cours d'anglais. Mais je n'ai pas de talent pour les langues. J'avais pensé suivre des cours d'allemand avec toi, mais c'est toi qui perdrais patience, alors...

— Je n'ai plus de disponibilités, de toute façon. Avec tous mes travaux à l'université, je ne prends plus d'autres élèves. J'espère que tu ne m'en veux pas ?

— Mais non, je n'étais pas encore décidée.

Nicole sourit avant de porter le verre de mousseux à ses lèvres. Les bulles qui éclataient à la surface lui chatouillèrent le palais. Elle hocha la tête en reposant son verre.

— Délicieux !

— J'adore les bulles. Je boirais du champagne tous les jours si j'en avais les moyens, mais ce crémant est très réussi.

— Tu as pourtant une bonne clientèle, avança Nicole en regardant Anaïs dans les yeux. J'ai cru reconnaître maître Couture, la semaine dernière.

— Secret professionnel, dit Anaïs en faisant un clin d'œil.

Nicole sourit, mais elle était maintenant persuadée qu'Anaïs lui mentait. Les médecins, les prêtres, les avocats sont tenus à la discrétion, mais en quoi maître Couture pouvait-il bien être gêné si on apprenait qu'il suivait des cours d'allemand chez sa voisine ?

Une voisine qui n'avait même pas vingt-cinq ans.

Il n'était pas plausible qu'un homme tel que Daniel Couture se déplace pour des leçons d'allemand. Avec sa fortune, il pouvait faire venir n'importe quel professeur à domicile. Ou s'inscrire à des cours privés chez Berlitz.

Mais elle l'avait vu sortir de chez elle. Elle ne l'avait pas rêvé. Anaïs n'avait pas nié, d'ailleurs. Pourquoi lui avait-il rendu visite ?

Parce que c'était elle qui était sa cliente et non l'inverse !

Nicole finit son verre pour se donner une contenance alors que tous les rouages de son cerveau se mettaient en branle : de quoi Anaïs s'était-elle rendue coupable pour avoir retenu les services d'un ténor du barreau ? Elle ne devait pas non plus avoir loué la maison de Vivien Joly par pur hasard. Qui était-elle réellement ? Que lui cachait-elle ?

— Tu m'as bien dit que tu jouais au bridge ?

Au bridge ? Voilà qu'elle détournait habilement la conversation.

— En effet, je joue depuis vingt ans.

— Accepterais-tu de m'apprendre les rudiments?

— Tu veux vraiment jouer au bridge? C'est un jeu passionnant, dit Nicole, mais si tu rêves de gagner des sommes folles, tu seras déçue. Ça n'arrive qu'à une minorité d'entre nous.

— Non, c'est pour le plaisir.

Anaïs ne pouvait expliquer à Nicole que de démystifier les bases de certains jeux pourrait lui être utile avec ses clients. Ce serait un atout supplémentaire lorsqu'elle les accompagnerait au casino. Tout ce qu'elle apprenait finissait par lui servir. C'était ainsi qu'elle avait étudié l'espagnol et l'allemand.

— Je peux t'enseigner ce que je sais, reprit Nicole, mais c'est la pratique qui fait un bon joueur et il faut être quatre pour le bridge.

— C'est par curiosité que je m'y intéresse. Rémi m'en a parlé et il m'a promis de m'apprendre le poker. Tant de gens sont fascinés par ces jeux!

Rémi. Tiens donc. Anaïs prétendait ne pas être amoureuse de lui, mais elle voulait épater son prof en apprenant à jouer.

— Rémi joue depuis longtemps?

Anaïs haussa les épaules. Elle n'en savait rien. Elle remplit le verre de Nicole, puis le sien.

— Et si on commandait une pizza? On pourrait souper ensemble.

— J'ai préparé un poulet du sultan, avec des amandes, cet après-midi. Viens plutôt souper chez moi.

— Tu es certaine? Je ne veux pas m'imposer. Mais tu pourrais me donner ma première leçon.

Nicole qui détestait plus que tout rester seule le vendredi soir acquiesça. Oui, elle lui enseignerait ce qu'elle savait. Une partie du moins, il ne saurait être question que l'élève dépasse le maître. Et ainsi elle en apprendrait davantage sur sa voisine. N'était-elle pas habituée à analyser l'attitude des joueurs qu'elle affrontait ?

Elle finirait par savoir qui était Anaïs Rancourt.

***

Gabrielle remercia le jeune voisin qui tenait la porte du hall d'entrée tandis qu'elle s'y engouffrait avec ses sacs d'épicerie.

— C'est aussi froid qu'hier ? s'enquit-il.

— Eh oui, l'hiver est loin d'être fini.

Il enfonça sa tuque sur ses oreilles et sortit pendant que la jeune femme ouvrait le casier à son nom, récupérait son courrier.

Ce n'est qu'après s'être changée, avoir rangé les aliments dans le réfrigérateur et dans l'armoire, que Gabrielle prit connaissance des lettres qu'elle avait reçues : sollicitation de la SPCA, compte d'Hydro-Québec, une invitation pour un vernissage qui l'intrigua. Elle se souvint ensuite qu'un de ses clients était peintre. Elle regarda la photographie d'une toile représentant le fleuve ; est-ce que c'était beau ? Elle ouvrit distraitement la dernière enveloppe, mais les battements de son cœur s'accélérèrent quand elle comprit qu'il s'agissait d'une autre lettre anonyme. Que voulait ce malade ?!

Elle est toujours aussi belle
Avec cette lumière vermeille
Autour d'elle, des hommes en sueur
Qui sourient la bouche en cœur
Mais ils devraient se méfier

Le maître ne laissera pas
Tous ces êtres aux abois
S'approcher d'elle.
Celui qu'elle attend
pour l'épouser sortira du bois
Pour la garder à jamais
Elle ignore qu'elle le connaît
Mais lui rêve chaque soir à Gabrielle
Elle sera bientôt sa geisha
Ou elle mourra dans ses bras

Gabrielle rejeta brusquement la lettre comme si une bête l'avait mordue et s'appuya contre la table de la cuisine; le sang pulsait à ses tempes, l'étourdissait. Elle resta quelques secondes immobile, fixant la feuille tombée sur le sol. Qui avait écrit ce poème? Pourquoi? Elle eut envie de piétiner la lettre, mais s'avança lentement vers la fenêtre du salon pour fermer les rideaux d'un coup sec; si quelqu'un l'espionnait, le spectacle était terminé pour aujourd'hui. Elle courut vers sa chambre, déroula le store, revint vers le salon et se pencha pour récupérer la missive qui faisait une tache blanche sur le tapis bariolé. Elle la tenait du bout des doigts, écœurée. Elle devait pourtant la relire et essayer de comprendre ce qu'elle signifiait.

Elle s'arrêta à l'un des vers — si on pouvait appeler ça des vers — et grimaça; *elle ignore qu'elle le connaît.* S'agissait-il de quelqu'un de son passé? Ou d'un client du gym? Un voisin?

Chose certaine, ce malade pouvait toujours continuer à rêver de l'aimer, jamais elle ne s'attacherait à un lâche. S'il voulait la séduire, c'était totalement raté.

Elle relut la lettre puis examina l'enveloppe, cherchant un indice, se traitant ensuite d'idiote; en quoi le fait de savoir à quelle heure avait été postée cette lettre l'avancerait-elle ? C'était le travail d'un enquêteur, pas d'une prof de gym.

Elle se dirigea vers sa chambre. Elle prit la première lettre qu'elle avait reçue pour les comparer. Ce n'était pas la même typographie, mais ça ne signifiait rien. N'importe quel ordinateur offrait un choix de caractères très vaste. Elle relut deux fois les lettres, les fourra d'un geste rageur dans leurs enveloppes. Elle apporterait tout ça au poste de police de son quartier dès le lendemain matin.

Elle but un verre de lait chaud et se fit couler un bain pour se détendre mais, avant de s'allonger dans la baignoire, elle vérifia deux fois si la porte d'entrée était bien verrouillée.

Qui lui avait écrit ? Qui connaissait son adresse ? Elle était persuadée, jusqu'à maintenant, que la première lettre avait été rédigée par l'employé du dépanneur, mais elle n'en était plus aussi sûre. Elle tenta de deviner à qui elle pouvait avoir plu. Ou déplu. Récemment ? Ou devait-elle chercher dans le passé ?

Mais dans le passé, elle vivait à l'étranger. Alors avant ? Quand elle demeurait à Québec ? Elle avait revu quelques personnes depuis qu'elle était revenue : Alexandre, Clara, Sébastien. Rencontrés dans un bar, au gym, au supermarché, dans la rue. Mais elle n'avait nui à aucun d'entre eux. Avaient-ils mentionné à d'autres personnes son retour à Québec ?

Et alors ? Personne ne savait qu'elle avait abandonné le corps de Martin Bouchard sur la chaussée. Personne ne l'avait remarquée lorsqu'elle avait assisté aux funérailles de l'adolescent. Elle était restée au fond de l'église, n'avait parlé à personne.

Elle mit longtemps à s'endormir, ne sachant que décider ; devait-elle ou non montrer cette lettre à la police ?

Si on retraçait l'auteur des lettres et si cet auteur était au courant de sa lâcheté envers Martin, qu'arriverait-il ? Serait-elle accusée de non-assistance à personne en danger ? De complicité avec Denis ? Même après dix ans ?

Elle se retourna, tapota son oreiller. Elle délirait ! Il n'y avait pas eu de témoin de l'accident. Elle devait se raisonner. Elle remonta la couverture sur ses épaules en pleurant d'impuissance. Elle aurait aimé consulter un psychologue afin qu'il l'aide à vivre, qu'il lui apprenne à fonctionner avec ce sentiment de culpabilité, mais elle avait trop peur qu'il la dénonce. Que valait vraiment le secret professionnel ? Elle n'avait parlé qu'une seule fois de l'accident à un prêtre, en France, qui l'avait écoutée et assurée que Dieu pouvait tout pardonner. Mais ce n'était pas le pardon de Dieu qu'elle désirait, c'était son propre pardon. Ou celui des parents et de la sœur de Martin Bouchard. Et tout cela était exclu.

Chapitre 5

La route qui menait à La Malbaie était déneigée mais glissante, et Pierre-Ange Provencher dut ralentir malgré son impatience. Il s'en plaignit à son partenaire.

— Arrête de t'inquiéter, rétorqua Étienne Martineau, Aubry est sur place. Avec lui, on n'a rien à craindre, les lieux sont sûrement sécurisés à l'heure qu'il est.

— Tant mieux, car bien des gens s'intéresseront à ce meurtre.

— Il a fini par avoir ce qu'il méritait.

— Ne répète pas ça !

— Je ne suis pas idiot. Mais c'est ce qu'on pense tous à la SQ. Daniel Couture était pourri. Il a défendu assez de gars de la mafia pour que je n'aie aucun doute sur ses sympathies.

— Tu n'en sais rien. Tu détestes tous les avocats de la défense.

— Pas ceux qui perdent leurs procès, ironisa Martineau. On y va ?

Provencher entendit l'écho de la portière qu'il avait refermée trop brusquement.

— Qui a découvert le corps ?

— Aubry. Un voisin a téléphoné à la Sûreté parce qu'il

avait cru entendre des coups de feu. Et comme ce n'est pas la saison de la chasse...

— Voyons ce qu'Aubry a trouvé.

Ils enfilèrent les combinaisons protectrices et ouvrirent la porte de l'entrée principale. Toutes les lumières étaient allumées et formaient une guirlande dorée dans le grand miroir au fond du salon.

Aubry salua Provencher et Martineau avant de leur faire part de ses observations.

— Une balle dans la tête. Pas de traces d'effraction. Couture connaissait probablement son assassin.

Provencher s'approcha du corps étendu derrière le canapé du salon. Il y avait du sang autour du trou d'entrée de la balle et sous la tête de la victime. Le projectile avait fait craquer la boîte crânienne qui n'avait cependant pas explosé. Couture avait encore les yeux ouverts et Pierre-Ange Provencher eut envie de les refermer. Il palpa le corps pour évaluer la rigidité, sachant qu'elle s'installait une douzaine d'heures après un décès. Couture était mort depuis tout ce temps au moins. C'était tout ce que Provencher pouvait en déduire dans l'immédiat en attendant les experts.

— Je n'ai pas vu de sang ailleurs, fit Aubry.

— Si le tueur était au bout du salon, avança Martineau, il n'aura pas été trop éclaboussé.

— J'ai la douille. Ça ressemble à du neuf millimètres.

— Tu as fait le tour du propriétaire ?

— Je me suis contenté d'examiner superficiellement chaque pièce. Il y en a tout de même dix ! Pas de vêtements de femme dans les garde-robes. Je pense qu'il vivait seul. Comment peut-on avoir besoin d'autant d'espace quand on est célibataire ?

— Son bureau ?

— En ordre. Un portable, un agenda électronique.

— On va donner ça aux techniciens. Ils vont nous sortir des listes d'adresses et de numéros. Suivez-moi, vous allez voir, c'est grand. En plus, il avait un bachelor à Québec et un appartement à Montréal.

— Il ne pouvait pas faire la route matin et soir. Il devait venir à La Malbaie les fins de semaine, durant les vacances. On a envoyé des hommes pour fouiller à Montréal et à Québec.

— Quand on m'a appelé, reprit Aubry, je pensais à un crime de rôdeur. La maison est imposante, on sent la richesse, tout ce qu'il faut pour tenter des voleurs. Mais je n'ai pas constaté d'effraction ni aucune trace de lutte. Tout est *clean*.

Provencher faisait lentement le tour de la pièce, soulevait un rideau mais distinguait mal le terrain derrière la maison. Le jour ne se lèverait pas avant une heure. Il examina les tableaux qui ornaient les murs, des fusains fort bien exécutés représentant des chevaux. Est-ce que Couture possédait une écurie ? Ou pariait-il aux courses ? Avait-il pu s'endetter au point d'exaspérer ses créanciers ?

— On doit éplucher tous ses comptes, vérifier les entrées, les sorties d'argent. Sa secrétaire nous donnera des précisions sur ses dossiers.

Des bruits de moteur, des voix provenant de l'extérieur l'interrompirent ; l'équipe technique était arrivée. Les enquêteurs quittèrent le bureau pour les accueillir. Provencher répéterait ses consignes même s'il savait que les techniciens connaissaient leur travail. L'humidité de la nuit l'étonna ; il n'avait pas éprouvé cette sensation de froid lorsqu'il était descendu de voiture. Il avait été impressionné par les dimensions de la demeure de la victime. La maison de Couture ressemblait à un manoir de conte de fées, protégeant ses mystères, se repliant sur ses secrets. Comment vivait Daniel Couture ? Avait-il provoqué sa mort ?

***

Anaïs Rancourt venait de finir de dîner quand elle s'installa devant son ordinateur afin de continuer ses recherches pour un travail universitaire. Elle jeta un coup d'œil à l'horloge, s'autorisa à consulter le site de Radio-Canada pour lire les dernières nouvelles. Elle faillit s'étouffer avec son café lorsqu'elle reconnut Daniel Couture. Sous sa photo, une légende : *Meurtre mystérieux à La Malbaie.*

Anaïs sentit les battements de son cœur s'accélérer ; qui avait pu tuer son client le plus fidèle ?

Daniel Couture ? Mort ? C'était absurde.

Elle relut l'article plusieurs fois, mais n'apprit rien de plus. On ignorait tout des circonstances du décès de Daniel Couture hormis le fait qu'un voisin avait alerté les autorités après avoir entendu des coups de feu. Le représentant de la Sûreté du Québec n'avait rien à déclarer, à ce stade de l'enquête. L'auteur de l'article rappelait que, si maître Couture avait défendu des membres de la mafia, il était impossible d'affirmer que sa mort avait un lien avec le crime organisé.

Anaïs repensa à sa rencontre avec Daniel Couture en septembre, leur premier souper à l'Initiale. Il avait parlé de ses voyages en Asie et elle s'était interrogée ; était-il un de ces hommes qui privilégiaient Bangkok pour son tourisme sexuel ? Elle n'avait pas aimé se poser cette question, imaginer que ce client penserait peut-être aux gamines qu'il baisait là-bas lorsqu'ils seraient au lit. Elle avait su plus tard qu'il s'y était rendu pour défendre un homme qui avait assassiné un pédophile récidiviste. Et, sous les draps, Couture n'avait démontré aucune perversion. Elle avait même découvert au fil du temps qu'il appréciait une certaine routine ; elle n'avait pas été étonnée qu'il lui offre de s'occuper d'elle.

— Je paierais ton appartement, tes vêtements.

— Pour être le seul client, je sais, mais c'est non.

Il avait insisté et elle avait alors perçu la détermination qui pouvait l'animer quand il plaidait. Elle n'avait pas changé d'idée ; elle refusait de dépendre de quelqu'un.

— Même si tu es charmant.

— Tu aurais moins de travail, plus de temps pour étudier.

C'était un excellent argument, mais elle s'était entêtée à demeurer indépendante et, en ce matin glacé de février, elle s'en félicitait. La mort de Daniel Couture la priverait d'un revenu intéressant, certes, mais elle ne se retrouvait pas à la rue. Et elle pourrait garder ou vendre les bijoux qu'il lui avait offerts. Il n'y aurait pas d'épouse éplorée pour réclamer des comptes ; Daniel Couture ne s'était jamais marié et n'avait aucune envie de se lier officiellement avec une femme. Il soutenait qu'il ne voulait pas subir les immanquables récriminations d'une épouse à propos de son travail, du temps qu'il y consacrait. C'était sa vie et ça ne changerait jamais. Il laissait les histoires sentimentales à d'autres et avait même avoué à Anaïs qu'il n'aimait pas particulièrement défendre les auteurs de crimes passionnels, bien que ce soit souvent facile.

— C'est le genre de meurtre auquel le public peut s'identifier. Moi, ils m'agacent. Ils sont trop pathétiques. Mais ça fait de bonnes histoires pour les journalistes.

Qu'aurait-il pensé de l'article qu'on avait rédigé sur son propre assassinat ?

Et qui l'avait tué ? Couture avait défendu toutes sortes de truands au cours de sa carrière ; l'un d'eux avait-il voulu se venger pour un mauvais verdict ? Dans ce cas, la liste des suspects serait courte ; Couture s'était souvent vanté de son taux de réussite exceptionnel lors des plaidoiries. Il avait même invité Anaïs à venir l'entendre au Palais de justice. Flattée de la confiance qu'il lui témoignait, Anaïs avait toutefois accueilli cette offre sans trahir son excitation. Elle ne voulait pas donner à l'avocat le sentiment d'être fascinée par lui, même si elle était impressionnée par son talent. Elle avait refusé d'être « pensionnée » pour conserver son indépendance, parce qu'elle redoutait de s'ennuyer en ne voyant qu'un seul homme, mais également parce que, en acceptant d'être entretenue par Couture, elle lui donnerait trop de pouvoir sur elle ; la domination, même subtile, peut conduire au mépris. Après avoir eu Anaïs quelques mois à sa disposition, qui dit qu'il ne s'en serait pas lassé ?

Qui avait pu assassiner Daniel Couture ? Si c'était le crime d'un rôdeur, le journaliste en aurait parlé, il aurait mentionné des traces d'effraction. Une balle dans la tête, c'était tout ce qu'il avait écrit.

***

Hubert écoutait ce que lui disait Gabrielle en s'efforçant de se concentrer sur ses paroles, ses gestes, mais il n'y arrivait qu'à moitié, obsédé par cette pensée qui ne l'avait pas quitté depuis qu'il avait terminé l'entraînement cardio : réussissait-il à cacher l'émotion que suscitait en lui la présence de la jeune femme ? Il ne devait penser qu'aux exercices qu'elle lui expliquait, seulement aux exercices, mais Gabrielle l'avait touché, aux épaules, au dos à trois reprises. Et elle avait un tel sourire en répétant ses consignes, en exécutant les mouvements devant lui pour qu'il saisisse ce qu'elle attendait de lui. Le plus beau sourire du monde. Il ne savait pas si c'était l'effort physique ou l'effet que Gabrielle produisait sur lui qui lui coupait le souffle, l'étourdissait, lui faisait oublier tout ce qu'il était, sa vie merdique, Rémi Bergeron, les filles de l'université si nulles. Il avait mal dans tout le corps mais aimait cette torture qu'il s'imposait, car chacun des mouvements avait été décidé par Gabrielle. Gabrielle Leland. Leland n'était pas un nom fréquent; d'où venait-elle? Il voulait tout savoir sur elle, son passé, son présent. Connaître ses goûts, ses désirs, ses rêves. Faire partie de son avenir.

Il vit son reflet dans un des miroirs qui recouvraient les murs du gymnase et secoua la tête pour chasser ces bêtises: comment Gabrielle pourrait-elle s'intéresser à lui alors que des hommes au corps parfait la côtoyaient tous les jours? Subitement, il eut envie de tout arrêter, de fuir le gymnase, de se fondre dans la nuit. Ne pas aller au club vidéo où on l'attendait, laisser tomber les cours à l'université et s'enfermer chez lui, disparaître de la surface de la terre. Qui en serait gêné? C'est à peine si on remarquerait son absence.

— C'est bon, Hubert! Continue! Je suis fière de toi. Tu es un de mes meilleurs élèves. J'ai rarement vu quelqu'un d'aussi motivé. C'est très encourageant pour moi.

— Pour toi?

— Je commence à enseigner ici. Comme tout le monde, je me demande si je suis bonne. Tes progrès me rassurent. C'est seulement notre troisième cours, mais je vois que ta posture a déjà changé. Tu es venu t'entraîner plusieurs fois. C'est formidable.

— C'est vrai ?

Elle lui sourit et Hubert eut l'impression qu'un soleil liquide coulait dans ses veines, il était envahi par une chaleur d'une incroyable douceur. Gabrielle l'avait félicité, elle avait remarqué ses efforts et elle l'encourageait à continuer parce qu'elle savait qu'il ne la décevrait pas. Il ferait tout pour remodeler son corps.

En quittant les lieux, Hubert fit un signe de la main à Gabrielle qui entraînait maintenant une grande blonde. Elle lui sourit de nouveau et leva son pouce gauche vers le haut en signe de victoire. Qu'elle était belle !

Il ne sentit pas le froid alors qu'il attendait l'autobus. Il était de nouveau en proie au découragement. Comment pouvait-il croire que Gabrielle s'intéresserait un jour à lui ?

Et s'il lui écrivait une lettre où il exprimerait ses sentiments ? Sans révéler son nom. Juste pour qu'elle sache qu'un homme était amoureux d'elle. Juste pour évacuer le trop-plein d'émotion qu'il ressentait en pensant à elle. Il attendrait de la connaître mieux, puis il lui avouerait qu'il était l'auteur de ces missives. Elle ne pourrait pas lui en vouloir, il y chanterait ses louanges.

Il chercherait des modèles de lettres d'amour sur Internet. Il ne les copierait pas, évidemment, il avait son propre style, mais il verrait ce que des auteurs célèbres avaient écrit pour séduire leurs muses. Peut-être pourrait-il citer l'un d'entre eux afin que Gabrielle comprenne que l'homme qui lui écrivait était cultivé. Il lui faudrait rédiger une lettre mystérieuse, étrange, qui pique sa curiosité. Les banalités, il les laissait à d'autres...

***

Maud Graham venait de fermer les stores de son bureau quand Rouaix protesta ; le soleil serait couché dans une heure, pourquoi ne pas profiter encore de la lumière ?

— Je suis aveuglée, je ne vois pas l'écran de l'ordinateur.

— Tourne-le un peu, tu es de mauvaise foi...

— Nuance, le coupa-t-elle, de mauvaise humeur.

Rouaix retroussa les manches de sa chemise en secouant la tête. Graham devrait bien admettre que Moreau revienne travailler avec eux. Elle n'avait pas le choix.

— Il est peut-être mieux qu'avant. Sa maladie et celle de sa femme l'ont peut-être fait réfléchir. Ça change un homme.

— Moreau n'est pas Provencher. Et sa femme est guérie.

— Tu es impitoyable.

— Oui.

Elle avait toujours exécré Moreau et ça ne changerait jamais. L'idée de le croiser de nouveau tous les jours alors qu'elle en avait été débarrassée durant de longues semaines l'ulcérait. Si elle avait été plus honnête, elle aurait convenu qu'elle préférait s'emporter contre ce collègue plutôt qu'en vouloir à Grégoire. Elle ne savait plus comment se comporter avec lui. Devait-elle continuer à le plaindre, à le dorloter ou le brasser pour qu'il réagisse ? Il avait quitté son emploi au Laurie Raphaël en disant qu'il avait besoin de changer d'air, mais Graham savait que c'était parce qu'il ne voulait plus se lever tôt. Parce qu'il se couchait au petit matin après avoir bu toute la nuit.

— Est-ce que Provencher a du nouveau dans l'affaire du meurtre de Couture ?

— Les gars épluchent son agenda électronique. Ils ont aussi trouvé un vieux carnet d'adresses. Autant de numéros à Québec qu'à Montréal. Il connaissait beaucoup de monde, c'est un travail de moine. Ils ne peuvent rien exclure.

— Son idée sur ce crime?

— Comme nous, répondit Rouaix. Il ne croit pas à un contrat de la mafia. Couture a défendu plusieurs hommes liés au crime organisé. Il connaissait leurs secrets et le prix du silence, et il n'a échoué que deux fois à obtenir des condamnations satisfaisantes pour ses clients. Ce serait étonnant que ces clients-là précisément aient cherché à se venger.

— De toute manière, on compte sur les doigts d'une main le nombre d'avocats tués au Québec au cours des trente dernières années. Pas un seul juge. Dans tout le Canada.

— Celui qui l'a assassiné devait être du côté des victimes des clients de Couture. Il a fait libérer un multirécidiviste, des violeurs, des fraudeurs. C'est légitime d'être en colère contre celui qui sauve de la prison l'homme qui a détruit votre vie. Souviens-toi de Thomas Lapointe...

— L'envie aussi est une valeur sûre, ajouta Graham. Couture était riche. Et la colère est également inspirante. Qui haïssait maître Couture, à part les clients mécontents ou les parents des victimes? À quoi ressemblait sa vie privée?

— Provencher a interrogé quelques-unes de ses consœurs. Certaines ont eu une aventure avec Couture, mais rien d'extravagant. Ni dans la durée ni dans l'intensité.

— Il gardait sa fougue pour épater les jurés lors des procès, maugréa Graham. Il nous a vraiment fait chier.

— Bel éloge funèbre.

Rouaix sourit, sachant fort bien que Graham s'ennuyait depuis son retour d'Italie. Les dossiers qu'on leur avait confiés étaient sans surprise : des enquêtes faciles qui avaient été bouclées rapidement.

— Mais c'est l'enquête de Provencher, pas la nôtre. Il te racontera tout plus tard, sois patiente.

— Facile à dire !

— Est-ce qu'on donne des cours de yoga au gym où s'entraîne Tiffany McEwen ? Un peu de méditation te calmerait...

Graham fit mine de lui lancer la pomme qu'elle venait de saisir puis elle la mordit. Rouaix avait peut-être raison. Du yoga ?

***

Malgré les fortes rafales de vent, Tiffany ne regrettait pas d'avoir décidé de courir pour se rendre au gymnase. Elle se débarrassa de son manteau et s'installa sur une des bicyclettes, jeta un coup d'œil à l'horloge murale. Elle pédalerait durant trente minutes. Ensuite, étirements, puis musculation. Elle avait deux heures devant elle avant de se présenter au bureau et elle avait besoin de bouger, de dépenser de l'énergie. Elle s'inquiétait toujours pour Claudie Matteau depuis que celle-ci avait quitté le refuge pour femmes battues. Graham lui avait dit qu'elle avait fait tout ce qui était en son pouvoir pour l'aider, et même plus, et même trop, mais Tiffany ne parvenait pas à oublier la terreur qu'elle avait lue dans le regard de Claudie.

Après quelques séries d'exercices sur le tapis, Tiffany se sentait mieux. Graham avait raison, il fallait qu'elle apprenne à relativiser les choses. Elle devait éprouver de la compassion pour les victimes sans trop s'impliquer émotivement.

— Je te dis quoi faire, avait avoué Graham, mais je ne suis pas la mieux placée pour donner des conseils. Je n'ai pas atteint le parfait équilibre, loin de là. Rouaix est meilleur que moi. Joubert aussi. Il démontre beaucoup d'empathie envers les victimes, mais il sait se protéger. Et en plus, c'est un bon enquêteur, très observateur. Je l'aime beaucoup.

Tiffany aussi aimait Michel Joubert, mais elle n'osait pas l'aborder même s'il était chaleureux avec elle. Autant elle avait du sang-froid et du cran dans des situations dramatiques, autant elle manquait d'audace dans sa vie privée. En s'appuyant sur un appareil destiné à muscler le dos, elle se répéta pour la ixième fois qu'elle devrait oser parler de Joubert avec Maud Graham. Même si c'était sa supérieure, elle avait l'impression qu'elle pouvait se confier à elle.

Tiffany coinça ses mollets entre les montants rembourrés de l'appareil et se pencha, laissant pendre son torse dans le vide. Elle sentit trop tard que sa cheville droite n'était pas assez maintenue, elle bascula, tenta vainement de se rattraper, chuta et se frappa la tête contre un poids en métal. Tout se mit à tourner.

Elle vit qu'on lui tendait une serviette, sentit qu'on posait doucement une main sur son épaule.

— Tu saignes au front. Comment te sens-tu ?

La jolie brune qu'elle avait saluée en sortant du vestiaire était penchée vers elle, l'air inquiet.

— Es-tu capable de bouger ?

Tiffany épongea le sang qui coulait de son front, voulut se relever. Anaïs la prit par le bras, l'entraîna vers une chaise. Gabrielle accourut aussitôt vers elles.

— Qu'est-ce qui s'est passé ?

— Elle est tombée en faisant un redressement.

Tiffany sourit à Gabrielle, l'assura qu'elle se sentait déjà mieux.

— Les blessures à la tête saignent toujours beaucoup, c'est impressionnant. Mais je suis...

— As-tu mal au cœur ?

Tiffany fit signe que non.

— Tu sais où tu es ? Ton nom ? Tu vois correctement ?

Gabrielle semblait anxieuse, mais le calme de Tiffany la rassura.

— C'était un prétexte pour cesser de m'entraîner plus tôt. C'est fini pour aujourd'hui.

Elle rendit la serviette tachée à Anaïs.

— Veux-tu voir un médecin ? dit celle-ci. Je peux te déposer à une clinique. J'ai terminé, moi aussi.

Tiffany refusa, mais elle accepta que la jeune femme la reconduise jusqu'à la pharmacie la plus proche. Durant le trajet, elles échangèrent sur les cours ; toutes deux s'étaient inscrites au jukari avec Gabrielle mais à des heures différentes.

— Elle est vraiment sympa, Gabrielle. Je ne comprends pas que...

Anaïs s'interrompit, se rappelant qu'elle avait promis à Gabrielle de se taire à propos des lettres anonymes dont elle lui avait parlé.

— Que... ? ne put s'empêcher de demander Tiffany.

— Qu'elle n'ait pas d'amoureux, mentit-elle. Elle est jolie, chaleureuse...

— Elle n'est pas la seule à être célibataire.

— Toi aussi ?

— Je travaille trop, je n'ai pas le temps de sortir. Toi ?

— Même chose pour moi.

Anaïs ralentissait devant une pharmacie et allait gagner le terrain de stationnement quand Tiffany protesta.

— Ça va. Je peux y aller seule. Je n'ai plus mal. C'est déjà très gentil de m'avoir emmenée jusqu'ici.

— Mais...

— Arrête-toi ici, c'est parfait. Merci mille fois.

Tiffany sortait déjà de la voiture pour couper court à tout argument. Anaïs lui fit un signe d'au revoir et la regarda marcher d'un pas assuré vers le commerce, la vit disparaître à l'intérieur et redémarra. Tandis qu'elle gagnait le boulevard Charest, Anaïs repensa à Gabrielle, se réjouissant qu'elle lui ait fait assez confiance pour lui avouer ce qui la troublait. Elles ne se connaissaient pas depuis longtemps, mais Anaïs avait tout de suite éprouvé de la sympathie pour elle. Quand elles étaient sorties ensemble, la semaine précédente, elles s'étaient découvert plusieurs points communs et Anaïs était rentrée chez elle très contente de cette soirée. Elle avait même envisagé de révéler à Gabrielle la nature réelle de son travail, car cette dernière avait fait plusieurs commentaires qui prouvaient son ouverture d'esprit. Peut-être qu'elle ne la jugerait pas si elle apprenait la vérité. Après tout, elle avait fait confiance à Rémi et ne le regrettait pas, même si elle n'avait toujours pas compris quelle impulsion l'avait poussée à le séduire. Peut-être parce qu'il ne lui avait fait aucune avance. Elle appréciait cette retenue. Et sa manière de partager avec elle sa passion pour le poker. Ou pour un auteur. Ou pour la course à pied. Rémi Bergeron était un homme éclectique qui s'intéressait autant à l'architecture de New York qu'à la poésie médiévale.

Il n'aurait pas trouvé grand talent à l'auteur des lettres anonymes qu'avait reçues Gabrielle. Des rimes faciles. Stupides. Et inquiétantes. Anaïs avait conseillé à Gabrielle de se rendre au poste de police de son quartier, mais cette dernière avait rejeté cette suggestion.

— La dernière lettre était différente des deux premières. Moins bizarre.

— C'est vrai, elle était plutôt lyrique comparée aux poèmes et moins menaçante, mais c'est tout de même une lettre anonyme. Ce serait une drôle de coïncidence que tu reçoives des lettres anonymes de deux hommes.

— C'est ridicule, je n'aurais pas dû te parler de ces lettres. Je n'ai qu'à les jeter à la poubelle et à les oublier.

— On fait un marché. Tu les gardes et, si tu en reçois d'autres, tu les apportes toutes à la police. Les enquêteurs te prendront plus au sérieux si tu leur montres trois ou quatre lettres.

— Je n'ai pas envie d'aller au poste de police. Que veux-tu qu'on me dise...

— Conserve-les. Attends un peu et on avisera si tu en reçois une autre.

Anaïs espérait que Gabrielle avait suivi son conseil et n'avait pas détruit les lettres. Elle se demanda ce qu'elle ferait, dans la même situation; elle ne pourrait pas aller déballer son histoire à la police. C'était un des côtés ennuyeux de son métier : travaillant dans l'illégalité, sous un nom d'emprunt, elle n'imaginait pas demander de l'aide aux représentants de l'ordre.

Mais ses clients, eux, le pouvaient.

Elle regretta que Daniel Couture soit mort. Il aurait su conseiller Gabrielle au sujet des lettres. Elle avait du mal à croire à sa disparition. Il ne s'était jamais plaint d'une menace quelconque devant elle. Il avait des rivaux au tribunal, il ne plaisait pas à tout le monde, mais de là à l'abattre...

Si elle avait su quelque chose, aurait-elle appelé les enquêteurs ?

***

Combien de temps Alexandre Mercier serra-t-il le combiné téléphonique avant de le déposer sur son socle ? Trente secondes, une minute ? Il continua à le fixer comme s'il s'agissait d'une créature vivante qu'il détestait, tenté de le projeter sur le mur de toutes ses forces.

Gabrielle avait refusé de sortir avec lui. C'était elle qu'il aurait voulu lancer contre tous les murs de la maison, contre l'arête du foyer en briques afin qu'elle se fracasse le crâne. Il n'entendrait plus sa voix ni ses bêtises, ses excuses mensongères.

Elle avait promis, paraît-il, de passer la soirée de vendredi avec son amie Anaïs.

— Elle m'a invitée chez elle, avait-elle expliqué. Je viens de m'installer à Québec, je suis contente de l'avoir rencontrée. Tu es gentil d'avoir pensé à moi. On se reprendra une autre fois, d'accord ?

Il avait alors proposé de se retrouver le lendemain mais, après avoir hésité une fraction de seconde, Gabrielle avait décliné sa proposition.

— Ça n'a rien à voir avec toi. J'ai apprécié notre dernière sortie, mais j'ai un peu besoin d'être seule en ce moment. J'ai des soucis, des choses que je dois régler. Et je n'ai pas fini d'aménager mon appartement. Je n'y suis jamais, avec tous les cours que je donne. Je ne m'en plains pas, mais c'est le bordel chez moi. Je dois faire du rangement.

Elle parlait de ménage et elle le balayait comme s'il n'était qu'une saleté, une merde sans importance ! Il avait failli hurler, mais il avait répondu qu'il était patient et qu'il serait content de la voir quand elle serait disponible. Elle l'avait remercié de sa compréhension ;

106

elle avait l'intention de rester tranquille chez elle toute la fin de semaine, elle avait besoin de solitude pour se ressourcer.

Elle n'avait qu'à trouver un autre travail si elle aimait tant que ça la solitude ! Elle passait toutes ses journées entourée de gens, d'hommes qui la reluquaient. Et même des filles. Il était certain qu'elle plaisait aussi aux femmes. Elle attirait les êtres comme la lumière aimante les insectes. De foutus insectes qui grouillaient près d'elle. Besoin de solitude ? Il pouvait la larguer en plein bois ! Il pouvait l'abandonner dans un coin perdu où elle mourrait de faim et de froid. Mais elle aurait ce qu'elle souhaitait : la paix ! Elle pourrait songer alors à toutes ces prétendues choses qui l'empêchaient d'accepter son invitation à souper.

Il avait pensé toute la semaine à ce souper, avait réglé chaque détail. Le menu, les vins, les chandelles, la musique, le parfum d'ambiance. Tout était décidé. Et voilà qu'elle refusait de venir chez lui. Elle avait commencé par dire qu'elle n'était pas libre le vendredi, mais quand il lui avait proposé le samedi ou le dimanche, elle avait bien dû inventer autre chose pour le repousser, un pseudo-besoin de calme.

Elle avait dit de sa voix chaude, de sa voix qui devait rendre fous de désir tous ceux qui s'entraînaient au gym, elle avait susurré : « Tu me comprends, Alexandre ? J'ai seulement besoin de réfléchir. »

Il avait réussi à répondre qu'il était là pour elle, tout en se demandant si c'était sa dernière lettre qui l'avait affectée, qui la poussait à rester chez elle au lieu de sortir.

— Tu as mentionné de petits soucis, avait-il avancé. J'espère que ce n'est pas grave. Si je peux faire quelque chose, appelle-moi, ça me fera plaisir.

Elle aurait dû être heureuse qu'il lui offre son aide et lui parler de la lettre anonyme. Mais non.

Il devrait être encore plus explicite dans la prochaine missive.

Et prendre d'autres mesures, au besoin. Il était un homme d'action, après tout. Très jeune, il avait su faire les gestes nécessaires pour protéger ses intérêts. Il avait réussi à évincer sa sœur Alice qui prenait trop de place. Enfant, c'était à lui que sa mère confiait l'argent pour acheter du lait à l'épicerie parce qu'il était sage. Mais c'était à sa sœur qu'elle réservait ses fous rires. C'était Alice qui s'attirait les faveurs des gens, on ne parlait que d'Alice. Il se souvenait des commentaires des voisins, des parents au salon funéraire, alors qu'ils défilaient devant la petite tombe fermée. On répétait à quel point Alice était jolie, charmante, vive, agréable. C'est vrai, on s'était un peu intéressé à lui, on l'avait plaint parce qu'il avait perdu sa sœur. À l'école, le professeur avait demandé aux élèves d'être gentils avec lui. Mais, dans le grand salon de la maison familiale, il y avait beaucoup plus de photos d'Alice que de lui. Il y avait même une image datant de la veille de sa disparition alors qu'elle étrennait une robe violette.

Du même violet que le chapeau de Gabrielle.

Alexandre se souvenait que leur mère avait exigé qu'Alice soit enterrée avec sa robe neuve. Quand il l'avait regardée tomber dans le ravin, elle portait un pantalon bleu et un chandail rouge. Alexandre avait eu du mal à distinguer le sang sur le vêtement quand on avait remonté le corps d'Alice. Il avait raconté qu'elle s'était élancée vers le ravin en disant qu'elle avait entendu gémir un animal. Il avait tenté de la retenir, mais elle avait glissé et déboulé jusqu'au bas du ravin, se frappant la tête contre les pierres.

Que se serait-il passé si sa sœur n'était pas morte ? L'aurait-on enfermé dans un centre pour délinquants ? Ses parents auraient sûrement été horrifiés d'apprendre qu'il avait poussé Alice. D'un autre côté, ils avaient toujours été soucieux de bien paraître. Ils étaient fiers de leur famille plus que parfaite. Comme lui-même l'avait été, durant un certain temps, du trio qu'il formait avec Jonas et Karine. Il avait désiré un autre enfant. Une fille qu'il aurait peut-être appelée Alice pour faire plaisir à sa mère, sa mère qui avait reporté son affection sur lui après le décès d'Alice. Mais Alexandre savait bien qu'il n'était qu'un ersatz, un produit de remplacement. S'il avait eu une petite fille, il aurait pris garde à ne jamais lui démontrer plus d'attention qu'à Jonas. À cette époque, il croyait encore que le garçon était son fils. Pourquoi Karine avait-elle tout gâché ?

Et comment empêcher que cela se reproduise avec Gabrielle ? Est-ce que leur secret serait suffisant pour s'assurer de sa loyauté ? Les femmes étaient dissimulatrices. Gabrielle ne lui avait pas encore dit qu'elle avait reçu des lettres anonymes. Pour quelle raison ? Il était certain qu'elle en avait parlé à sa copine Anaïs. Et s'il proposait à Gabrielle de souper avec Anaïs ? Il pourrait juger de ses fréquentations. Connaître cette copine. Et les autres. Ceux qui avaient la chance de côtoyer Gabrielle, qui travaillaient, qui sortaient, qui s'entraînaient avec elle. Il se serait volontiers inscrit au gym où elle donnait des cours s'il n'avait craint de manquer de subtilité. Les travaux d'approche requéraient de la finesse. Et de la patience. Et il en avait très peu, il devait se l'avouer.

Quand Gabrielle lui parlerait-elle de ses lettres ? Son mutisme l'exaspérait. Il fallait qu'il soit vraiment sûr qu'elle lui était destinée pour endurer ça !

***

Nicole Rhéaume avait mis longtemps à se décider, mais elle s'était finalement habillée pour pelleter l'entrée de sa maison. En novembre, elle avait failli confier la corvée à un adolescent du voisinage, mais elle s'était ravisée ; elle devait faire de l'exercice. Il était inutile de payer un gamin pour dégager son entrée, elle s'en occuperait elle-même. Elle n'avait pas prévu qu'il neigerait autant. Elle s'activait depuis une vingtaine de minutes quand elle entendit la voix d'Anaïs.

— Nicole ?

Elle se retourna, reconnut un des hommes qu'elle avait déjà vus entrer chez sa voisine. Celle-ci lui faisait signe de traverser la rue pour les rejoindre.

— Je te présente Rémi Bergeron.

Nicole apprécia immédiatement cet homme qui prenait la peine d'enlever son gant pour lui serrer la main et elle regretta d'avoir mis ce ridicule béret qui lui aplatissait les cheveux.

— Veux-tu souper avec nous ? demanda Anaïs. Je n'ai pas ton talent en cuisine, j'ai acheté des sushis au Métropolitain. On pourra essayer de jouer au bridge. Un ami de Rémi nous rejoindra. Tu verras si j'ai bien compris tes explications.

— Et si tu y prends goût ? la taquina Nicole. Attention de ne pas devenir accro !

— Pas de danger, je suis une fille très sage.

Elle éclata de rire aussitôt. Rémi l'imita. Nicole rit aussi, d'un rire mécanique ; elle observait Rémi à la dérobée et cherchait à saisir quels liens il entretenait avec Anaïs. Peut-être que celle-ci lui avait dit la vérité et qu'il n'était pas question d'amour entre eux, car Rémi ne couvait pas la jeune femme du regard, il ne semblait pas guetter ses réactions, son approbation. Il portait un vieux chandail et sa tignasse argentée aurait eu besoin d'être coiffée. En même temps, ces mèches rebelles qui encadraient son visage atténuaient ses traits un peu forts, les adoucissaient.

— C'est oui ? dit-il en lui souriant.

— J'apporte du vin et le dessert. Mon gâteau à l'orange cuit en vingt minutes. Je serai là pour l'apéro.

Nicole pivota aussitôt sur ses talons afin que ni Rémi ni Anaïs ne puissent deviner sa surprise d'avoir été invitée si spontanément à souper avec eux. Dans le passé, il y avait bien eu des barbecues entre voisins mais, dès l'hiver, les échanges cessaient comme s'ils n'avaient jamais eu lieu. Comme si elle n'existait plus. Elle était ravie qu'Anaïs soit différente de ses anciens voisins. Elle se félicita d'avoir accepté de lui enseigner à jouer au bridge ; la jeune femme semblait lui en être reconnaissante.

Elle se précipita dans la cuisine, sortit les œufs, le beurre, les oranges. Heureusement, la recette était archi-simple, elle la connaissait par cœur. Tandis que le gâteau cuirait, elle se changerait et se maquillerait. Rémi Bergeron verrait qu'elle avait encore une belle chevelure. Les dieux étaient pour elle : elle venait tout juste de se faire une teinture. Aucune racine visible ! Elle mettrait sa robe rouge. Non, la bleue, plus discrète. Ou son pantalon noir et son chemisier rose, le rose avivait son teint. Oui. Du rose. Elle ferait tout ce qui était en son pouvoir pour paraître plus jeune.

Elle monta à l'étage pour se remaquiller, eut un moment de découragement en constatant que son mascara avait un peu coulé à l'œil droit. Elle étala une crème nettoyante sur son visage, elle n'allait pas corriger le précédent maquillage, mais tout effacer puis tout reprendre ; la ligne au crayon, l'ombre à paupières lilas, le mascara, un fard à joues à peine teinté.

Quel âge avait l'ami de Rémi ? Était-il libre ? Et Rémi ? Elle regretta durant quelques secondes d'avoir accepté cette invitation. Anaïs avait simplement besoin d'une quatrième personne pour le bridge. Ce n'était pas par amitié qu'elle la recevait chez elle. Ni pour lui présenter des hommes qui préféraient certainement des jeunes femmes.

Elle se secoua ; elle n'avait rien à perdre à se rendre chez sa voisine. Qu'aurait-elle fait ce soir ? Seule ? Serait-elle allée au cinéma, aurait-elle loué un film ? Son amie Françoise était en Floride jusqu'en avril.

L'odeur sucrée, beurrée du gâteau embaumait la salle à manger quand Nicole redescendit, vêtue d'un chemisier et d'un pantalon noir. Elle retourna le gâteau sur une assiette en verre mat et parsema le tout d'écorces d'oranges confites hachées avant de l'arroser du sirop au Cointreau. Elle aurait droit à quelques secondes d'admiration de la part des convives avec ce dessert.

Elle fut agréablement surprise qu'on lui ouvre la porte sans qu'elle ait besoin de sonner. Rémi s'exclama en voyant le gâteau.

— Ça sent tellement bon ! Ce sera difficile d'attendre jusqu'à la fin du repas.

Anaïs la complimenta sur son chemisier et lui offrit un verre de riesling.

— Éric vient de m'appeler, dit Rémi après avoir trinqué avec Nicole. Il nous rejoindra d'ici une demi-heure. Il doit d'abord conduire sa femme au théâtre.

— Éric est un ami à vous ?

— C'est mon voisin et un bon joueur de bridge.

— Vraiment ?

— Il ne joue pas assez souvent, ce qui me donne des chances par rapport à lui.

— Je suis un peu rouillée, mais j'espère que je ferai bonne figure.

— Qu'est-ce qu'on parie ?

— Un souper, répondit Anaïs. Les perdants invitent leurs adversaires.

— Il faut donc que je gagne, déclara Rémi en souriant à Nicole. Anaïs m'a vanté tes talents culinaires.

Anaïs nota que Nicole rougissait et se demanda encore pourquoi elle avait invité sa voisine. Parce qu'elle comprenait ce qu'était la solitude ou parce que Nicole l'intriguait ?

Chapitre 6

Hubert Sicotte repoussa d'un geste las les notes qu'il avait prises au dernier cours de Rémi Bergeron. Il les lisait sans parvenir à retenir quoi que ce soit; tout ce qui venait de cet homme le dégoûtait. Il n'en avait rien à foutre de son opinion sur Hemingway ou Fitzgerald. Il soupira. Il devait pourtant faire un effort, il n'était pas question d'échouer à ce cours; il avait été suffisamment humilié.

L'humiliation. C'était ce qu'il aurait voulu faire vivre à Bergeron. Le voir totalement ridiculisé. Devant tout le monde.

Mais comment?

La seule bonne nouvelle de la semaine, c'est qu'il avait appris, en écoutant des étudiantes parler de Bergeron à la cafétéria, qu'il fréquentait le PEPS et un gym à Val-Bélair ou Valcartier. Loin du gym où enseignait Gabrielle.

Gabrielle à qui il venait d'écrire une deuxième lettre où il comparait sa beauté à celle d'Hélène de Troie et il tiquait maintenant sur ce détail. Si Gabrielle ne connaissait pas ce personnage, elle ne pourrait comprendre la valeur de cette image. Heureusement, il avait aussi mentionné sa grâce unique, son teint de porcelaine. Ça lui ferait sûrement plaisir.

115

Gabrielle, Gabrielle, Gabrielle. Il murmura son nom comme une mélopée et la jeune femme finit par lui apparaître, lui sourire. Un début d'érection le troubla, il hésita à se caresser. Il aurait aimé pouvoir songer à Gabrielle sans être excité, avoir des pensées plus nobles, plus pures, mais elle était si belle ! Il parvenait à se contrôler au gym parce qu'il y avait du monde autour d'eux. Mais là, il était seul à la maison, seul avec son désir, sa soif, sa faim d'elle. Il se remémorait ses gestes dans les moindres détails, la pression de sa main sur son torse, son dos, ses épaules.

Il se leva d'un bond ; Gabrielle donnait un cours à vingt heures. En se pressant un peu, il arriverait au moment où son cours se terminait. Il la verrait, elle jaserait un peu avec ses élèves et il trouverait ensuite un prétexte pour lui parler. Ne serait-ce qu'une minute. L'important était qu'elle soit assurée qu'il s'entraînait autant qu'il le lui avait dit. Qu'elle sache qu'elle avait raison de miser sur lui. Il se jura de lui remettre sa prochaine lettre en mains propres. Il achèterait un papier spécial et la cachetterait avec de la cire. Elle constaterait qu'il se donnait du mal pour elle. Elle serait surprise, mais elle ne pouvait pas être aussi gentille avec lui sans l'aimer un peu. Il était prêt à attendre que son affection pour lui se transforme en un sentiment amoureux.

Il sursauta lorsque retentit la sonnerie du téléphone, regarda l'afficheur, hésita à répondre à son père, s'y résigna et sourit en apprenant que ce dernier était retenu à Toronto jusqu'au surlendemain. Il lui suggérait d'aller chez sa mère.

— Non, je suis bien ici, je me concentre mieux. Il n'y a pas d'enfants qui crient.

— C'est sûr que c'est plus tranquille. Fais comme tu veux.

Comme je veux ? songea Hubert en reposant le combiné.

Je veux Gabrielle, ici, maintenant et pour toujours !

Hubert pesta en constatant qu'il avait oublié de laver ses vêtements de sport. Il ne pourrait pas se rendre au gym pour vingt heures.

Mais il n'avait pas besoin de vêtements de sport pour guetter Gabrielle à sa sortie du gym. Il la suivrait discrètement, juste pour le plaisir de la voir marcher devant lui, puis il rentrerait se coucher.

***

Jocelyn Vignola sortait du pavillon de Koninck et fouillait dans ses poches pour y pêcher les clés de sa voiture quand il aperçut Anaïs Rancourt qui hélait Rémi Bergeron et courait derrière lui. Malgré le faible éclairage des lampadaires, Vignola distinguait le sourire de Bergeron, un sourire qui ne laissait aucun doute sur les relations de son collègue avec l'étudiante.

Elle aussi ! Il l'avait eue !

Alors qu'elle l'avait dédaigné, lui. Il se rappelait son sourcil gauche levé en signe de surprise lorsqu'il avait fait allusion à une éventuelle sortie avec elle. Anaïs Rancourt l'avait dévisagé durant quelques secondes avant de changer de sujet. Comme s'il n'avait rien suggéré. Ou que sa proposition était tellement incongrue que ça ne valait même pas la peine d'y répondre.

Et maintenant elle courait derrière Rémi Bergeron, l'attrapait par le bras, lui emboîtait le pas. Elle le suivrait jusqu'au terrain de stationnement, monterait dans sa voiture et passerait la soirée avec lui. La nuit. Il caresserait ce corps parfait, en jouirait jusqu'au matin, puis il se présenterait pour donner ses cours avec son petit sourire suffisant.

Vignola s'engouffra dans sa voiture alors qu'Anaïs et Rémi s'éloignaient du stationnement et claqua la portière avec rage. Combien de temps pourrait-il encore supporter Bergeron ? Il avait peur de perdre un jour les pédales et de lui sauter à la gorge devant tout le monde.

Il repensa alors à Hubert Sicotte qui détestait Rémi Bergeron autant que lui et sourit. En cherchant un peu, il trouverait bien moyen d'utiliser Sicotte pour nuire à Bergeron. Avec un peu d'imagination, il s'amuserait enfin !

***

L'humidité fit frissonner Gabrielle tandis qu'elle s'approchait du restaurant. Elle était en avance et elle avait apporté avec elle le roman que lui avait prêté Anaïs. Elle lisait rarement des polars, mais Anaïs avait parlé de *Vendetta* avec tant d'enthousiasme qu'elle s'était laissé tenter. L'aspect politique du récit, l'action qui se déroulait en Louisiane et à Cuba avaient su retenir son intérêt, même si elle demeurait ambivalente face aux personnages. Elle reconnut derrière elle le rire d'Anaïs. Elle se retourna et vit sa nouvelle amie qui plaisantait avec Rémi Bergeron.

— Gabrielle ? s'exclama ce dernier.

— Vous vous connaissez ?

— J'enseigne à Anaïs, expliqua Rémi. Le monde est petit !

— Et vous deux ? s'informa Anaïs.

— La même passion pour la course, répondit Gabrielle. On s'est rencontrés au marathon de Vancouver, l'an dernier.

— Alors c'est lui, le Rémi avec qui tu projettes d'écrire un guide pour les coureurs ? J'ai bien fait de lui proposer de m'accompagner ce soir. Mais vous ne parlerez pas de marathon toute la soirée, non ?

— Promis. Entrons, j'ai faim, dit Rémi.

Anaïs attrapa Gabrielle par son foulard et fit mine de l'entraîner de force. En riant, le trio traversa la rue Cartier.

À dix mètres de là, au coin de la rue Fraser, Hubert Sicotte, tout à sa filature, se retint de hurler en mordant sa main gantée de cuir. Gabrielle était amie avec Rémi Bergeron ? Celui-ci l'avait prise par le bras ! Ils étaient entrés ensemble au restaurant ! Et l'autre fille ? N'était-ce pas cette grande brune qui suivait aussi le cours de littérature américaine ? Elle devait avoir de bonnes notes, vu la manière dont elle s'appuyait sur Rémi Bergeron. Comment s'appelait-elle déjà ? Il fronça les sourcils, incapable de se rappeler le nom de l'étudiante. Il desserra son foulard ; malgré le froid, il avait l'impression d'étouffer, de crever de chaleur.

Hubert s'appuya contre le mur d'un commerce. Tout tournait autour de lui, il avait envie de vomir. Gabrielle était une amie de Bergeron ! S'il n'était qu'une vague connaissance, elle n'aurait pas soupé avec lui et cette fille qui l'accompagnait. Il sentit les battements de son cœur ralentir et il réussit à inspirer lentement dans le froid, en fixant l'escalier que Gabrielle avait gravi quelques minutes plus tôt, comme s'il pouvait la faire revenir par la seule force de sa pensée. Mais la porte du Métropolitain ne s'ouvrirait pas pour lui livrer Gabrielle, elle ne dévalerait pas les marches pour le rejoindre, elle n'irait pas prendre un verre avec lui. Il rentrerait seul tandis que Rémi Bergeron dégusterait des sushis en étalant ses connaissances pour la séduire. Car pourquoi se contenterait-il de la brune qui l'accompagnait ? Il voudrait sûrement charmer aussi Gabrielle. Il ne pourrait pas s'en empêcher. Il lui fallait toutes les femmes.

C'était trop injuste !

Est-ce qu'il devait rester là à attendre que le trio sorte du restaurant ? Pour faire quoi ?

Il se dirigea vers le boulevard René-Lévesque, crut reconnaître des étudiants du cours de cinéma russe qui sortaient du Jules et Jim. Est-ce que toute l'université s'était donné rendez-vous rue Cartier ?

Comment s'appelait la grande brune? Anaïs. Oui. Anaïs.

Il devait trouver un prétexte pour lui parler et en apprendre plus sur Gabrielle et ses liens avec Bergeron.

En rentrant chez lui, il but un verre d'alcool qu'il vomit aussitôt.

***

Maud Graham regardait les arbres de sa cour, leurs branches qui ployaient sous le poids de la neige. Si elle avait, à l'automne, couvert le cèdre pour le protéger des intempéries, elle ne serait pas obligée d'aller secouer ses branches pour éviter qu'elles s'écartent trop et soient figées dans cette posture au retour des beaux jours. Un coup d'œil à l'horloge de la cuisine la fit renoncer à dégager le cèdre avant de se rendre au travail. Elle n'avait même pas le temps de boire un autre thé. Parce que Maxime était resté trop longtemps sous la douche. Avec lui, c'était tout ou rien : soit elle devait lui rappeler les règles élémentaires de l'hygiène, soit il monopolisait la salle de bain. Elle sourit pourtant en imaginant qu'il se savonnait ainsi parce qu'il s'intéressait de nouveau aux filles de l'école.

Elle tourna la tête vers le sous-sol, tendant l'oreille. Est-ce que Grégoire allait se décider à quitter son lit ?

Quand elle lui avait fait part la veille de ses inquiétudes à son sujet, il l'avait éconduite.

— Pourquoi je bougerais ? J'ai lâché ma job.

— Pour en chercher une autre.

— Ça te dérange ? Je te dérange ?

— Ce n'est pas la question.

— J'ai pas tout flambé mon argent. Je peux payer mon appartement et y retourner si c'est ça que tu veux.

— Je n'ai jamais dit ça ! s'était-elle écriée. Mais plus tu attends pour reprendre le collier, plus ce sera difficile. Tu es doué en cuisine, tu n'as pas le droit de gaspiller ton talent.

— Justement, c'est mon talent, j'en fais ce que je veux. Ne me dis pas que tu n'es pas contente d'en profiter ? Le parmentier au confit de canard était bon, non ?

— Trop bon ! Je devrais m'entraîner sept jours sur sept pour dépenser toutes les calories que ta cuisine me fait avaler...

— C'est pour ça que tu veux que je parte ?

Il avait dit cela sur un ton plus badin et Graham avait secoué la tête. Elle ne voulait pas qu'il quitte la maison, mais qu'il se mette à la cuisine vapeur.

— Sans sel, sans sucre, sans gras comme à l'hôpital ?

Graham avait esquissé un sourire, soulagée que la conversation prenne une autre tournure.

Il avait rangé la cuisine avec Maxime, et Graham s'était réjouie d'entendre les garçons se chamailler comme avant. Peut-être que le temps faisait son œuvre et que Grégoire irait mieux.

Elle s'était trompée. Il resterait couché jusqu'à midi, comme tous les autres jours depuis sa rupture avec

William. Elle s'étonnait d'avoir si mal perçu cette liaison, elle n'avait pas cru que Grégoire lui était aussi attaché.

Mais c'était peut-être une bonne chose au fond. Grégoire rencontrerait bientôt quelqu'un de son âge, il était si beau. Son regard vert pâle pouvait émouvoir n'importe qui. N'était-elle pas tombée immédiatement sous son charme félin, des années auparavant ?

Est-ce qu'elle devait le réveiller, insister pour qu'il s'active ?

— Oublie ça, fit Maxime en remplissant un bol de céréales.

— Quoi ?

— Tu te demandes quoi faire avec Greg. Laisse-le dormir. Tu n'es pas sa mère.

Elle haussa les épaules, Maxime avait raison. Elle répondit qu'ils partaient dans dix minutes. S'il n'était pas prêt, il devrait prendre le bus pour se rendre à l'école.

— Cool, Biscuit. Mon sac est déjà dans l'entrée.

Elle disparut dans la salle de bain pour se doucher. Alors qu'elle se savonnait, elle repensa à Claudie Matteau qui avait confié à Tiffany qu'elle ne se lavait qu'en l'absence de son mari de peur qu'il la poignarde lorsqu'elle était nue, sans protection, les yeux clos sous le jet d'eau de la douche.

Est-ce que son ex serait condamné à la peine qu'il méritait pour l'avoir terrorisée durant tant d'années ? Graham en doutait ; il n'avait jamais eu d'ennuis avec la justice et avait les moyens de se payer un excellent avocat. Tiffany pesterait sûrement contre le verdict du juge. Elle crierait à l'injustice et Graham hocherait la tête ; les peines n'étaient jamais assez lourdes pour les bourreaux.

***

122

La température avait chuté jusqu'à moins vingt-cinq. Les automobilistes ralentissaient, se méfiant de la glace noire, et les rares passants scrutaient eux aussi la chaussée pour éviter une mauvaise chute. Hubert Sicotte ne regardait pas le sol, il fixait l'enseigne du gymnase. Depuis vingt minutes. Ses pieds, ses mains étaient gelés, mais il continuait à regarder les clients entrer et sortir du gym. Allait-il ou non y entrer ? Revoir Gabrielle alors qu'il savait maintenant qu'elle connaissait Rémi Bergeron ? Il ignorait s'il devait la mettre en garde contre ses manœuvres de séduction ou se taire. Si elle était vraiment amie avec ce salaud, elle se fâcherait et ne voudrait plus l'entraîner. Il avait prévu discuter avec Anaïs Rancourt, mais elle ne s'était pas présentée à l'université aujourd'hui. Elle avait assisté à tous les cours depuis le début de la session et le seul jour où elle s'absentait était précisément celui où il voulait la voir. Il avait imaginé des dizaines de scénarios pour l'aborder avec naturel, tout cela pour rien. Anaïs Rancourt était restée chez elle !

Aurait-il dû l'imiter ? Appeler au gym pour prévenir qu'il ne viendrait pas à son cours hebdomadaire avec Gabrielle. Ni aux suivants.

Il fixait l'enseigne lumineuse du gym avec tant d'intensité qu'il sentit des larmes mouiller ses yeux, rouler sur ses joues glacées. Il devait revoir Gabrielle, ne serait-ce qu'une dernière fois. Il se dirigea vers le gym, allait pousser la porte quand une fille le devança et le salua en lui souhaitant un bon entraînement. Il la dévisagea, reconnut la blonde qui discutait parfois avec Gabrielle. Il bredouilla quelques mots, étonné qu'elle se soit adressée à lui alors qu'ils ne se connaissaient pas. C'était la première fois qu'un usager du gym lui parlait. Dans le vestiaire, il avait l'impression d'être transparent.

La blonde ne l'intéressait pas, mais si elle était amie avec Gabrielle, elle pourrait peut-être... Il secoua la tête ; qu'allait-il encore inventer ? Il venait pour son dernier cours avec Gabrielle. Il la regarderait froidement, objectivement, en se rappelant qu'elle était une amie de Bergeron et ne pouvait donc pas être la sienne. Il n'y avait aucune autre solution dans l'immédiat.

À moins, bien sûr, que Bergeron disparaisse. Il se souvint subitement que son père avait un revolver. Et s'il tirait sur Bergeron ?

N'importe quoi ! Il ne pouvait tout de même pas l'exécuter et se retrouver en prison. Il était ridicule. Mais c'était trop cruel que ce soit justement Bergeron qui s'immisce entre Gabrielle et lui ! Si elle aimait les vieux comme Bergeron, il valait mieux oublier cette femme, ses rêves d'avenir.

Ses résolutions s'envolèrent dès que Gabrielle s'approcha de lui en souriant.

— C'est super que tu sois là ! Je savais que je pouvais compter sur toi.

— Tu pouvais compter sur moi ?

Il s'entendait répéter les mots de Gabrielle alors qu'il aurait dû lui dire qu'il renonçait à s'entraîner avec elle. Sa propre voix lui semblait lointaine, comme s'il était dans un bocal, coupé de lui-même. Dans les miroirs qui tapissaient tous les murs du gym, il se voyait sourire à Gabrielle au lieu de lui présenter un visage fermé, impassible. Mais le parfum exotique de la jeune femme pénétrait dans son cerveau et baignait son âme d'une douceur impossible à repousser.

— Je savais que tu n'annulerais pas notre rencontre. J'ai deux filles qui ne sont pas venues à cause du froid. Mais je suis restée parce que j'étais certaine que tu viendrais.

— Oui, je suis là.

C'était faux, il n'était pas là. Il était au cœur de son odeur enivrante, il s'y fondait, il abdiquait. Jamais il ne pourrait renoncer à ses cours avec Gabrielle, à sa main posée sur son épaule pour rectifier un mouvement, à son sourire.

— Tu sens bon, s'entendit-il lui dire alors qu'ils se dirigeaient vers la rangée de vélos.

— Merci ! C'est un nouveau gel-douche au jasmin. Ça me rappelle mon séjour en Asie.

— En Asie ?

— En Inde. J'ai vécu là quelques mois. Ensuite, j'ai déménagé en Californie, puis à Vancouver. Des jours comme aujourd'hui, j'ai envie d'y retourner. Il faisait vraiment froid, ce matin ! Et il fera encore plus froid quand on sortira tantôt. On annonce moins trente pour la nuit.

Que ferait-il si elle déménageait ? Il la suivrait. Rien ne le retenait à Québec. Personne ne regretterait son départ. Il lui faudrait de l'argent. Où trouverait-il ce fric ? Son père était prêt à payer pour lui tant qu'il étudiait, mais que pourrait-il étudier à Vancouver ou à San Francisco ? Le cinéma ? Gabrielle vivrait-elle à San Francisco ? Ou à Los Angeles ? Il s'aperçut qu'il ne pouvait nommer aucune autre ville de la Californie. Il était pourtant fort en géographie.

— Hubert ?

— Quoi ?

— Tu étais distrait. Tu pédales encore durant vingt minutes et je te retrouve ensuite ?

— C'est parfait.

Il pourrait de nouveau se concentrer si elle s'éloignait de lui, se rappeler tout ce qu'elle venait de lui confier.

C'était la première fois qu'elle parlait d'elle, de son passé. En Inde. Elle avait vécu en Inde. Il ferait des recherches sur Internet dès qu'il rentrerait à la maison. La prochaine fois, il pourrait en parler avec elle. Il s'informerait aussi sur la Californie ou la Colombie-Britannique. Et il essaierait de mentionner Bergeron. Il pourrait lui raconter qu'il les avait aperçus ensemble par hasard et il jugerait de sa réaction.

Il se mit à pédaler encore plus vite, ferma les yeux, rêva qu'il tenait les guidons d'une moto et fonçait sur Rémi Bergeron. Estropié, il plairait moins aux étudiantes. Il s'étonnait de n'avoir rien remarqué entre Anaïs Rancourt et Bergeron. Il n'avait jamais noté de sourires de connivence, n'avait jamais vu Anaïs traîner après les cours comme le faisaient d'autres filles. Il n'aurait pas cru qu'elle s'intéressait à Bergeron. Il fallait qu'il réussisse à s'entretenir avec elle. S'il se trompait ? Si Gabrielle était juste un peu amie avec Bergeron ? Imaginer qu'ils avaient eu une aventure lui donnait la nausée. Mais ça ne pouvait être sérieux. Bergeron était un don Juan, il ne pouvait avoir entrepris une vraie relation avec Gabrielle.

***

En s'éloignant du télescope, Provencher souriait. Les constellations étaient d'une si belle netteté lors des grands froids ! Il avait l'impression de plonger au cœur de perspectives jusqu'alors dissimulées. Il était resté trop longtemps à scruter le ciel au lieu de se coucher tôt comme il l'aurait dû, mais l'observation des étoiles lui avait permis de vider son esprit de ce fatras d'hypothèses qui l'encombraient.

Quand trouverait-on un indice probant qui permettrait

d'avancer dans l'enquête sur le meurtre de Daniel Couture? Ses hommes avaient disséqué l'agenda électronique de l'avocat. Les techniciens avaient examiné à fond son ordinateur, transmis des noms à Provencher et à Martineau qui avaient rencontré toutes les personnes mentionnées dans ces listes sans progresser. Soit la victime n'avait pas de secret — mais qui n'en a pas? —, soit elle témoignait d'une telle réserve avec ses proches qu'ils la connaissaient peut-être moins bien qu'ils ne l'imaginaient. Ses conquêtes féminines l'avaient décrit comme un être courtois mais distant, prodigue mais peu attentionné, trop pris par sa carrière. La plupart des personnes interrogées avaient mentionné cette passion pour son travail.

Rouaix trouvait que ça ressemblait à une exécution, mais Graham penchait plutôt pour un conflit personnel.

— Il avait tout pour lui. Statut social, argent, belles femmes. Il a pu énerver quelqu'un. Tu es sûr qu'aucun membre de sa famille n'a pu être agacé par tant de succès?

— On les a interrogés plusieurs fois, avait soupiré Provencher. Ça ne colle pas. Et on n'a rien non plus pour étayer la thèse d'un contrat sur Couture.

— C'est sûr qu'il donnait satisfaction à ses clients, avait maugréé Graham en sirotant le dry martini que le serveur du Bistango lui avait servi. Couture a fait libérer Roland Big Marois et Fernand Soucy. Deux ordures qui auraient dû passer le reste de leur vie en prison.

— Nous n'étions pas les seuls à sacrer contre Couture.

Graham avait détaché une olive du bâtonnet de plastique, l'avait gobée avant d'avancer qu'il devait avoir la liste de tous ceux qui avaient témoigné en cour dans un procès où brillait Couture, non?

— Oui, évidemment, avait répondu Provencher. Mes gars ont remonté jusqu'à ses premières causes.

— Celles qu'il a gagnées ?

— Et perdues. On n'a rien laissé de côté. Je sais combien de fois vous vous êtes présentés en cour pour témoigner pour la Couronne alors que Couture vous faisait face.

— Et nous narguait. Il a rarement perdu sa cause. Je suis toujours sortie du tribunal avec l'impression d'être une imbécile. Couture était remarquablement intelligent et doté d'une prodigieuse mémoire.

— Et les femmes ? avait demandé Rouaix.

— Ses maîtresses ne nous ont pas appris grand-chose. Peut-être qu'elles n'avaient rien de particulier à nous dire. Ou qu'elles ne voulaient pas salir sa mémoire. Aucune n'a mentionné de vice étrange, de préférences particulières. Ce que j'ai senti, c'est que Daniel Couture pratiquait le sexe par hygiène. Comme un exercice agréable, sans plus. Il ne voulait surtout pas d'intimité.

— Il n'avait pas le goût de s'investir. Faisait-il appel à des escortes ?

— On a trouvé le numéro d'une agence dans son carnet, mais nos recherches n'ont pas abouti. S'il a payé pour des filles, il ne l'a pas fait par ce biais-là.

Provencher avait relancé Rouaix ; pourquoi pariait-il sur une exécution ? À cause de la méthode employée ?

— Oui. Une balle dans la tête, c'est net. On est arrivé chez lui avec une arme, il y avait préméditation. Ce qui ne veut pas dire automatiquement que c'est un contrat.

— C'est de la bouillie pour les chats, avait pesté Provencher.

Il le pensait toujours en redescendant de la terrasse où il avait observé le ciel. Qui avait intérêt à voir disparaître Daniel Couture ? Il ne croyait pas qu'un des rares clients mécontents de l'avocat ait décidé de se venger.

***

Nicole Rhéaume ne croyait pas aux miracles, mais elle était pourtant prête à remercier tous les dieux du ciel ou des enfers de lui avoir permis de croiser Rémi Bergeron au centre commercial. Elle s'apprêtait à régler l'achat du dernier disque de Susie Arioli quand elle avait senti une main sur son épaule, puis la joue de Rémi contre la sienne. Il lui faisait spontanément la bise !

— Tu vas bien ?

— Et toi ?

— Trop de corrections, mais c'est ça, la vie de prof. Qu'est-ce que tu achètes ?

Nicole lui tendit le CD en se demandant si elle avait toujours du rouge sur les lèvres.

— Bon choix ! J'adore cette chanteuse. J'ai même assisté à un de ses concerts.

Comme ils sortaient du commerce, Nicole offrit à Rémi de lui prêter le CD afin qu'il transfère les pièces qui lui plairaient dans son iPod. Il n'aurait qu'à le remettre à Anaïs quand il n'en aurait plus besoin.

— Tu viens juste de l'acheter, je ne veux pas t'en priver. J'ai mieux à te proposer, si tu n'es pas pressée. J'ai mon portable avec moi. Allons chez toi. Le temps de boire l'apéro, j'aurai une copie sur mon disque dur. Tu me trouves peut-être trop cavalier de m'inviter comme ça ?

Non, elle était ravie, enchantée, éberluée de sa chance. Rémi désirait prendre un verre avec elle. Elle se félicita d'avoir fait du ménage le matin même, mais se fustigea d'avoir enfilé ses leggings noirs et son pull gris pour sortir. Le gris la vieillissait. Elle inventerait un prétexte pour se changer en arrivant chez elle. Elle s'éclipserait deux minutes tandis que les bouchées au fromage décongèle-raient dans le micro-ondes ; quelle bonne idée d'en avoir toujours en réserve !

— Tu es certaine que ça ne te dérange pas ?

— Mais non. Ta voiture est loin ?

— Au garage. La transmission, cette fois-ci.

— La mienne est derrière le centre commercial. Il fait tellement froid, j'espère qu'elle démarrera. J'ai eu des problèmes avec la précédente, mais celle-ci est mieux.

Comment pouvait-elle parler aussi platement de sa voiture alors qu'elle avait tant de choses plus importantes à dire à Rémi Bergeron ? Elle devait se calmer, sinon il la prendrait pour une écervelée ou, pire, une femme en-nuyante, même s'il avait été impressionné — il l'avait avoué — par son habileté au bridge lors de la soirée chez Anaïs.

Anaïs ? Est-ce que Rémi avait l'intention de suggérer qu'Anaïs les rejoigne dès qu'ils seraient rendus à la mai-son ?

— Ça va ? Tu as l'air songeuse tout à coup.

Nicole s'efforça de sourire, décida d'évoquer tout de suite sa voisine.

— As-tu vu Anaïs aujourd'hui à l'université ?

— Oui, elle avait l'air découragée d'avoir un cours ce soir. Je la comprends. J'ai toujours détesté enseigner le soir.

— Il y a longtemps que tu enseignes ?

— Des lustres, comme le prouvent mes cheveux gris.

— C'est distingué, fit Nicole.

Rémi éclata de rire et elle rougit. Distingué ! Elle ne débitait que des banalités depuis qu'il l'avait abordée.

— Non, non, c'est charmant, une femme qui sait s'ex-primer, fit Rémi. Ça me change des jeunes qui apprêtent

« cool » ou « super » à toutes les situations. Je suis parfois étonné qu'ils réussissent à me pondre des travaux potables.

Il garda le silence durant quelques secondes avant de se moquer de lui-même. Nicole allait s'imaginer qu'il était un enseignant aigri et redouter qu'il se plaigne de ses élèves toute la soirée. Il avait exagéré ; il est vrai que certains étudiants remettaient des travaux insignifiants, mais d'autres le surprenaient par leur originalité. Et Anaïs ?

— Elle est sérieuse.

— C'est exigeant, le droit. Et comme elle enseigne l'allemand, elle court sans arrêt. Il me semble que c'était différent dans...

Nicole s'interrompit ; qu'y avait-il de pire qu'une phrase qui se terminait par « dans mon temps » ? Elle se répétait qu'elle devait se détendre mais n'y parvenait pas.

— J'ai du chablis au frais, s'empressa-t-elle d'annoncer. J'ai aussi un côtes-du-Rhône très correct, si tu préfères le rouge.

— Peu importe, un vin n'est bon qu'en bonne compagnie. Déguster le meilleur des pomerols avec un raseur gâche tout, alors qu'un simple muscadet peut être délicieux si on le boit avec une amie.

Il était heureux que Nicole ait changé de sujet. En s'invitant chez elle, il n'avait pas songé à Anaïs, à ce qu'elle cachait, à la vigilance qu'il devrait s'imposer pour ne pas la trahir. Dans la boutique, il s'était approché de Nicole pour la saluer, mais il avait lu une intensité étrange dans son regard qui l'avait poussé à vouloir en savoir plus sur elle.

— J'ai goûté un muscadet effervescent au Yuzu, la semaine dernière, déclara Nicole. C'était délicieux. C'est mon ancien voisin, Vivien Joly, qui m'avait parlé de ce resto. Il est en prison, aujourd'hui. Anaïs t'a raconté cette histoire ?

— Pas en détail. Que s'est-il passé ?

Ils arrivèrent chez Nicole au moment où elle relatait le déménagement de Laura.

— Je l'aimais beaucoup, mais son fils Élian n'a pas réussi à surmonter son traumatisme. Il avait vu Vivien étrangler Jessie. Je regrette qu'ils soient partis. Cependant, je suis très contente de l'arrivée d'Anaïs, elle est vraiment sympathique.

Rémi acquiesça sans commenter et lui tint la porte d'entrée après qu'elle l'eut déverrouillée. Nicole enleva son manteau mais garda sa veste noire par-dessus son pull gris. Elle invita Rémi à la suivre à la cuisine, sortit le limonadier du premier tiroir du comptoir immaculé.

— Alors ? Blanc ou rouge ?

— Tu m'as parlé d'un chablis...

Nicole lui tendit le limonadier, ouvrit le réfrigérateur, saisit la bouteille de Montée de Tonnerre en affirmant que Drupp était un formidable producteur. Elle avait suivi un cours de sommellerie où on le lui avait fait découvrir.

— Tous ses chablis sont excellents, conclut-elle en s'étirant pour prendre les verres à pied dans l'armoire.

Rémi se pencha au-dessus d'elle pour l'aider et elle frémit au contact de son épaule contre la sienne.

— J'ai chaud, je vais passer quelque chose de plus confortable et je reviens. Installe-toi dans le salon et sers-nous à boire.

Elle gravit l'escalier à toute vitesse. Que devait-elle porter ? Le chandail vert jade ou le cachemire noir ? Elle enfila l'un puis l'autre, finit par choisir un chemisier turquoise, se recoiffa, vérifia son maquillage, hésita à remettre du rouge à lèvres, y renonça. Elle devait avoir l'air naturelle ! C'était plus facile à dire qu'à faire. Aucun homme n'était venu chez elle depuis l'arrestation de Vivien Joly. Et avec Vivien, c'était autre chose. Il n'aimait pas les femmes. Alors que Rémi Bergeron...

Il était assis sur le canapé, mais se releva quand elle s'approcha et lui tendit un verre. Ils trinquèrent.

— À ton accueil d'un malappris qui s'invite chez les gens.

— Ça me fait plaisir, vraiment. Depuis que mon amie Laura est déménagée, je me sens un peu seule.

Elle mentait à demi. Elle se sentait seule bien avant le départ de Laura avec laquelle elle n'était pas si amie, mais elle ne pouvait tout de même pas révéler à Rémi Bergeron que la solitude lui avait pesé quelques mois après la noyade de son mari. Bien plus tôt qu'elle ne l'avait imaginé quand elle s'était débarrassée de lui. En fait, ce n'était pas tant Jean-Yves qui lui manquait que la vie de couple. Elle aimait aller au cinéma, au restaurant, en voyage avec son mari même s'ils discutaient durant des heures pour le moindre choix. Qu'elle propose un film ou une destination, elle était assurée que Jean-Yves la contredirait. Ils n'avaient jamais eu les mêmes goûts. Qu'aimait Rémi Bergeron à part le poker et la littérature ?

— Veux-tu copier mon CD ? Je vais préparer des petites choses à grignoter pendant ce temps. Installe-toi sur la table du salon, il y a une prise derrière le canapé si tu en as besoin.

Dix minutes plus tard, Nicole déposait sur la table basse une assiette de crudités et de charcuterie, une couronne de champignons farcis au taramosalata et un bol rempli de mini-madeleines au gruyère et au cumin. Rémi s'extasia sur leur légèreté dès la première bouchée.

— Tu es vraiment une cuisinière hors pair ! J'ai remarqué que tu as toute une bibliothèque d'ouvrages culinaires.

— C'est mon hobby. Avec le bridge. Mais le bridge est plus contraignant, il faut trouver des partenaires intéressants.

— Jouais-tu avec ton mari ?

— Oui, c'était notre seul terrain d'entente.

— Vous êtes restés ensemble longtemps ?

— Longtemps ? Qu'est-ce que ça signifie ?

Elle se trempa les lèvres dans son verre, savoura le chablis. Elle ne se lasserait jamais de sa minéralité, de sa fraîcheur.

— C'est Vivien, mon voisin, qui m'a fait connaître ce vin. Il avait du talent pour dénicher les bons crus.

— Tu l'appréciais ?

— Oui, il était courtois, charmant. Pas très drôle, mais il était en deuil. Son compagnon venait de mourir quand il s'est installé ici.

Nicole reposa son verre avant de déclarer qu'elle se sentait coupable de ne pas être allée le visiter en prison.

— On se connaissait peu, mais je devrais peut-être me présenter au pénitencier la prochaine fois que j'irai à Montréal. Je pourrais lui apporter mes fameux muffins aux framboises, il les adorait. Est-ce qu'on a le droit d'entrer dans une prison avec de la nourriture ?

Rémi haussa les épaules ; il n'avait jamais rendu visite à quiconque en prison. L'univers carcéral ne lui était pas familier.

— Tu es un trop bon gars, plaisanta Nicole.

— Non, non, protesta Rémi. J'ai beaucoup péché.

Rêvait-elle ou l'avait-il regardée avec insistance ? Elle reprit son verre, but trop vite et s'étouffa. Rémi s'empressa de lui tapoter le dos. Elle s'essuya les yeux en espérant que son mascara ne coule pas, mais oublia cette crainte lorsqu'elle sentit la main de Rémi glisser le long de son échine, s'attarder sur sa hanche, chaude, si chaude. Elle tourna son visage et il se pencha vers elle pour l'embrasser. Ses lèvres étaient fermes, gourmandes, impérieuses et elle répondit à ses baisers avec enthousiasme. Depuis combien de temps ne l'avait-on pas embrassée ainsi? Était-ce vraiment elle qu'on renversait sur le canapé? Elle n'avait jamais fait l'amour ailleurs que dans la chambre à coucher et n'en revenait pas de voir les verres sur la table basse, la bibliothèque éclairée par la lampe scandinave, la sculpture d'ébène représentant un lion prêt à bondir. C'était surréaliste. Elle avait l'impression de flotter au-dessus de son corps et d'observer ses ébats; comment pouvait-elle à la fois ressentir tant de désir, réagir si violemment aux caresses de Rémi et réfléchir à ces mêmes étreintes?

Chapitre 7

Alexandre Mercier essuyait les traces qu'il avait laissées dans l'entrée en se précipitant sur le téléphone qui sonnait au moment où il introduisait la clé dans la serrure. Il s'était béni d'avoir agi aussi vite en reconnaissant la voix de Gabrielle et il s'était débarrassé de son manteau et de ses bottes sans jamais lâcher l'appareil, ne voulant pas perdre une seule parole de la jeune femme. Elle lui avait dit qu'elle voulait prendre de ses nouvelles, mais elle n'avait pas proposé de le revoir. Vérifiait-elle son pouvoir sur lui ? Elle l'avait envoyé balader quand il l'avait invitée, mais puisqu'il n'était pas revenu à la charge, elle avait craint qu'il se détache d'elle et s'était décidée à l'appeler pour lui remettre le grappin dessus ? Peut-être qu'elle s'informait sincèrement de lui. Comment savoir si elle était la reine des manipulatrices comme tant de femmes ou si elle était simplement réservée, prudente avec lui parce qu'elle avait été échaudée par sa précédente relation ? Il s'était versé un scotch alors qu'elle lui parlait d'un film qu'elle avait vu la veille avec sa copine Anaïs et il s'était juré d'aller le voir. Tout comme il lirait le roman de Michel Tremblay même si ce qui se passait en 1900 et des poussières ne le passionnait pas.

Est-ce qu'Anaïs aimait aussi les livres de Michel Tremblay ? Est-ce que Gabrielle en discutait avec elle quand elles sortaient ensemble ? Ou parlaient-elles de lui ? Lui avait-elle révélé qu'elle avait reçu des lettres anonymes ? Sortait-elle avec Anaïs parce qu'elle la trouvait plus intéressante que lui ou moins menaçante ? Et si Gabrielle voulait vraiment prendre son temps comme elle l'avait affirmé ? Il se rappelait ses paroles : elle s'était engagée trop vite avec le gars de Vancouver, elle ne le connaissait pas assez et l'avait regretté. Alors pourquoi l'avait-elle appelé ? Elle avait raccroché au bout de quelques minutes, le laissant en plan après l'avoir allumé. À quoi jouait-elle ?

Il balança le torchon contre le mur de toutes ses forces. Il regardait les éclaboussures sur les portes des armoires quand la sonnerie du téléphone le fit sursauter.

— C'est encore moi.

— Gabrielle ?

Que lui voulait-elle, cette fois ? Pouvait-elle deviner sa frustration au bout de la ligne ? Il inspira profondément ; sa voix devait être plus ferme, plus égale.

— Que se passe-t-il ?

— J'aurais dû te dire, mais je n'ai pas osé...

— Pas osé quoi ?

— J'ai reçu des lettres anonymes. Je sais que tu en as déjà reçu et...

— Qu'est-ce que tu racontes ?

Il espéra cette fois que sa voix ne trahisse pas son excitation. Enfin ! Elle l'entretenait enfin de ses lettres, de leurs lettres ! Car ils étaient à eux, pour eux, ces poèmes qu'il avait envoyés à Gabrielle. Ils étaient l'outil qui permettrait leur union, qui aiderait la jeune femme à réaliser à quel point elle avait besoin de lui. Subitement, il comprenait les réserves de Gabrielle, sa volonté de prendre le temps nécessaire pour mieux le connaître, son désir de ne pas se précipiter dans une relation. N'était-ce pas ce que lui-même avait fait avec Karine et Amélie ? Pour quels résultats ? Deux catastrophes. Sans parler des autres histoires, plus courtes, qui s'étaient aussi soldées par des échecs. Il n'avait jamais eu de chance. Même adolescent, les filles auxquelles il s'intéressait le décevaient, semblant toutes sorties du même moule quand il les connaissait un peu plus : des petites garces qui l'excitaient pour le laisser tomber en invoquant des prétextes débiles. Il n'était pas assez ouvert, trop accaparant ou trop jaloux. Il y en avait même une, Sabrina, qui avait failli porter plainte contre lui, prétendant qu'il l'avait menacée. Il lui avait juste un peu serré les poignets pour la faire tenir tranquille. Une folle. Une déséquilibrée. Comme les autres. Toutes des menteuses.

Mais Gabrielle venait d'effacer sa faute et de se reprendre en lui témoignant sa confiance puisqu'elle lui parlait enfin des lettres ! Il se sentait mieux, prêt à attendre encore quelque temps qu'elle vienne à lui. Peut-être qu'il n'aurait jamais à lui parler de leur secret, de cette nuit où Martin Bouchard avait été renversé par Denis et abandonné sur la chaussée.

— Gabrielle, je suis là, je t'écoute.

— Je... je ne voulais pas t'ennuyer avec ça...

— Tu ne m'ennuies jamais. Tu as bien dit que tu avais reçu des lettres de menaces ?

— Ce ne sont pas tout à fait des lettres de menaces, mais elles sont bizarres. J'ai un peu peur.

— Tu as prévenu la police ?

Il sentit une hésitation au bout du fil avant d'entendre Gabrielle marmonner que ça ne servirait à rien.

— Je ne devrais probablement pas prendre tout ça au sérieux. Je ne dois pas être la seule fille à recevoir des lettres anonymes. Toi-même, tu en as déjà reçu.

— Et pourtant je ne suis pas une fille.

Gabrielle rit même si ce n'était pas drôle et s'excusa de nouveau de déranger Alexandre.

— Te sens-tu en sécurité chez toi ?

— Oui. Ce n'est pas le problème. Je dois juste être fatiguée et je vois tout en noir. Je devais sortir avec Anaïs, mais elle est grippée et, là, je tourne en rond. Peut-être que c'est la pleine lune et que c'est pour ça que je suis aussi nerveuse.

La pleine lune ? Et puis quoi encore ? Elle était prête à s'amuser avec Anaïs, mais parce que sa copine n'était pas disponible, voilà qu'elle se souvenait du bon vieux Alexandre. Il était son bouche-trou. Il serra les dents, les sentit grincer. Cette fille le rendrait fou !

— Anaïs est bien gentille, mais elle ne peut rien pour moi.

— Et ce copain avec qui tu veux écrire ce livre sur les marathons ? S'il est près de toi, il pourrait t'aider...

— Je te dérange, c'est ça ?

— Mais pas du tout ! s'exclama Alexandre. Je suis touché que tu m'aies appelé.

— C'est toi qui sais comment on se sent quand on est menacé. J'ai failli t'en parler le soir où on est allés au Laurie Raphaël, mais j'avais l'impression que si je parlais des lettres, elles existeraient pour vrai.

— La pensée magique.

— Oui, je suis idiote.

— C'est humain. Qu'est-ce que je peux faire pour toi ?

Il hésita, puis lui proposa de l'accompagner au poste de police, tout en espérant qu'elle refuse.

— C'est inutile, dit Gabrielle. Ça me fait juste du bien

d'en discuter. J'en avais assez de garder ça pour moi.

— Tu es certaine que tu es en sécurité ? Veux-tu que je fasse un saut chez toi ? Si c'est un voisin qui t'épie, il verra que tu reçois la visite d'un homme, que tu as des amis qui se soucient de toi, que tu n'es pas isolée. Il y a des gens qui passent leur vie à guetter leurs voisins et qui n'ont rien d'autre à faire que de les emmerder.

— Non, ça va. Je me sens déjà mieux. J'aurais dû te confier ça plus tôt.

— De quoi te menace-t-on ?

— Rien de précis. Je ne peux même pas dire si ce sont de vraies menaces. Ça ressemble aussi à des déclarations d'amour.

Gabrielle se remémorait les comparaisons de ses joues avec des pêches dans la troisième missive qu'elle avait reçue.

— Je pense qu'il me trouve jolie, mais j'aimerais mieux qu'il garde ça pour lui.

Alexandre sourit, se rappelant un vers du poème « belle, si belle Gabrielle », et il redemanda à la jeune femme si elle était certaine qu'elle ne souhaitait pas qu'il se rende chez elle.

— Non, merci, je crois que j'avais besoin de jaser avec quelqu'un qui me connaît depuis longtemps, qui me permette de me sentir moins étrangère dans la ville. Tu es vraiment gentil, Alexandre. Merci !

Elle raccrocha avant qu'il ait le temps de lui souhaiter une bonne nuit.

Il était ravi de cette conversation même s'il était déçu qu'elle ait refusé qu'il la rejoigne. Il aurait pu subtiliser un de ses objets, un de ses vêtements, mais ce serait pour une autre fois.

***

Était-ce le parfum d'Anaïs Rancourt qui flottait dans l'air quand Jocelyn Vignola emprunta le corridor qui menait à son bureau ? D'autres étudiantes portaient des parfums à la rose, mais celui d'Anaïs lui avait toujours semblé plus exotique, plus chaud. Comme si on avait pimenté les fleurs d'une épice rare. Il y avait dix bureaux dans ce couloir, mais Vignola était prêt à parier que mademoiselle Rancourt s'était arrêtée à celui de Rémi Bergeron.

Vignola ralentit à la hauteur du bureau de Bergeron, fronça le nez, mais le parfum de rose avait disparu. Il aurait pourtant juré qu'Anaïs était passée par ici cinq minutes avant lui. Il secoua la tête en laissant tomber son porte-documents sur une chaise. Il devait chasser de son esprit Rémi Bergeron et ses multiples conquêtes !

Si seulement il réussissait à l'humilier en lui parlant de ce fameux roman qu'il devait écrire ! Bergeron souriait quand il y faisait allusion, affirmait qu'il amassait de la matière. Allait-il pondre un récit de ses aventures ? Une autobiographie à peine déguisée ? Savait-il seulement encore écrire ? Le pavé sur la littérature américaine qu'il avait publié dix ans auparavant avait eu du succès, tout comme ses deux romans, mais il n'avait rien signé depuis.

Alors que le nom de Vignola paraissait tous les ans sur la couverture d'un ouvrage. Évidemment, les essais attiraient moins l'attention des critiques, des journalistes. L'étude de textes est ardue, aride, moins glamour qu'un roman, mais toutefois essentielle. Le seul avantage au désir de Bergeron d'écrire un roman, c'était qu'il semblait avoir mis de côté son projet de travailler sur Arthur Miller.

Et si lui écrivait un roman sur ce don Juan de pacotille ? Après toutes ces années à côtoyer cet imbécile, il trouverait sûrement quelques anecdotes à raconter. Juste assez pour montrer qu'il savait écrire de la fiction. Il changerait les noms, le contexte, le décor, mais leurs collègues reconnaîtraient Bergeron.

Vignola termina les corrections avec une ardeur renouvelée, rangea les copies dans son porte-documents, mit son manteau et ferma à clé la porte de son bureau ; il commencerait à prendre des notes sur ce projet dès qu'il serait à la maison. En pénétrant dans l'ascenseur, il repensa à l'odeur des roses, à Anaïs Rancourt qui ferait un excellent personnage dans son roman.

Dans le hall du pavillon, Vignola aperçut Hubert Sicotte qui se débattait avec un foulard trop long. Il n'aurait jamais beaucoup d'allure, ni de succès auprès des filles. Il s'approcha de lui.

— Ça va ?

— Est-ce que je peux contester une note ou ça me retombera dessus ?

— De quoi s'agit-il ? demanda Vignola prêt à se réjouir si Sicotte se plaignait à nouveau de Bergeron.

— Je veux contester la note que Bergeron m'a donnée. Est-ce qu'il y a un comité objectif pour juger de ces cas-là ?

— C'est plus compliqué que tu l'imagines.

— Les profs ont toujours raison, c'est ça ?

— Non. Mais c'est long.

— J'aurais dû abandonner le cours quand il était encore temps. Je ne veux pas avoir un échec. S'il me plante encore pour le prochain travail...

Vignola tenta mollement de calmer Hubert Sicotte, alléguant qu'un C ne pouvait être qualifié d'échec.

— Ça valait au moins un B+. J'avais bien travaillé.

Bergeron ne m'aime pas. Et c'est réciproque ! C'est vraiment permis de sortir avec les étudiantes ?

— Si elles sont majeures, on ne peut pas se mêler de...

— Il a le droit de mettre des A+ à celles qui couchent avec lui et de couler les autres ?

La rage de Sicotte ravissait Vignola tout en l'étonnant. Il y avait déjà quelques semaines qu'il avait reçu ce C, mais il n'avait pas digéré ce qu'il considérait comme une injustice, une humiliation. Il semblait avoir attisé sa colère durant tout ce temps. Il était mûr...

— Peux-tu prouver ce que tu dis ?

— Non. Mais je suis sûr qu'Anaïs Rancourt et Sophie Archambault ont eu A+ parce qu'elles ont baisé avec Bergeron.

— C'est vraiment regrettable. Mais comme tu n'as pas d'éléments précis...

— Vous savez que j'ai raison ! insista Hubert Sicotte en se déplaçant d'un pied sur l'autre.

Il s'approcha de Vignola, le dévisagea avant de murmurer qu'il protégeait peut-être son collègue parce qu'il avait lui aussi des aventures avec les étudiantes.

— Tu n'as pas le droit de m'accuser, je suis de ton côté. Je comprends ta frustration mais, à ta place, je m'y prendrais autrement.

L'étudiant s'immobilisa quelques secondes, replaça son ridicule foulard et Vignola nota que ses ongles étaient rongés jusqu'au sang. Était-il trop nerveux, trop imprévisible pour qu'il puisse le diriger comme il l'envisageait ?

— Tu pourrais lui faire peur.

— Lui faire peur ?

Hubert Sicotte fixait Jocelyn Vignola avec une telle intensité que ce dernier craignait qu'on leur porte attention et il indiqua la sortie.

— Je dois rentrer, mais peut-être que je peux te laisser quelque part ? À ton club vidéo ?

Hubert acquiesça et lui emboîta le pas jusqu'à sa voiture, mais il ne dit pas un mot avant qu'ils soient sortis du campus. Ils avaient dépassé la rue Maguire quand il confia à Vignola qu'il avait vu Bergeron avec Anaïs Rancourt dans un restaurant du quartier Montcalm.

— Ce n'est pas interdit, commença Vignola, et...

— Comment voulez-vous que je lui fasse peur ?

L'enseignant hésita à répondre. Il ne voulait pas décourager Hubert Sicotte dans ses intentions de nuire à Bergeron, mais il souhaitait que les choses évoluent avec plus de nuances. Vignola devait évaluer comment il pouvait guider Hubert sans qu'il y ait de conséquences déplorables pour lui.

— Je n'étais pas vraiment sérieux, voyons. Tu pourrais avoir des ennuis.

— Je m'en sacre. Je le déteste !

— Tu dois essayer de le supporter jusqu'à la fin de la session.

— Vous n'avez pas autre chose à dire ? s'emporta Hubert.

— S'il était marié, tu aurais pu le prendre en photo avec Anaïs et le faire chanter ensuite, mais il vit seul. Il me semblait que tu avais de l'imagination. C'est ce dont je me souviens de tes travaux. Tu pourrais lui envoyer une lettre anonyme.

Hubert Sicotte se tourna si brusquement vers Vignola que celui-ci sursauta.

— Pourquoi me parlez-vous de lettre anonyme ?

Le ton subitement alarmé d'Hubert surprit Vignola. En quoi cette banale suggestion pouvait-elle l'inquiéter ?

— C'est une manière comme une autre d'embêter quelqu'un, répondit-il.

— Je veux qu'il chie dans ses culottes. De quoi a-t-il peur, selon vous ?

— La maladie. Ce qui l'inquiète le plus, c'est de se blesser et de manquer ses maudits marathons. Il se vante d'être le prof le plus en forme de la faculté. Tu peux toujours rêver qu'il ait un accident, mais je crois plutôt que tu dois prendre ton mal en patience.

— Arrêtez-vous ici. Vous vous protégez tous. Je n'aurais jamais dû vous parler !

— Mais Hubert...

— Ici ! Je veux descendre.

Vignola protesta pour la forme, mais il était ravi de la tournure de leur conversation. Il espérait que son idée se fraierait un chemin dans le cerveau halluciné de l'étudiant. En prenant Bergeron par surprise, il réussirait peut-être à lui casser sa maudite gueule de séducteur.

En imaginant son rival défiguré, Vignola sourit. Et grimaça la seconde d'après ; et si cette agression attirait encore davantage de sympathie à Bergeron ? Si les étudiantes se découvraient des envies de jouer les Florence Nightingale ? S'il bénéficiait d'un arrêt de travail assez long pour se mettre enfin à écrire le roman dont il parlait depuis toujours ? Vignola déglutit comme s'il avait avalé un noyau. Rien ne se passait jamais correctement. Jamais.

***

Le ciel était passé de l'indigo au bleu nuit sans que Nicole Rhéaume en soit consciente, même si elle était restée assise durant plus d'une heure devant la fenêtre du salon. La fenêtre d'où elle avait vu Rémi Bergeron se diriger vers sa voiture. Il l'avait saluée quand il l'avait aperçue, à son arrivée, lui adressant un large sourire, et elle avait cru qu'il sonnerait chez elle en sortant de chez Anaïs. Elle n'aimait pas trop qu'il rende visite à Anaïs, mais si c'était son tour ensuite... Elle s'était rappelé les propos de la jeune femme au sujet de l'enseignant : il ne l'intéressait pas sentimentalement. Ni lui, ni aucun autre. Et Nicole voulait bien le croire puisqu'elle avait aperçu, depuis sa rencontre avec Rémi, d'autres hommes aller et venir chez Anaïs. Pourquoi ne collectionnerait-elle pas les amants ? Elle avait l'âge et raison d'en profiter. Nicole avait été trop idiote dans sa jeunesse pour jouir de ses charmes, elle s'était réservée pour Jean-Yves. Anaïs n'avait pas ces scrupules imbéciles, heureusement ! Même si Nicole l'enviait, elle se réjouissait que sa voisine soit une séductrice qui aimait papillonner. Elle avait sûrement couché avec Rémi, même si elle ne l'avait pas avoué. Mais c'était fait maintenant, elle l'avait eu et se tournait vers d'autres proies. Lui laissant Rémi.

Nicole l'avait appelé deux fois, quelques jours après qu'il l'avait prise sur le canapé du salon, pour l'inviter au théâtre puis au cinéma, mais il avait décliné ses propositions, submergé, paraît-il, par le travail.

— On se reprendra une autre fois, avait-il promis.

Et Nicole l'avait cru. Elle avait attendu un signe de sa part, mais il n'avait pas téléphoné de toute la semaine. Puis elle avait reconnu sa voiture quand il s'était garé devant la maison d'Anaïs. Elle avait eu un petit hoquet en le voyant se diriger vers la porte de la jeune femme, mais elle s'était tenue à la fenêtre malgré l'humiliation de ne pas avoir été choisie la première. C'est alors qu'il lui avait adressé ce sourire, qu'il avait esquissé un geste de la main droite, et Nicole s'était légèrement détendue, même si elle se demandait combien de temps il resterait chez Anaïs avant de sonner chez elle.

Elle s'était ruée dans sa chambre pour se changer.

Mais Rémi n'avait pas cogné à sa porte. C'était elle qui était sortie pour lui parler alors qu'il regagnait son véhicule.

— Tu vas bien ?

— Oui. Toi ?

Il lui souriait mais n'avait fait qu'un pas dans sa direction.

— As-tu fini tes corrections ?

— Presque. C'est toujours plus long qu'on pense. On s'appelle.

Elle avait vu la voiture s'éloigner en secouant la tête. Il était impossible que Rémi n'ait pas eu une minute pour elle, alors qu'il venait de passer une heure chez Anaïs ! « On s'appelle. » Que voulait-il dire ? Qu'il la rappellerait ? Quand ? Dans la semaine des quatre jeudis ! La semaine où ils ne referaient plus jamais l'amour, la semaine où ils n'iraient ni au restaurant, ni au cinéma, ni à Paris ou à New York, la semaine où elle enterrerait tous ses rêves.

En quoi lui avait-elle déplu ? Il paraissait détendu, satisfait, joyeux lorsqu'elle avait improvisé un souper après leurs ébats. S'il était si content de sa soirée, pourquoi s'était-il engouffré dans sa voiture, pourquoi s'était-il sauvé comme un voleur ?

Parce que c'était ce qu'il était, un voleur de cœurs. Elle ne lui avait rien demandé ! Il s'était invité lui-même chez elle. Nicole fixait le canapé où il l'avait prise et sentit la colère monter en elle. Elle eut peur de briser un des objets qu'elle avait choisis avec tant de soin pour décorer le salon. Elle se précipita vers le garde-robe, attrapa son manteau, mit ses bottes et traversa chez Anaïs. Celle-ci aurait peut-être une explication à la conduite de Rémi Bergeron.

La jeune femme parut surprise de la voir, mais la fit entrer et lui proposa un café. Elle écouta Nicole répéter que Rémi avait l'air content d'être avec elle, finit par secouer la tête, impuissante à trouver des mots pour raisonner sa voisine.

— Il est comme ça. Il collectionne les aventures. Je t'avais dit que c'est un homme à femmes.

— Mais il était bien avec moi ! Il me l'a dit.

— Il le croyait probablement au moment où il l'affirmait.

— Et il a tout oublié ensuite ? C'est un hypocrite ou il souffre d'alzheimer ?

Anaïs haussa les épaules. Rémi était Rémi, il fallait le prendre tel qu'il était.

— C'est facile pour toi, cracha Nicole, tu as l'embarras du choix. Quand ce n'est pas un, c'est l'autre. Moi, je dois me contenter des restes.

— Qu'est-ce que tu racontes ?

— Tu as couché avec Rémi, puis tu me l'as passé. Tu devais trouver que je faisais pitié. Merci beaucoup pour le cadeau.

La mauvaise foi de Nicole agaça Anaïs qui fit un signe de dénégation en levant la main gauche.

— Arrête ! Tu es majeure et vaccinée. Personne ne t'a obligée à baiser avec Rémi.

— Pourquoi était-il ici ? Qu'est-ce qu'il t'a dit à mon sujet ?

— Il ne m'a rien dit sur toi. Je ne savais même pas que vous aviez passé une nuit ensemble.

Nicole faillit crier que Rémi n'avait pas dormi avec elle, mais comprit alors que c'était à ce moment précis, quand il avait refusé de rester, qu'il avait commencé à s'éloigner d'elle. Après avoir assouvi ses besoins. Après s'être envoyé en l'air avec une vieille, pour faire changement de ses petites jeunes. Nicole aurait dû rentrer tout de suite chez elle, mais elle ne put s'empêcher d'insister auprès d'Anaïs. Que faisait Rémi chez elle ?

— Il est venu me donner un coup de main pour monter la bibliothèque.

— Il a dû rire de me voir à la fenêtre.

— Reviens sur terre, Nicole ! Rémi est un papillon. Il ne butine pas par méchanceté mais par insouciance. Il ne t'a rien promis, non ?

— Il avait dit qu'on se reverrait. Et il ne m'a pas appelée.

— Il n'a pas que ça à faire.

— Mais il a le temps de venir clouer ta bibliothèque.

Anaïs rétorqua que Rémi préférait peut-être la voir parce qu'elle n'attendait rien de lui. Les femmes accaparantes lassent vite les hommes.

— Accaparantes ? Je ne lui ai téléphoné que deux fois dans toute la semaine.

— C'était au moins une fois de trop. Il s'est senti piégé.

— C'est un malade.

— Dans ce cas, ça ne t'ennuiera pas qu'il ne te rappelle pas.

Nicole dévisagea Anaïs et détesta son sourire aux lèvres pleines, ce regard de biche qui devait plaire à Rémi. Elle avait beau prétendre qu'il avait monté une bibliothèque, Nicole n'était pas dupe, le voile se déchirait, la réalité lui apparaissait dans toute sa laideur. Anaïs et Rémi s'étaient amusés avec elle. Ils avaient bien dû rire de la voir arriver avec son gâteau au souper des sushis, si empressée, si désireuse de plaire. Il ne lui restait plus qu'à rentrer chez elle et à chercher un moyen de digérer l'affront.

Elle sortit sans dire un mot alors qu'Anaïs répétait qu'il ne fallait pas tout dramatiser et qu'elles se reparleraient quand Nicole se serait calmée.

Calmée ? Elle avait fait preuve d'un sang-froid remarquable, compte tenu de la rage qui bouillait en elle ! Des années d'apprentissage auprès de Jean-Yves lui avaient permis de se contrôler et de ne pas se jeter sur cette garce, cette complice de Bergeron. Oui, elle se calmerait. Pour avoir les idées plus claires afin de trouver comment lui nuire.

***

Pourquoi peignait-on de couleur aussi terne les corridors, les murs des hôpitaux ? se demandait Graham. Tant qu'à choisir la sobriété, on aurait dû opter pour le blanc, plus lumineux, plus pur. Chaque fois qu'elle arpentait les couloirs de l'Hôtel-Dieu, de Saint-François ou du CHUL, elle se faisait la même réflexion. On ne pouvait rien changer aux odeurs qui régnaient dans tout hôpital, mélange de médicaments, de plateaux-repas, de sueur, de désinfectants, mais en choisissant de tout peindre en blanc, les lieux seraient certainement moins déprimants.

Est-ce qu'elle pensait aux murs pour éviter de s'emporter de nouveau ? Lorsque Joubert l'avait réveillée pour la prévenir qu'on venait de découvrir Claudie Matteau ensanglantée, inconsciente derrière un immeuble de Limoilou, elle avait dû se retenir de hurler sa rage. Bien qu'on n'ait pas encore la preuve que c'était son mari qui l'avait agressée, Graham n'avait aucun doute. Matteau avait réussi à aborder Claudie sans témoin, réussi à la piéger, et elle reposait maintenant dans un état critique. Même si Joubert avait précisé qu'elle n'avait pas repris conscience pendant que les ambulanciers s'occupaient d'elle, Graham s'était aussitôt habillée pour se rendre à l'hôpital.

— Tu téléphones à Tiffany ou je m'en charge ? Elle est en congé, mais on devrait la prévenir. Elle voudra sûrement me rejoindre à l'hôpital.

— Je l'appelle. Toi, tu t'occupes du mari.

— En espérant qu'il n'ait pas d'alibi. On a retrouvé le sac à main de la victime. Je l'ai remis aux ambulanciers, mais j'ai noté qu'il n'y avait plus de portefeuille.

— Matteau doit vouloir nous faire croire que Claudie a été victime d'un voleur. Qui l'a découverte ?

— Un ado qui se lève aux aurores pour son entraînement de hockey. Il a aussitôt appelé l'ambulance. Il a déjà suivi des cours de premiers soins. Il est resté près de Claudie même s'il était en état de choc. Il a pris son pouls, lui a parlé, mais il ne l'a pas déplacée à cause des blessures à la tête.

— C'est trop beau pour être vrai !

— Son père est venu le rejoindre. Ils n'ont touché à rien et les ambulanciers ont suivi mes directives. Une équipe vient d'arriver pour récolter des indices.

— Tu m'appelles dès que tu as parlé à Matteau.

Graham aurait pu s'occuper de l'agresseur, mais elle préférait que Joubert s'en charge. Elle n'avait pas envie de faire l'effort de rester objective, d'avoir à dissimuler son mépris pour les conjoints violents.

En arrivant aux soins intensifs, Graham héla Suzanne Lafontaine, contente que l'infirmière soit de garde ce matin-là. Elle n'eut même pas besoin de lui demander où se trouvait Claudie. Suzanne lui fit signe de la suivre.

— On l'a mise au fond du couloir pour qu'elle soit plus tranquille. Dès qu'on pourra l'installer dans une chambre, on le fera. J'en ai vu, des femmes battues, mais à ce point-là... C'est un miracle qu'elle soit encore en vie.

En s'approchant de Claudie Matteau, Graham serra les poings. Elle ne pouvait distinguer que les lèvres et le nez de la jeune femme, tout le reste de son visage était emmailloté, mais cette bouche avait été réduite en bouillie. Matteau devait lui avoir cassé plusieurs dents.

— Que disent les médecins ?

— Qu'on ne peut mesurer les séquelles à son cerveau. Peut-être qu'elle ne parlera plus jamais, qu'elle ne marchera plus, qu'elle restera clouée sur ce lit durant des années sans sortir du coma.

— J'ai avec moi le rapport de l'incident précédent. J'ai le nom d'une de ses amies. Je l'appelle tout de suite.

En composant le numéro d'Élise Bouchard, Graham réfléchissait au mot incident ; il ne décrivait pas la réalité. Être battue n'était pas de l'ordre de l'incident. Le mot masquait la violence.

Après avoir vérifié le soluté et repris la température de la blessée, Suzanne se rapprocha de Graham qui s'était éloignée pour téléphoner.

— Comment son mari a-t-il pu la retrouver ? Je sais que Québec n'est pas une si grosse ville, mais elle devait être très prudente. Pourquoi était-elle seule ?

— C'est ce qu'on découvrira.

— Et si ce n'était pas son mari ?

— C'est lui. J'en suis sûre. Des enquêteurs l'interrogent, en ce moment. Je vais rester auprès d'elle au cas où elle se réveillerait. Pour qu'elle sache que je suis là pour empêcher quiconque de l'approcher.

— C'est bien, fit Suzanne avant de se diriger vers une femme âgée qui la réclamait.

Est-ce que la présence de Graham apaiserait vraiment Claudie si elle ouvrait les yeux et la voyait à son chevet ? Personne n'avait su la protéger de Matteau. Si elle survivait, comment pourrait-elle sortir dehors sans être terrorisée ? Elle mettrait des années à se reconstruire et, quand elle aurait enfin repris confiance en l'existence, Matteau sortirait du pénitencier et elle recommencerait à craindre pour sa vie. Tout ce que pouvait espérer Graham, c'est que Matteau soit victime d'un « incident » en prison. Un petit incident qui le rayerait définitivement de la carte.

Chapitre 8

Si le texte avait été écrit à l'ordinateur, l'auteur avait néanmoins choisi une police qui présentait des caractères attachés pour obtenir un effet plus élégant, mais Gabrielle rejeta la lettre tout de suite après avoir ouvert l'enveloppe comme si elle était contaminée. Elle se mit à trembler en regardant autour d'elle. Elle avait l'impression d'être épiée, d'être envahie par cet esprit malsain. Qui était ce fantôme ? Pourquoi s'acharnait-il sur elle ?

Elle se força à reprendre la lettre et à la lire. Elle avait droit de nouveau à de la prose sirupeuse, après les poèmes inquiétants. Quatre lettres de merde, quel que soit le style ! La prose qu'elle venait de recevoir était un ramassis de clichés indigeste ; l'auteur la comparait à Hélène de Troie, vantait son teint de porcelaine, décrivait ses yeux comme des lacs aussi profonds que son amour pour elle. Elle fronça les sourcils ; pourquoi ce type alternait-il entre les poèmes bizarres et ce lyrisme à la Harlequin ? Était-ce une preuve de son déséquilibre ?

Même si elle se trouvait ridicule, elle saisit un balai et avança vers sa chambre pour vérifier que personne n'était entré chez elle. Elle poussa la porte de la salle de bain du bout du manche, puis la porte du garde-robe de sa chambre, avant de revenir sur ses pas. L'instant d'après, elle s'écroulait sur le sol en pleurant. Qui était le lâche qui se permettait de lui faire aussi peur ? Elle était seule avec cette nouvelle menace déguisée en hommage. *Le velours de ton regard m'a envoûté dès que tu as posé les yeux sur moi et les jours qui passent sans que je te voie sont des jours sans saveur, sans odeur, sans couleur.*

Il y avait au moins ça de bon ; il révélait qu'il ne la rencontrait pas quotidiennement. Elle ne suspecterait plus ses voisins, l'employé du dépanneur ou les serveurs du café où elle s'arrêtait chaque jour. Alors qui ?

Elle soupira, revint vers la lettre, vit les autres missives qu'elle avait oublié de décacheter en découvrant la lettre anonyme. Des publicités, encore des publicités, tant de papier gaspillé alors qu'il y avait Internet... Elle ouvrit distraitement la dernière enveloppe. Son cœur se mit à cogner trop fort, avant même qu'elle comprenne qu'il s'agissait d'une autre lettre anonyme. Deux ! Mais qu'avait-elle fait à ce malade pour qu'il la harcèle ? Elle recula, dégoûtée, et courut vers la cuisine où elle se servit cette vodka dont elle avait eu envie après avoir découvert la première lettre. Elle n'allait pas résister, cette fois, et elle but trois bonnes gorgées avant de revenir vers le salon pour lire le poème. Elle faillit s'étouffer en constatant que l'auteur l'avait forcément suivie.

Jolie, si jolie Gabrielle
Qui s'arrête seule au café
Où tous les hommes la regardent
Dans leurs yeux embués
Monte leur désir d'elle
Qu'elle prenne garde
Un seul a le droit de l'aimer

C'est le roi de cœur
Si jamais l'un d'eux s'attarde
Et pense à la toucher
Le fauve s'éveillera
Et sèmera la terreur
Dans l'âme des parias
Qui osent approcher
Gabrielle, sa Gabrielle
Pourquoi tout oublier ?
Son secret, il le connaît
Il bannira la peur
Quand Gabrielle reposera
Enfin dans ses bras
Bientôt, ce sera l'heure
L'heure du guerrier
Qui ne peut plus attendre
De l'amant qui se meurt
D'être à elle
Comme elle sera à lui
Sinon elle s'enfoncera
Dans l'éternelle nuit
Rejoindre le fantôme du passé

Gabrielle secoua la tête, refusant ces mots trop fous, ces mots empreints d'une menace sourde. *Fantôme du passé ? Secret ?* L'auteur de ce poème connaissait-il la vérité sur ce qui était arrivé dix ans auparavant ? C'était impossible ! Personne n'avait jamais revu Denis. Elle-même avait fui Québec durant des années. Denis avait pu revenir, lui aussi. Mais il ne lui aurait pas écrit cette lettre. Ça ne tenait pas debout. Il avait au contraire tout intérêt à éviter celle qui avait été témoin de son crime. Denis avait eu la chance d'échapper à la justice parce qu'elle s'était tue. Pourquoi aurait-il voulu la retrouver et évoquer le passé avec elle ?

Elle saisit le téléphone, composa le numéro d'Anaïs, mais dut se contenter de lui laisser un message. Elle finit le verre de vodka, attrapa son manteau, elle ne voulait plus rester seule. Elle irait... Elle irait où ? Dans ce café où on l'observait ? Au gym ? Qui la surveillait ? Pourquoi ?

Elle devait se calmer, respirer profondément, lentement. Elle mit les mains sur son ventre, s'efforça de se concentrer sur son corps, d'appliquer les enseignements qu'elle donnait à ses élèves.

Et si elle appelait Alexandre ? Il l'avait rassurée une première fois... Elle posa la main sur le téléphone, hésita. Cherchait-elle un prétexte pour le revoir ou avait-elle vraiment besoin d'être réconfortée ? Elle pensait souvent à lui mais ne s'était pas encore décidée à le rappeler, car elle songeait à Terry depuis que ce dernier lui avait envoyé un long courriel de Vancouver. Elle ne lui avait pas répondu, mais ses paroles l'avaient troublée. Elle voulait être honnête avec Alexandre. Il était sérieux, il méritait qu'elle soit réfléchie, juste.

Il décrocha à la première sonnerie et le ton de sa voix si calme apaisa la jeune femme.

— J'ai encore reçu des lettres.

Il y eut un silence, puis Alexandre répéta.

— Des lettres ?

— Tu sais, des lettres anonymes.

Pourquoi était-il si surpris ? Peut-être le dérangeait-elle ? Peut-être s'était-il couché après un vol, une nuit sans sommeil. Et s'il était avec une femme ? Il devait en rencontrer des tas à son travail ; de belles hôtesses, des passagères sensibles au prestige de l'uniforme. Elle avait été idiote de le tenir ainsi à distance.

— Je m'excuse, je n'aurais pas dû t'appeler.

— Non, je suis content de te parler, mais je dois avoir mal compris. Tu as reçu deux lettres ou c'est la deuxième que tu reçois ? fit Alexandre qui savait qu'elle avait bien reçu ses deux premiers poèmes.

— Non, ça en fait cinq en tout.

— Cinq ?

— Oui. Trois poèmes et deux textes bourrés de clichés.

Des textes en prose ? Alexandre cligna des yeux plusieurs fois. C'était impossible. Il ne lui avait posté que des poèmes. Avait-il un imitateur ? Non, c'était absurde, personne ne savait qu'il avait envoyé ces lettres à Gabrielle. Qui donc lui écrivait ? Pourquoi ? Que racontait cette correspondance ? Il devait voir ces lettres, comprendre d'où elles venaient ! Il n'était pas question qu'un autre homme use du même stratagème que lui et le devance.

— Je te rejoins, dit-il d'une voix oppressée. Je serai chez toi dans trente minutes.

Il raccrocha et lança au bout du salon le premier objet qui lui tombait sous la main. Il regarda le vase de cristal exploser en mille morceaux. Le vase qui appartenait à Karine. Est-ce qu'il vivrait un échec avec Gabrielle parce qu'un autre homme avait eu la même idée que lui ?

Quelques minutes plus tard, il traversait la ville en serrant trop le volant de sa voiture, incapable de se calmer. Il devait pourtant y parvenir avant d'arriver chez Gabrielle, mais une pensée l'obsédait ; comment retrouver l'auteur de ces deux lettres ? Il baissa la vitre, respira profondément. Le froid lui brûla les poumons, mais il avait besoin de freiner la course folle des hypothèses qui se bousculaient dans son cerveau. Il devait geler son angoisse. Il serait chez Gabrielle dans quelques minutes, il ne pouvait commettre d'erreurs.

À combien d'hommes enseignait-elle ? Combien en entraînait-elle en privé ? Avait-elle de nombreux collègues ? Respirer lentement. Faire pénétrer la glace dans son esprit, congeler ses doutes. Respecter les étapes comme il le faisait quand il pilotait ; c'était le moment d'être en contrôle.

***

Il avait neigé tout l'après-midi sans que Maud Graham y prête attention. Elle regardait la lettre de démission de Tiffany McEwen. Tiffany avait fait une erreur. Une grosse erreur. Mais elle était jeune. Graham avait le même âge qu'elle lorsqu'elle avait commencé à travailler à Québec. Et elle aussi détestait les conjoints violents. Mais elle avait su se contenir, refréner sa colère et son dégoût, arrêter les coupables en respectant la procédure, la loi.

À quoi avait pensé Tiffany McEwen quand elle s'était jetée sur Matteau ? Et quelle était sa propre part de responsabilité ? Elle aurait dû lui annoncer la nouvelle en personne pour jauger sa réaction. Au lieu de ça, elle lui avait téléphoné et Joubert, qui s'était rendu chez Benjamin Matteau pour l'interroger, avait vu McEwen débarquer en furie pour agresser le témoin.

— J'ai dû la ceinturer. Elle a vraiment pété une coche !

— Je me sens coupable de ne pas avoir deviné que Tiffany s'impliquait trop. Je ne l'ai pas assez blâmée d'avoir hébergé Claudie, parce que je la comprenais de s'occuper d'elle. Parce que j'ai failli faire la même chose bien des fois. J'ai accueilli Grégoire alors qu'il se prostituait et dealait de la dope. Je lui ai donné mes clés. J'avais trop peur qu'il se fasse tabasser s'il ne pouvait pas se réfugier chez moi n'importe quand. Il n'en a vraiment pas profité. Il s'est fait battre une couple de fois malgré mes bonnes intentions.

Graham n'avait jamais dit clairement devant Joubert quelles étaient ses relations avec Grégoire et celui-ci avait levé un sourcil, légèrement étonné.

— Est-ce que Matteau a dit quelque chose qui aurait poussé à bout Tiffany ? reprit-elle après un moment.

— Oui. Qu'il n'avait rien à voir avec l'agression de Claudie, mais que ce n'était pas surprenant qu'elle se soit fait battre si elle traînait dehors à n'importe quelle heure, qu'une pute ne méritait pas mieux. Je n'ai pas eu le temps de retenir McEwen, tout s'est passé si vite ! Je ne pensais pas qu'elle était aussi forte.

Joubert avait soupiré.

— J'aurais dû voir tout de suite qu'elle n'était pas comme d'habitude.

— Tu n'as pas à te sentir coupable de ce qui s'est passé. C'est McEwen qui a commis cette erreur.

— C'est vraiment triste, avait conclu Joubert.

Oui, c'était triste. McEwen avait-elle agressé Matteau parce que ses gestes avaient trouvé un écho dans son passé ? Graham secoua la tête. Jouait-elle à la psychologue ou avait-elle raison de s'interroger sur McEwen ? Avait-elle vu sa mère se faire battre par son père ou avait-elle été elle-même victime de sévices ?

Graham n'avait pas été molestée et elle avait failli attaquer des suspects à trois reprises. Elle regrettait parfois l'époque où les interrogatoires étaient plus musclés. Elle ne l'aurait jamais admis, était même gênée d'avoir ces pensées dégradantes, mais oui, elle avait déjà rêvé de frapper un monstre avec un bottin téléphonique. Jusqu'à ce qu'il s'écroule.

Comment allait-elle présenter les faits à leur supérieur quand il rentrerait de Toronto ? Il la blâmerait, et avec raison, d'avoir fermé les yeux sur les liens trop étroits que tissait McEwen avec une victime.

Quel mois pourri ! Elle avait assez de combattre la morosité de Grégoire à la maison sans devoir gérer les états d'âme de McEwen au bureau.

Graham remarqua enfin les flocons qui tombaient dru et se dirigea vers la fenêtre pour juger de l'intensité des précipitations. Il ne s'agissait pas d'une neige fine, aérienne, qui embellirait la ville, mais d'une masse qui s'abattait sur Québec et transformerait le retour à la maison en exercice de patience. Alain la taquinait souvent sur sa hantise des embouteillages, lui parlait du temps que passaient certains collègues sur les ponts Jacques-Cartier, Victoria ou Champlain. C'était de la rigolade, dans la capitale. Peut-être. Mais ça ne l'amusait pas. L'idée de devoir redire à Maxime de pelleter l'entrée la déprimait. Et de revoir Grégoire vautré sur le canapé aussi. Au moins, le souper serait prêt. C'était la seule et unique activité de Grégoire depuis qu'elle l'avait accueilli chez elle. Mais c'était mieux que rien, même si elle commençait à craindre que sa passivité déteigne sur Maxime, déjà porté à en faire le minimum. Si Alain était là plus souvent, tout serait différent. Elle se détourna de la fenêtre à la première sonnerie du téléphone.

— Graham, j'écoute.

— C'est Nicole Rhéaume. Vous ne devez pas vous souvenir de moi. Nous nous sommes connues quand vous avez enquêté sur Vivien Joly. Le meurtre de Jessie. Je suis une des voisines.

— Je me rappelle de tout, assura Graham. Que puis-je faire pour vous ?

— Savez-vous que la maison de Vivien Joly est sous la responsabilité d'une firme de location d'appartements ?

— Vraiment ?

Graham n'ignorait rien de cette situation puisqu'elle avait fréquemment reparlé à Vivien Joly. De ce qui l'avait envoyé en prison. D'Élian qui avait déménagé. De la culpabilité qu'éprouvait Joly d'avoir assassiné sa voisine. De Nicole qui était prête à l'épouser à tout prix, même s'il était gay. C'était un des sujets qui parvenaient à les faire sourire quand ils discutaient des événements. Si Graham ironisait sur l'opiniâtreté de Nicole à se marier, elle comprenait néanmoins qu'elle soit lasse de la solitude.

— La maison de Vivien a été louée durant quelques mois à un couple de Français, mais ils sont retournés vivre à Limoges et c'est une jeune femme qui les a remplacés. J'avoue que j'ai hésité à vous appeler, mais après ce qui s'est passé dans notre rue, je suis plus méfiante. J'ai vu les conséquences, les répercussions, tous ces déménagements...

— Qu'est-ce qui vous inquiète, madame Rhéaume ?

— Ma voisine, Anaïs Rancourt, reçoit sans arrêt des hommes chez elle. J'ai l'impression qu'elle pratique le plus vieux métier du monde.

— Qu'est-ce qui vous fait croire ça ? Elle n'a pas d'emploi ? Ça ne pourrait pas être des amis qui la visitent ?

— Elle étudie en droit à l'Université Laval.

— Ce sont peut-être des étudiants.

— Ils sont d'âge trop varié. Certains sont des réguliers.

— Se sont-ils garés dans votre entrée ? Vous ont-ils importunée ?

— Non. Mais les prostituées vivent dans un monde où il y a de la drogue, de la violence, et je n'ai pas envie d'avoir ça constamment sous les yeux.

— Il y a eu du tapage nocturne, des fêtes ?

— On est en plein hiver, les fenêtres sont fermées. Je n'entends que le bruit des autos qui vont et qui viennent, des portières qui claquent.

Maud Graham écoutait Nicole Rhéaume en gribouillant des chats sur la feuille où elle avait pris quelques notes ; elle détestait son ton moralisateur. Qui était-elle pour juger de la vie de ses voisins ? Nicole n'avait pas appelé la bonne personne ; Graham était persuadée que les services sexuels que dispensaient des hommes et des femmes empêchaient d'autres hommes et d'autres femmes de commettre des actes beaucoup plus répréhensibles. Un mal vraiment nécessaire, et Graham déplorait que ce soit toujours le travailleur du sexe qui paie la note quand ça tournait mal.

— Comment pouvez-vous être certaine de ce que vous avancez ? Avez-vous parlé avec votre voisine ? Avez-vous des éléments plus probants qui me permettraient de déposer des accusations ?

Graham s'efforçait de conserver un ton très professionnel, curieuse de voir jusqu'où Nicole irait pour nuire à sa voisine, et pourquoi.

— C'est une pute, je vous le jure !

La véhémence de Nicole surprit Graham qui cessa de dessiner pour mieux se concentrer. Que Nicole se plaigne de sa voisine parce qu'elle s'ennuyait était une chose, qu'elle la déteste en était une autre. Les journaux sont remplis de drames quotidiens. Elle devait faire preuve de plus de sérieux avec cette femme étrange.

— Je vais noter vos coordonnées et vous rappeler quand le dossier aura un peu progressé.

Il y eut un silence puis la voix subitement taquine de Nicole Rhéaume qui prédisait à Graham que ce serait bien plus tôt qu'elle ne l'imaginait. Qu'elle voudrait la voir rapidement. Demain, oui, demain matin.

— Et vous savez pourquoi ?

Graham songea aux appels de Betty, une adolescente délinquante qui lui téléphonait parfois, annonçant toujours un scoop, désireuse par moments d'attirer son attention. Nicole avait ce ton satisfait de celle qui s'apprête à faire une bonne blague.

— Je l'ignore, reconnut Graham en espérant parvenir à dissimuler son agacement.

— Parce que j'ai vu Daniel Couture sortir de chez elle. L'avocat Daniel Couture. Celui qui a été assassiné.

— En effet, c'est intéressant. Ce n'est pas mon dossier, mais je pourrais tout de même vous entendre à ce sujet et faire le suivi.

— Je savais qu'on avait des choses à se dire. Je pourrais vous retrouver demain vers dix heures.

— Je vous attendrai.

Elle laissa Nicole raccrocher la première afin qu'elle ait le sentiment de mener le jeu.

Qui allait bluffer qui ?

Elle aurait dû composer tout de suite le numéro de Provencher, mais elle préférait écouter Nicole avant de lui apprendre qu'elle avait peut-être une piste pour lui.

***

Alexandre Mercier devait surveiller Gabrielle. Il n'avait pas décidé de profiter de tous ses congés accumulés pour perdre son temps. Il voulait la suivre une journée, une semaine complète, tout savoir d'elle. Gabrielle semblait lui faire davantage confiance, mais plus il récolterait d'informations sur elle, meilleures seraient les décisions qu'il prendrait pour leur avenir. Il s'inquiétait de ses fréquentations, savait déjà qu'il devrait éloigner certaines de ses connnaissances. Trop de gens accaparaient Gabrielle. Il faudrait qu'elle comprenne qu'elle devait ménager plus de temps pour elle. Et pour lui. Il lui avait proposé d'apporter les lettres anonymes à une collègue dont le mari travaillait au laboratoire de sciences judiciaires de Montréal. Il avait prétendu qu'ils se connaissaient, alors qu'il ne se souvenait même pas du nom de ce type, et Gabrielle l'avait cru.

— Je vais prendre une lettre et un poème.

— Tu ne les apportes pas toutes à ton ami ?

— Ce n'est pas nécessaire. Deux suffiront pour l'instant. C'est plus prudent que tu conserves les autres. Si jamais elles se perdent au laboratoire, tu en auras toujours avec toi.

Elle avait hoché la tête, acceptant cet argument bidon. Alexandre voulait que Gabrielle garde des lettres pour alimenter ses craintes, que la menace ne soit pas écartée. Elle ne l'était pas d'ailleurs ; l'auteur des lettres pouvait encore lui décrire son amour sur tous les tons. S'il était fou d'elle à ce point, comment pouvait-elle n'avoir rien remarqué ? Alexandre avait eu beau interroger Gabrielle, elle n'avait aucune idée de l'identité de celui qui lui envoyait ces lettres enflammées. Un collègue ? Un client du gym ? Elle paraissait sincère en affirmant qu'aucun homme ne lui avait fait la moindre proposition. Alors qui ? Qui se permettait d'écrire à sa Gabrielle ? Comment le découvrir et le mettre hors circuit ?

Alexandre avait vite compris qu'une seule solution s'offrait à lui ; surveiller encore plus attentivement Gabrielle. Le plus beau, c'est qu'il avait pour ainsi dire sa permission. Il lui avait proposé d'aller au gym pour tenter de deviner s'il s'agissait d'un des habitués de l'endroit et elle n'avait pas refusé.

— Et puis ça me fera du bien de me remettre à l'entraînement. J'en ai besoin. Je vais m'inscrire pour l'année.

— Tu n'es pas obligé...

— Je nage régulièrement, c'est vrai, mais un peu de musculation ne me nuira pas.

Il aurait ainsi le loisir de vérifier qui approchait de trop près Gabrielle. Ce Rémi coureur de marathons, peut-être? Il n'avait pas réussi à savoir s'il s'entraînait au gym, mais en étant sur place il pourrait mieux veiller à ses intérêts.

— Je suis en congé toute la semaine.

— Tu ne peux tout de même pas passer tes journées au gym. Le gérant se posera des questions.

— Tu ne veux pas le mettre au courant de tes ennuis?

— Non. Stéphane m'a engagée pour travailler, pas pour me plaindre.

— C'est peut-être lui qui t'a envoyé ces lettres?

— Ça m'étonnerait. Il fait des fautes d'orthographe lorsqu'il écrit des mémos ou qu'il annonce une nouvelle activité. Il n'y a pas d'erreurs dans les lettres.

— Quoi qu'il en soit, tu as raison d'être discrète. Tu es certaine que ta copine Anaïs le sera aussi?

— Elle m'a promis de se taire. De toute manière, nous n'en avons pas reparlé. C'est toi que j'ai appelé l'autre soir.

Il lui avait souri en posant une main rassurante sur son épaule. Il avait résisté à la tentation de se pencher pour l'embrasser. Il devait se comporter en parfait gentleman. Il était allé chez Gabrielle pour l'aider, il respecterait ce rôle d'ami protecteur. Il n'était pas question de profiter de la situation trop vite. Il était rentré chez lui après avoir promis à la jeune femme de passer au gym dès le lendemain. Ils avaient convenu de faire semblant d'être des inconnus l'un pour l'autre.

Il s'était effectivement entraîné mais, après deux heures sur les lieux, il avait dû s'avouer qu'il n'avait rien noté de suspect dans le comportement des usagers avec Gabrielle. Le gérant lui avait parlé quelques secondes avant de s'enfermer dans son bureau et les deux clients qui suivaient des cours privés avec elle étaient visiblement gays.

Il se dirigeait vers sa voiture en se demandant comment il parviendrait à découvrir l'auteur des lettres lorsqu'il remarqua un homme, de l'autre côté de la rue, en survêtement sous son anorak ouvert qui tenait un paquet rouge dans ses mains. La seconde d'après, il ouvrait la porte du gym et disparaissait.

Y avait-il un cadeau dans ce paquet ? Était-il destiné à Gabrielle ? Mais si cet homme était l'auteur anonyme, il n'aurait pas remis ce paquet ouvertement. À moins qu'il ait décidé de se déclarer ? Au gym ? Ça manquait de romantisme pour un homme qui avait écrit qu'il rêvait de marcher avec Gabrielle sur des plages de sable noir, qui espérait contempler des couchers de soleil en sa compagnie pour le reste de leurs jours. Peut-être le paquet n'était-il pas pour Gabrielle.

Il le saurait bientôt, Gabrielle quitterait le gym pour aller souper avec Anaïs. En tout cas, c'est ce qu'elle lui avait dit.

Il ouvrit la portière, se glissa dans sa voiture glacée et attendit de voir Gabrielle. Il était assez loin de l'entrée du gym, elle ne le remarquerait pas. Il y avait sûrement des dizaines de Toyota Camry à Québec.

Elle ne le vit pas parce qu'elle sortit de l'établissement avec l'homme au paquet rouge. Lequel paquet se trouvait maintenant sous le bras de Gabrielle. Lui avait-elle menti ? Allait-elle manger avec ce type-là, plutôt qu'avec Anaïs ? Ils semblaient très complices. Il la tenait par les épaules alors qu'elle avait juré qu'elle n'avait pas de contacts trop amicaux avec les clients du gym. Peut-être n'était-il pas un de ses élèves. Il avait quasiment l'âge d'être son père, mais ce n'était pas son père. Le père de Gabrielle, lui avait-elle raconté, était décédé depuis deux ans.

Gabrielle souriait à cet homme quand il lui ouvrit la portière de la Golf, et elle se glissa avec grâce du côté du passager. Elle faisait tout avec élégance, depuis toujours. L'homme aux cheveux argentés avait semblé retirer sa main de l'épaule de Gabrielle à regret. Qui était cet inconnu ? Que lui avait-il offert ? Où allaient-ils ensemble ?

Dès qu'ils s'éloignèrent, Alexandre démarra. Il saurait où ils se rendaient. Au moment où il accélérait, une Passat noire se faufila devant lui pour suivre la Golf. Hasard ?

À moins qu'un autre homme... à moins que ce ne soit le corbeau qui voulait lui aussi guetter Gabrielle ?

Et l'homme qui conduisait la Golf ? Qui était-il ?

Boulevard Dufferin, René-Lévesque, à droite sur le chemin Sainte-Foy. Alexandre suivait la Passat qui pistait la Golf. Où allaient-ils ? Juste après Holland, presque à l'angle de Marguerite-Bourgeoys, la voiture grise s'immobilisa. La noire ralentit aussitôt, Alexandre les dépassa, tentant d'apercevoir le conducteur de la Passat, mais il portait une tuque et des lunettes de soleil. Alexandre se gara à quelques mètres pour surveiller la suite des événements dans le rétroviseur. Il vit le conducteur sortir de la voiture grise, la contourner pour ouvrir la portière. Gabrielle sortit du véhicule en tenant le paquet rouge. Alexandre la vit faire un grand signe de la main et aperçut une fille qui approchait. Anaïs, probablement ; Gabrielle ne lui avait pas menti. Pas sur ce point précis. Mais pour le reste ? Elle s'était tue à propos de cet homme qui l'avait reconduite à ce rendez-vous. Anaïs rejoignit Gabrielle, elles s'embrassèrent. Puis elle fit la bise au conducteur qui étreignit ensuite Gabrielle durant quelques secondes.

L'homme repartit. Et, à la surprise d'Alexandre, la Passat noire se mit de nouveau à suivre la Golf. Alexandre avait conclu trop rapidement que le conducteur de la Passat s'intéressait à Gabrielle. C'était plutôt l'homme au paquet rouge qui retenait son attention.

Chemin Sainte-Foy jusqu'à des Quatre-Bourgeois. À gauche sur du Chanoine-Scott. La Golf s'arrête, le conducteur en sort. Il se dirige vers l'hôpital Laval. La voiture noire poursuit sa route sur quelques mètres, ralentit, fait marche arrière, frôle la Golf. La touche. Un homme mince en anorak sombre, capuchon relevé, sort de la voiture, s'approche de la Golf, la contourne, s'arrête un moment derrière le véhicule, puis revient vers la Passat et démarre. À quoi joue le chauffeur ? Alexandre décide aussitôt de le suivre. En longeant la Golf, il constate que l'arrière de la voiture est rayé. Pourquoi le conducteur de la Passat a-t-il commis cet acte ?

Alexandre ne pouvait deviner qu'Hubert Sicotte haïssait Rémi Bergeron pour des raisons semblables à celles qui l'animaient. Il le suivit jusqu'à sa demeure dans le quartier Montcalm. Il vit la porte du garage s'ouvrir automatiquement. Puis de la lumière dans la grande maison.

Au rez-de-chaussée, puis à l'étage. Il était peu probable que le conducteur ressorte sous peu. Alexandre nota l'adresse avant de se garer devant Le Lapin sauté. Il avait faim subitement, mais il ne pouvait rejoindre Gabrielle au restaurant. Elle n'aurait pas cru à cette coïncidence.

Chapitre 9

Nicole Rhéaume avait soigné sa tenue pour retrouver Graham, pantalon de laine noire, pull angora rose pâle, ongles vernis, maquillage discret. Graham savait qu'elle était âgée de cinquante-cinq ans, mais elle ne les paraissait pas. S'astreignait-elle à des régimes, à un entraînement? Se faisait-elle masser? Dépensait-elle une fortune en cosmétiques? Aucune crème, néanmoins, ne pouvait adoucir son regard inquisiteur. Graham n'arrivait pas à se départir de l'impression qu'elle avait eue lorsqu'elle l'avait rencontrée des mois auparavant, lors du meurtre de Jessie Dubuc. Nicole Rhéaume lui rappelait une chouette, jetant en permanence des coups d'œil furtifs autour d'elle, guettant l'incident, prête à s'abattre sur une proie au moindre mouvement. Qu'avait fait sa voisine pour l'indisposer, au point de la pousser à la dénoncer? Graham doutant que ce soit une question de moralité, elle s'interrogeait sur ce qui ulcérait autant Nicole Rhéaume chez Anaïs Rancourt.

— Puis-je vous offrir un café, madame Rhéaume?

— Je crois que vous m'appeliez Nicole, l'été dernier.

— C'est bien possible, sourit Graham alors qu'elle était persuadée du contraire.

Elle admirait l'assurance de cette femme qui sortait une feuille où elle avait noté les allées et venues chez Anaïs Rancourt.

— Vous verrez qu'il y a beaucoup de va-et-vient chez ma voisine.

— Quelle sorte de gens la visitent ? s'enquit Graham, refusant de mentionner trop vite Daniel Couture.

— Des vieux, des jeunes, un peu de tout.

— Ne m'avez-vous pas dit qu'elle est étudiante ? Elle peut travailler avec d'autres élèves de l'université.

— Les jeunes que j'ai vus chez elle ont plus de trente ans. Ils sont jeunes par rapport à moi, mais ce ne sont pas des étudiants. Ils ont de belles voitures.

— Vous avez une très bonne vue pour distinguer leurs visages à cette distance. Surtout en hiver où les gens portent des tuques, des foulards.

Nicole désigna les lunettes qu'elle avait déposées sur le bureau en même temps que la feuille annotée, précisa qu'elle ne s'en servait que pour la lecture.

— Je suis presbyte, pas myope. Et les hommes ne portent pas tous des chapeaux.

— Quels sont vos rapports avec Anaïs Rancourt ?

— J'ai voulu sympathiser avec elle. Nous avons bu quelques verres ensemble, puis j'ai compris à qui j'avais affaire et j'ai préféré m'éloigner d'elle. On a eu assez de problèmes dans la rue, je n'en veux pas d'autres. Anaïs a reçu Daniel Couture quelques jours avant qu'il soit assassiné.

— Et vous avez attendu jusqu'à hier pour nous en parler ?

— Elle m'avait dit qu'elle lui enseignait l'allemand. À lui comme à tous ces hommes qui viennent chez elle. C'est étrange qu'il n'y ait que des hommes à vouloir suivre ses cours de langue. Elle a d'ailleurs refusé de me prendre comme élève quand j'ai manifesté le désir d'étudier l'allemand.

— Avez-vous remarqué autre chose ? Une voiture qui serait passée plusieurs fois dans la rue, par exemple ? Les jours précédant la visite de maître Couture, des allées et venues anormales ?

Nicole secoua la tête à regret ; elle n'était pas restée en permanence à sa fenêtre. Elle avait vu par hasard Daniel Couture sortir de chez Anaïs.

— Je vérifiais la température au thermomètre extérieur par la fenêtre du salon. C'est à ce moment que je l'ai reconnu.

— Quelle heure était-il ?

Nicole tapota la feuille pour indiquer ce qu'elle avait noté.

— Vous êtes absolument certaine que c'est lui ?

— On le voit souvent à la télé.

— Aucune voiture n'a suivi la sienne ?

— Non, désolée. Peut-être qu'Anaïs Rancourt pourra vous en dire plus. Vous allez l'interroger ?

— Évidemment. Est-ce que je peux compter sur votre discrétion ? Pas un mot à la presse.

— Cela va de soi. Je ne suis là que pour faire mon devoir de citoyenne et parce que je veux que notre rue reste calme. On ne sait pas qui Anaïs Rancourt peut ramener chez elle. Je vis seule, j'ai besoin de me sentir en sécurité dans mon quartier.

— C'est vrai que vous êtes veuve. Votre mari est mort noyé, c'est bien ça ? Et vous étiez là. Vous n'avez rien pu faire pour l'aider. Ça doit prendre du temps pour se remettre d'une telle tragédie.

Graham n'avait pas quitté Nicole des yeux en prononçant cette phrase et constata avec satisfaction que celle-ci s'efforçait de dissimuler une subite nervosité, gardant ses mains bien à plat sur son sac.

— Le temps arrange les choses, finit par murmurer Nicole.

— Aviez-vous demandé une seconde autopsie ?

Nicole redressa les épaules. Une deuxième autopsie ? Pourquoi ?

— Jean-Yves a péri sous mes yeux. Il n'y avait aucun doute sur sa mort.

— Mais à l'autopsie on a trouvé une marque de coup sur son front.

Les narines de Nicole palpitèrent, ses mains se crispèrent très légèrement sur le sac, et aucun de ces détails n'échappa à Maud Graham.

— Vous avez lu le rapport. J'ai heurté son visage en lui tendant une rame pour qu'il s'y accroche et il s'est cogné contre le bord de la chaloupe. Je... je n'aime pas trop parler de ça. J'ai mis assez de temps à oublier cette journée !

— Je manque de tact, fit Graham. À force de côtoyer des criminels, on finit par traiter les témoins comme s'ils étaient des suspects. Pardonnez-moi.

Nicole s'était levée et enfilait maintenant son manteau. Graham l'accompagna jusqu'à l'ascenseur, lui répéta qu'elle comptait sur sa discrétion et lui promit de la rappeler rapidement.

Graham se dirigea vers les fenêtres qui donnaient sur le terrain de stationnement pour observer Nicole Rhéaume qui regagnait sa voiture. Elle avait mentionné ses craintes concernant sa sécurité, mais pour Graham, c'était cette Anaïs qui était menacée. Nicole ferait tout pour lui pourrir l'existence.

Maud Graham téléphona à Pierre-Ange Provencher, laissa un message sur son répondeur et raccrocha à l'instant où elle se rappelait qu'il était à Boston pour deux jours. Elle tenta de joindre Martineau, son partenaire, sans plus de succès. Elle appela Rouaix chez lui où une grippe le clouait au lit et lui rapporta les propos de Nicole Rhéaume.

— Je devrais interroger Anaïs Rancourt. J'ai peur que Nicole parle malgré tout aux journalistes si elle ne nous voit pas réagir au sujet de sa voisine. Ce n'est pas notre enquête, mais si je n'agis pas, Nicole Rhéaume ira raconter son histoire à quelqu'un d'autre. Et Provencher sera ensuite obligé de composer avec ça.

— Vas-y. Tu feras gagner du temps à Provencher. Tu trouveras bien une manière d'expliquer ta position dans cette affaire à Anaïs Rancourt. Je vais mieux, je serai bientôt de retour au poste.

Dans le stationnement, Maud Graham glissa sur une plaque de glace, faillit tomber, mais reprit son équilibre et pesta contre l'hiver. Un accrochage sur le boulevard Pierre-Bertrand la fit jurer de nouveau, mais elle oublia ces contrariétés en gagnant le quartier où elle était venue tant de fois en juillet. Elle se gara devant la maison de Vivien Joly en se demandant si elle lui raconterait qu'elle était retournée chez lui. Elle sonna et la porte s'ouvrit aussitôt. Graham comprit que, avec d'aussi beaux yeux, Anaïs Rancourt ne pouvait que susciter la jalousie de Nicole Rhéaume.

— Je n'ai besoin de rien, dit la jeune femme en souriant pour atténuer la sécheresse de sa phrase.

— Moi, j'ai besoin de renseignements, fit Graham.

Graham montra son insigne à la jeune femme qui se raidit. Elle désigna le salon à Maud Graham qui s'étonna de le trouver si peu changé.

— Que voulez-vous savoir au juste ?

— Il semble que vous avez reçu la visite de Daniel Couture avant son assassinat. Quelqu'un prétend que vous vous prostituez et que maître Couture faisait appel à vos services. Tout ce qui m'intéresse, c'est de savoir si vous pouvez m'apprendre quelque chose à son sujet qui me mettrait sur une piste. Même si ça vous paraît insignifiant. Autant être claire : que vous viviez dans l'illégalité m'importe peu, mais chaque détail compte pour une enquête. Voilà pourquoi j'aimerais que vous m'expliquiez quels étaient vos rapports avec Daniel Couture.

— Certainement plus amicaux que les vôtres, dit Anaïs Rancourt. Maud Graham ? Vous avez déjà été appelée à témoigner dans un procès où plaidait Daniel. Pour l'affaire Dumont, non ?

— Vous avez une excellente mémoire.

— C'est utile pour retenir le code civil. J'étudie en droit. J'étais dans la salle, curieuse de voir Daniel en action. Très instructif. Il était différent en privé, beaucoup moins flamboyant. Tranquille, pas exigeant.

— Le client idéal ? Vous devez le regretter.

Anaïs soupira ; oui, et pas seulement pour le manque à gagner. Elle aimait discuter de points de droit avec l'avocat.

— J'avais l'impression de profiter d'un cours privé.

— Mais vous ne dispensiez pas de leçons d'allemand en échange ?

— Je parle vraiment allemand et j'ai inventé ça pour couper court à la curiosité de ma voisine Nicole. Comme disait Goethe : *Ein nutzloses Leben ist ein früher Tod. Das ist gar nicht dringend.*

Graham baissa la tête en guise d'admiration tandis qu'Anaïs traduisait la phrase.

— « Une vie inutile est une mort anticipée. » Nicole

est une femme oisive qui ne vit pas vraiment. Est-ce une existence de surveiller ses voisins ? Au début, ça m'amusait qu'elle me raconte ce qu'elle savait de l'un et de l'autre, et surtout ce qui s'était passé ici. Je l'ai invitée à boire l'apéro, à souper avec des amis. Mais sa seule activité est le guet. Et les rumeurs. Et la cuisine. C'est une excellente pâtissière. Mais elle passe des heures à sa fenêtre à tout surveiller ! Quand je pense que je manque de temps pour faire tout ce que je voudrais et que Nicole gaspille le sien, ça m'exaspère.

— Vous avez autant de clients qu'elle l'affirme ? Elle mentionne de constantes allées et venues.

— Je n'ai que deux clients qui viennent ici. Dont Daniel. Je rencontre les autres ailleurs, par prudence ou par discrétion. Est-ce que Daniel a vraiment été tué comme l'ont raconté les médias ? Par balle. Pas d'autres violences ?

Graham la rassura ; non, Couture n'avait pas été agressé avant d'être abattu à bout portant.

— A-t-il déjà évoqué des craintes devant vous ? Était-il angoissé ?

Anaïs secoua la tête. Daniel Couture avait reçu des lettres de menaces après qu'il eut fait acquitter un pédophile, mais il n'était pas inquiet.

— Il prétendait que ce n'était pas la première ni la dernière lettre d'insultes qu'il recevait dans sa vie.

— Ça ne le gênait pas d'avoir permis la libération de cette ordure ?

Anaïs fit signe à Graham de la suivre dans la cuisine où elle avait préparé du thé juste avant que celle-ci sonne à sa porte.

— Vous savez bien que Daniel assumait ses choix. Ce que vous voulez savoir, c'est si moi j'étais à l'aise de coucher avec un homme qui permettait à des monstres d'échapper à la prison ? Oui et non. En tant qu'étudiante en droit, j'admirais le maître. En tant qu'escorte, un peu moins. Plusieurs d'entre nous ont été victimes d'abus sexuels durant leur enfance. Disons que je préférais qu'il défende des dealers. Et que si je me spécialise en droit criminel, comme c'est mon intention, je ne serai pas à la défense... Écouter Daniel parler de certaines causes a modifié ma vision des choses. D'un autre côté, ça prend des gens pour défendre les innocents ou changer les lois.

— Évoquait-il parfois les femmes qu'il fréquentait ?

— À l'occasion. Elles n'avaient pas d'importance. Elles étaient interchangeables. Il choisissait toujours le même modèle, dans le même milieu. Daniel n'avait de l'imagination qu'au moment de plaider.

— Vous le voyiez souvent ?

— Régulièrement.

Il y eut un silence qu'Anaïs rompit en se désolant de ne pouvoir être plus utile à l'enquête.

— Il préférait se détendre avec vous, oublier ses soucis.

— Je le distrayais, oui, mais il n'avait pas tant besoin de se détendre. Ce n'était pas un homme stressé, malgré ses responsabilités. Il adorait son travail. Il était certain d'être bientôt nommé juge. Il voulait être le plus jeune juge du Québec.

— Il avait sûrement de bonnes chances.

— Seul son travail comptait pour lui. Tout le reste était secondaire.

— Une femme aurait-elle pu lui reprocher un manque d'égards ?

Anaïs esquissa une moue ; elle en doutait. Daniel Couture n'était pas du genre à faire des promesses qu'il n'aurait pas tenues.

Maud Graham huma le thé que lui avait servi Anaïs, trempa ses lèvres dans le liquide vert pâle et sourit.

— Il est délicieux. Aucune âpreté.

— Daniel venait ici parce que ce n'était pas compliqué. Et il était vraiment content qu'on discute de droit. Il s'allumait quand je lui posais des questions de jurisprudence. Pour résumer, Daniel était à *on* dans son rôle d'avocat et à *off* le reste du temps. Son intelligence était consacrée à sa carrière.

— Un collègue envieux ? Parlait-il de ses pairs ?

— Il les classait en fonction de leur talent. N'acceptait de luncher qu'avec ceux qui étaient notés au-dessus de quinze sur vingt. En fonction du taux d'acquittement de leurs clients.

— Ses collègues savaient-ils qu'il leur accordait des points ?

Anaïs l'ignorait, mais elle approuvait l'hypothèse de Maud Graham. Il fallait chercher du côté d'un procureur humilié par les succès de Couture.

— Et des secrets ?

— S'il en avait, il les a gardés pour lui.

— Je pensais que les hommes vous faisaient des confidences sur l'oreiller.

— Quand ils sont tristes ou ivres ou prétentieux. S'ils veulent m'épater, se confesser ou se faire consoler. Mais Daniel n'était ni morose, ni soûl, ni vantard.

— Vous l'avez bien observé.

— On doit savoir à qui on a affaire.

Maud Graham termina sa tasse de thé et remercia Anaïs d'avoir répondu à ses questions.

— Vous n'êtes pas comme les autres policiers que j'ai croisés, déclara la jeune femme. Vous ne me méprisez pas.

— Il y a des femmes qui vivent avec des hommes

qu'elles n'aiment pas parce qu'elles ne veulent pas renoncer aux bijoux, aux voitures qu'ils leur offrent, aux maisons. Elles couchent avec des époux qu'elles dédaignent en leur faisant croire qu'elles sont heureuses avec eux. Qu'est-ce que la prostitution ?

— Quelque chose de condamnable, selon Nicole Rhéaume.

— Méfiez-vous. Elle est en colère contre vous. Jalouse, probablement.

— Elle est furieuse parce qu'un de mes amis a baisé avec elle et ne l'a pas rappelée. Je l'avais pourtant prévenue qu'il ne servait à rien de souhaiter plus qu'une nuit avec lui.

— Elle doit croire que vous le gardez pour vous.

— Elle se trompe.

— Elle ne peut rien prouver dans l'immédiat. Et je lui ferai croire que je vous surveille. Mais elle essaiera de vous nuire.

— Vous semblez sûre de vous.

— L'oisiveté est la mère de tous les vices. Nicole s'ennuie. Elle finira par vous dénoncer aussi à l'impôt. Ne la sous-estimez pas.

Maud Graham était songeuse en quittant Anaïs Rancourt. Avait-elle été amicale avec elle juste parce qu'elle pratiquait le même métier que Grégoire autrefois ou avait-elle été séduite par son intelligence et sa simplicité ? Elle ne minaudait pas et avait répondu à ses questions sans chercher à se donner le beau rôle. Franche, directe, concise. *On*, *off*. Elle avait décrit Daniel Couture en deux mots. Graham qui ne l'avait vu qu'à la Cour avait imaginé qu'il était le même personnage hors du prétoire, flamboyant, arrogant, perspicace et terriblement attentif aux réactions de tous les témoins qui défilaient devant lui. Anaïs venait de lui apprendre qu'il ne s'intéressait pas aux gens dans la vie de tous les jours. S'il était si peu captivant au quotidien, il avait donc provoqué la colère du tueur lorsqu'il plaidait, lorsqu'il était plus grand que nature, furieusement doué. Enviable. Détestable.

Maud Graham avait hâte de discuter avec Provencher. Il voudrait sûrement rencontrer Anaïs Rancourt.

***

L'autobus se faisait attendre. Ils étaient une quinzaine d'étudiants à pester contre son retard. Pourquoi n'y avait-il pas davantage de bus quand il faisait aussi froid? Hubert Sicotte entendit une fille dire qu'elle ne viendrait pas aux cours le lendemain, qu'elle resterait chez elle bien au chaud. Elle se vantait d'alterner ses présences au De Koninck et de ne pas avoir à grelotter dehors plus que deux fois par semaine. Elle suivait les cours en rotation. Hubert Sicotte se demanda si elle était paresseuse ou brillante. Peut-être qu'elle couchait avec ses profs comme Anaïs Rancourt. Il avait tenté de discuter avec cette dernière, mais elle l'avait vite éconduit. Elle était pressée, elle avait un cours de Droit et société et n'avait pas le temps de parler avec lui. Elle ne lui avait pas laissé le loisir d'amorcer une conversation. Il n'avait pu mentionner le nom de Gabrielle.

Anaïs avait quitté la salle de cours en même temps que lui, bien avant Rémi Bergeron, mais c'était probablement pour donner le change aux étudiants et se retrouver ensuite chez lui. Ou chez elle. Il aurait aimé la suivre pour savoir où elle habitait, mais son père était de retour et utilisait sa voiture. Heureusement, il n'avait pas remarqué que l'aile droite était éraflée. Quand il le découvrirait, il ne pourrait accuser avec certitude Hubert d'en être le responsable. Ce n'était qu'une marque infime. Il l'avait faite en frôlant la Golf lorsqu'il avait reculé. Alors que les quelques coups donnés avec une banale petite clé avaient bien bousillé l'arrière de la voiture. Bergeron devrait payer cher pour effacer ces stries. Elles étaient très nettes!

Dans l'autobus, juste avant de s'asseoir, Hubert Sicotte vit son reflet à une fenêtre et sourit, satisfait; il avait grandi. Quelques semaines d'entraînement et son corps avait changé. Il imaginait ce qu'il serait dans un an. Tous ces efforts en valaient la peine! Et s'il déménageait à San Francisco, il n'aurait pas honte de son corps parmi tous les amateurs de rollers, les surfeurs ou les marathoniens.

Son père avait souri quand il lui avait annoncé qu'il voulait étudier en cinéma à San Francisco. « Pourquoi pas New York, Berlin ou Paris ? avait-il répondu d'un ton ironique. Reviens sur terre, Hubert. »

Mais la terre n'avait d'intérêt que si Gabrielle l'explorait avec lui. Est-ce qu'il devait lui envoyer une autre lettre ? Il en avait écrit des dizaines mais les avait déchirées, mécontent du style. Comment parvenir à rédiger une lettre qui la bouleverserait ? Il descendit de l'autobus, vit une femme devant lui qui s'empressait d'allumer une cigarette. Il la plaignit d'être si dépendante du tabac, puis l'envia; lui était *addict* à Gabrielle.

***

La neige qui tombait obligeait les automobilistes à faire fonctionner les essuie-glaces à plein régime, mais personne ne s'en plaindrait. Dès les premiers flocons, la température avait remonté de quelques degrés et on promettait moins onze pour le lendemain. Il faudrait pelleter l'entrée, songea Graham après avoir enlevé ses bottes enneigées. Léo frotta le bout de son museau contre le cuir où fondaient des flocons. Graham le souleva et le posa contre son cou, et il ronronnait quand elle s'avança dans le corridor en se demandant ce qu'elle dirait si Grégoire était encore affalé devant le téléviseur. Elle décida de boire du thé pour se réchauffer avant d'aviser. C'est alors qu'elle trouva la lettre qu'avait déposée Grégoire sur la table de la cuisine.

Bonjour Biscuit,
Je suis déjà resté trop longtemps ici, je vais voir ailleurs. Tu m'as assez supporté. Il faut savoir s'arrêter, c'est toujours ce que tu dis. Alors je m'arrête. Merci pour tout. Embrasse Maxime et Alain pour moi.

Graham relut la lettre deux fois, puis fronça les sourcils, retint son souffle tandis que les doutes l'assaillaient. Elle s'appuya sur le bord de la table, le cœur battant. Que signifiait cette lettre ? Qu'il était rentré à son appartement ? Qu'il partait en voyage ? Ou pire ? Elle n'osait même pas prononcer le mot suicide. Même mentalement. Elle se rua sur le téléphone pour appeler Grégoire sans obtenir autre chose qu'un message vocal. Elle appela ensuite Alain et dut se contenter aussi de lui laisser un message. Elle s'assit, reprit la lettre, s'évertuant à lire entre les lignes un élément qui la rassurerait. Si Alain était là, il lui dirait qu'elle dramatisait toujours tout par déformation professionnelle. Elle finit par joindre Léa qui venait de rentrer du collège. Sa meilleure amie l'écouta lui lire les quelques lignes de Grégoire avant de l'interroger ; pourquoi s'inquiétait-elle autant ? Y avait-il un signe dans ces phrases qui la portait à imaginer que Grégoire était en danger ?

— C'est trop tragique. Il me remercie pour tout depuis

toujours. Ça ressemble à une lettre d'adieu. En plus, il a écrit Maxime alors qu'il l'appelle toujours Max. Je n'aime pas ça !

— Veux-tu qu'on aille ensemble à son appartement ?

— Je ne sais pas. Oui. Non. Qu'est-ce qu'il dira si on se pointe chez lui sans l'avertir ? Il pensera que je le surveille parce qu'il m'a avoué qu'il avait repris de la coke. Juste une fois, mais on s'est engueulés à ce sujet hier soir.

— Il est en colère, c'est tout. Ce n'est pas votre première prise de bec.

— Il a écrit Maxime, ce n'est pas normal. Je vais me rendre chez lui.

— Je t'accompagne.

— Non, reste chez toi. Si... si je ne reviens pas rapidement, Maxime pourrait aller chez vous.

— Tu t'énerves pour rien, ma belle. Grégoire est fâché, c'est tout.

— *Je m'arrête*. Il arrête quoi ? De vivre ou de prendre de la coke ? Il va me rendre folle. Tout allait trop bien, cette année.

— Calme-toi. Tu ne lui seras pas utile si tu te présentes chez lui en état de panique. Vous devrez vous expliquer sur votre engueulade d'hier soir. Il vaut mieux que tu te refroidisses les esprits.

— Tu as raison.

En roulant vers l'appartement de Grégoire, Maud Graham ne cessait de se répéter que Léa Boyer était psychologue et enseignante ; elle voyait des jeunes depuis vingt ans, elle connaissait Grégoire. Si elle lui avait dit qu'il était tout simplement en colère, c'est qu'il était simplement en colère, point final. Et si Grégoire s'était... Que découvrirait-elle en poussant la porte de son appartement ? Non. Il ne pouvait pas avoir fait ça. Il n'avait pas le droit.

Elle aurait dû accepter que Léa l'accompagne. Ou Rouaix. Mais il était alité, grippé.

Elle hésita puis composa le numéro de Michel Joubert.

— Peux-tu me rejoindre dans Saint-Jean-Baptiste ? Je t'expliquerai. C'est personnel.

— L'adresse ?

Joubert ne posa aucune question mais prédit qu'il arriverait rue Saint-Olivier avant elle. Il ne s'était pas trompé et il l'attendait devant la porte de l'appartement de Grégoire.

— Je suis probablement idiote, mais j'ai peur pour Grégoire. Il m'a écrit une lettre bizarre. Je ne sais pas s'il...

— Reste ici. Je vais entrer avant toi.

— Non, c'est mon problème. Je n'aurais pas dû te déranger, c'est idiot. J'ai paniqué pour... Attends un peu, j'essaie de le rappeler.

Elle laissa sonner, secoua la tête.

— J'entre avant toi, fit Joubert.

Le ton du policier était impérieux.

— Tiens, c'est sa clé.

Elle détourna le regard, gênée au souvenir d'un matin où elle avait profité du sommeil de Grégoire pour subtiliser sa clé et en faire faire un double. Au cas où elle devrait fouiller son appartement pour savoir s'il achetait trop de coke, pour le protéger malgré lui. Elle aurait dû se réjouir d'avoir cette clé aujourd'hui, mais elle la tendit à Joubert avec un certain malaise.

Joubert sonna à la porte, attendit vingt secondes, sonna de nouveau puis introduisit la clé dans la serrure au moment où Grégoire venait ouvrir.

— Qu'est-ce que... Biscuit ? Qu'est-ce que tu fabriques ? Et lui ?

Grégoire était torse et pieds nus. Il recula en frissonnant tout en leur faisant signe d'entrer.

— Fermez la porte. Je sors de la douche.

— Tu ne nous as pas entendus sonner ? demanda Graham qui se retenait de serrer Grégoire contre elle.

Il était vivant. Elle s'était trompée sur ses intentions. Ou il n'avait pas eu le temps de passer à l'acte. Elle faisait des yeux le tour du studio, cherchant une preuve qu'elle avait eu raison d'être si angoissée.

— J'ai sonné deux fois, précisa Joubert.

Grégoire détailla l'enquêteur. Cheveux ras, yeux noisette, menton carré, nez légèrement de travers, larges mains, belles cuisses. À son goût. Il s'étonna de ressentir du désir pour lui, alors qu'il s'inquiétait de la présence de Graham chez lui.

— Qu'est-ce qui se passe ? C'est Maxime ?

— Il ne se passe rien. Tout est correct.

— Mais tu es là. Avec un collègue, si j'ai bien deviné.

— C'est Joubert, dit Graham comme si ça excusait leur irruption.

Grégoire fit le tour de Joubert, le dévisageant maintenant ouvertement.

— Le fameux Joubert que tu veux caser ?

Celui-ci se tourna aussitôt vers Graham qui voulut protester, mais Grégoire la surprit en saisissant la main de Joubert.

— C'est cette main-là qui tenait la clé pour entrer chez moi ? Qui lui a donné cette clé ? Et qu'est-ce que vous faites ici ?

— C'est ta lettre.

— Quelle lettre ?

— Tu m'as laissé une lettre où tu disais que tu arrêtais tout, que tu partais ailleurs, que tu embrassais Maxime.

Tu dis toujours Max. J'ai pensé que...

Sa voix se brisa et Grégoire comprit à cet instant qu'elle avait mal interprété ces quelques mots écrits pour la remercier de l'avoir hébergé.

— Biscuit! Voyons donc! Je suis un chat de gouttière, tu l'as toujours dit. Je retombe sur mes pattes. Je m'en vais ailleurs, c'est vrai. J'ai pris un billet pour Rome. Je pars dans deux semaines. Tu m'en as donné le goût à force de nous casser les oreilles avec ton merveilleux voyage et tout ce que tu as mangé là-bas. Moi aussi, je veux déguster une salade de pieuvre sur place et traîner chez Gusto en buvant des verres de Frisante.

Il s'était approché d'elle, mais n'osait la prendre dans ses bras; ils se touchaient rarement. Et seulement devant Alain ou Maxime.

— Dans ce cas-là, on ne vous dérangera pas plus longtemps, dit Michel Joubert.

— Je n'étais pas en train de faire ma valise. C'est l'heure de l'apéro.

Comme Joubert hésitait, Graham lui désigna un fauteuil tandis que Grégoire revenait de la cuisinette avec une bouteille de porto. Lorsqu'il trinqua avec Joubert, Graham sut que Tiffany McEwen n'attirerait jamais Joubert. Il avait une manière de regarder Grégoire qui dissipait toute méprise. Il s'était montré réservé sur sa vie privée parce qu'il était gay. Elle comprenait qu'il ait préféré rester discret. Il suffisait d'imaginer les commentaires de cet imbécile de Moreau s'il l'apprenait.

***

En déposant son verre vide sur la table en marbre du salon, Alexandre Mercier se sentait mieux. Il n'avait jamais bu d'alcool si tôt dans la journée, mais il avait besoin de se calmer, de ralentir les battements de son cœur. Il devait se comporter comme s'il était aux commandes d'un appareil, rester concentré, se remémorer la matinée dans ses moindres détails pour être certain de n'avoir rien oublié, de n'avoir commis aucune erreur. Il fêterait plus tard ses succès. Le lendemain, ou le surlendemain, lorsqu'il lirait les comptes rendus dans les journaux, lorsqu'il serait certain qu'aucun témoin ne l'avait vu heurter l'homme au paquet rouge pendant qu'il s'entraînait.

— J'ai de la chance, pensa Alexandre. J'ai bien fait d'en profiter.

On dit que l'avenir appartient à ceux qui se lèvent tôt. S'il n'était pas sorti du lit pour se rendre chez l'inconnu, il ne l'aurait pas vu sortir en survêtement et se mettre à courir alors qu'il faisait encore sombre. L'homme était passé devant lui, sous le lampadaire, et Alexandre avait oublié qu'il n'était là que pour l'observer. Il devait saisir l'occasion qui se présentait à lui. Aucune lumière dans les maisons voisines, aucune voiture sur la route. L'homme qui avait offert un cadeau à Gabrielle était seul avec sa musique. Alexandre avait pu distinguer les fils blancs d'un iPod contre le col roulé noir du marathonien. Il avait foncé sur lui.

Est-ce qu'il entendait toujours de la musique lorsqu'il l'avait heurté et l'avait précipité en bas de l'échangeur ?

L'avait-on découvert, à cette heure ?

Était-il bien mort ? Alexandre n'avait pu rester dans les parages pour s'assurer qu'il ne se relevait pas ni qu'une voiture se pointait, qu'un bon samaritain en descendait et appelait le 911. Il avait quitté les lieux après avoir foncé sur l'inconnu. Il était encore éberlué d'avoir réussi à soulever l'homme qui gémissait, à le faire basculer par-dessus le parapet et à le jeter sur le terre-plein dix mètres plus bas. L'homme n'était ni grand ni gros, mais tout en muscles.

Qu'y avait-il dans le paquet rouge qu'il avait remis à Gabrielle ?

Alexandre avait eu envie d'aller chez lui fouiller, chercher des preuves qu'il avait écrit ces lettres d'amour à Gabrielle, mais il ne devait pas abuser de sa chance, provoquer la colère des dieux. S'introduire chez lui était insensé et Alexandre était un homme réputé pour avoir un bon jugement. Peut-être ne saurait-il jamais si l'inconnu était l'auteur des lettres anonymes, et cela l'agaçait. Mais il n'avait pas tué l'homme au paquet rouge parce qu'il pensait qu'il avait écrit ces lettres. Il l'avait tué parce qu'il souhaitait que Gabrielle soit choquée, fragilisée, apeurée par la mort de son ami et qu'elle se réfugie auprès de lui pour être réconfortée. Elle avait fait un premier pas en lui montrant les lettres. Il devait battre le fer pendant qu'il était chaud.

Alexandre fut tenté de se resservir un peu d'alcool, mais il résista à cette envie. Contrôle, maîtrise de soi, voilà la clé de la réussite. Et l'intuition ! Il était fier d'avoir écouté sa petite voix intérieure, la veille. Après avoir suivi la Passat noire et noté où habitait son conducteur, il s'était garé devant Le Lapin sauté, puis il avait changé d'idée et était plutôt retourné à l'hôpital Laval. Son initiative avait été récompensée : la Golf était toujours garée à la même place. Si l'homme au paquet rouge était allé visiter un malade, il sortirait tôt ou tard de l'établissement. Il aurait faim. Alexandre avait parié qu'il reprendrait bientôt sa voiture pour aller souper. Et il avait gagné. Tout s'était déroulé à merveille, il avait pu suivre la Golf et découvrir où habitait l'homme qui avait reconduit Gabrielle à son rendez-vous avec Anaïs.

Alexandre eut un petit sursaut, chassa la pensée qui l'avait assailli. Tout allait justement trop bien, il devait y avoir un grain de sable dans l'engrenage. Non, il déraillait. Pourquoi aurait-il oublié quelque chose ?

Tantôt, ce midi, ce soir ou demain, il apprendrait l'identité de l'homme qu'il avait tué. À moins qu'il ne soit pas vraiment mort ? Mais même si c'était le cas, il ne pourrait le reconnaître. Alexandre avait enfoncé sa tuque jusqu'aux yeux et avait remonté le col de son manteau de loden. Vive l'hiver qui lui permettait de dissimuler si facilement ses traits.

Dans combien de temps Gabrielle saurait-elle ce qui était arrivé à son ami ? Et quand l'appellerait-elle ?

Devait-il retourner chez le conducteur de la Passat aujourd'hui ? Il était lié d'une manière ou d'une autre à celui de la Golf puisqu'il avait vandalisé sa voiture. Il serait sûrement interrogé par les enquêteurs quand ils découvriraient qu'il détestait la victime. Mais est-ce que ceux-ci se présenteraient si vite chez lui ? Non. À moins que l'animosité des deux hommes soit connue dans leur entourage.

Et si le conducteur de la Passat n'avait pas d'alibi en béton ? S'il était incapable de prouver qu'il dormait chez lui lorsque son ennemi avait eu un malencontreux accident ?

Cette idée avait effleuré le cerveau d'Alexandre et s'y installait. Quoi de mieux qu'un bouc émissaire ?

Chapitre 10

Maud Graham fixait les boutons de l'ascenseur, résistant à l'envie d'appuyer sur celui du bas. Elle n'irait pas voir Tiffany McEwen ; qu'aurait-elle pu lui dire ? Elle ne croyait pas que la jeune femme serait gravement sanctionnée, même si on appliquait la loi 119 avec plus de sévérité depuis quelques années. Mais Tiffany n'avait aucun antécédent de violence et elle était jeune, donc inexpérimentée. Matteau n'avait pas porté plainte contre elle, même s'il l'avait menacée de raconter l'agression à des journalistes. Quelques jours s'étaient écoulés depuis et aucun article n'avait mentionné l'erreur commise par Tiffany McEwen. Peut-être Matteau s'imaginait-il que, en épargnant la policière, il disposerait mieux les enquêteurs à son égard. Il se trompait. Graham et Joubert continuaient à chercher des témoins de l'agression de Claudie et priaient pour qu'elle sorte du coma et témoigne contre son bourreau.

— À quoi penses-tu ? fit Rouaix en posant son index sur le bouton du haut après s'être mouché.

— À Tiffany McEwen. Combien de temps sera-t-elle confinée à des tâches administratives ?

— Ça peut être long avant d'avoir le résultat des enquêtes.

Rouaix faisait allusion aux enquêtes déontologique, criminelle et disciplinaire qui s'appliquaient en pareil cas. Graham savait aussi bien que lui que le processus pouvait durer des semaines, mais elle espérait que Tiffany soit seulement suspendue.

— Je m'entends bien avec elle. Ce serait trop bête de la perdre. Elle aurait travaillé avec nous, aujourd'hui. Elle serait actuellement sur la scène de crime avec Joubert. À la place de Moreau. C'est vrai que c'est lui qui a chapeauté l'enquête de proximité ? On est malchanceux.

— Tu es de mauvaise foi, commença Rouaix avant d'être secoué par une quinte de toux.

— Au moins, on sait qui est la victime. Joubert a trouvé ses papiers dans la poche de son survêtement avec un vingt dollars. Rémi Bergeron, professeur à l'Université Laval.

— Peut-être qu'il enseignait le sport au PEPS. Quelle idée d'aller courir avant que le soleil se lève, maugréa Rouaix en se mouchant.

— Oui, il y a des gyms pour ça.

Graham se frotta les bras, encore transie d'être restée près du cadavre depuis l'aube. Elle dormait quand on l'avait appelée pour la prévenir de la découverte d'un corps au milieu d'un terre-plein.

— Un homme, la quarantaine, avait dit Joubert. Un conducteur a appelé une ambulance. Mais il n'y a plus rien à faire. Le gars est mort. Reste à savoir si on l'a aidé. On a sécurisé les lieux.

— Je vous rejoins, avait promis Graham.

— Le boss nous a dit que Rouaix et toi vous occuperiez d'interroger les proches. J'aime autant que tu le saches, Moreau doit venir me retrouver sur place.

— Je suis déjà au courant, mais ce n'est pas lui qui est

au poste de commandement, non? Quelqu'un a prévenu le coroner?

— J'ai réveillé Linteau juste avant toi. Il n'avait pas l'air frais.

Marcel Linteau était arrivé une demi-heure après que Graham se fut garée à quelques mètres du lieu de la découverte. Entre-temps, elle avait discuté avec l'automobiliste qui attendait dans le véhicule des patrouilleurs en se lamentant sur sa voiture immobilisée pour des heures sur le bas-côté.

— J'ai ralenti dès que j'ai vu le corps. J'ai dérapé, mais je ne l'ai pas frappé, je vous le jure. Je n'ai rien à voir avec ça. Qu'est-ce qu'il faisait dehors à cette heure-là? Je pensais être tout seul à me lever aussi tôt. Mais il était là, au beau milieu du terre-plein.

— Avez-vous touché au corps?

— Non, je l'ai dit au policier. Je me suis approché pour voir ce que c'était. Je ne savais même pas ce que j'avais voulu éviter. Ce qui m'a fait prendre le clos. Calvaire! Ça va me coûter une beurrée pour sortir mon char de là.

— Des gens de notre équipe vont remorquer votre voiture. Ça ne vous coûtera rien.

— Ça va être long? Faut que je sois à l'usine à sept heures.

— Ce n'est pas si simple. On doit vérifier la trajectoire de vos pneus. C'est la procédure. La routine. On fait ça tout le temps quand il y a un accident.

— Calvaire! Tant qu'à se jeter d'en haut, il aurait dû choisir le pont. Il n'aurait dérangé personne, dans le fleuve. Moi, si je ne suis pas à l'usine à sept heures, ils vont me slaquer. Comprenez-vous ça?

Maud Graham avait acquiescé, promis à l'homme de le ramener à Québec pour sept heures et elle était sortie de la voiture pour accueillir Marcel Linteau. Tous deux s'étaient approchés du corps en déplorant le froid.

— Il me semble que c'est pire cet hiver, avait dit le coroner.

— C'est juste parce qu'on oublie d'une année à l'autre, avait avancé Joubert. Alors ?

— Il est tombé de l'échangeur ou on l'a heurté ici ? avait demandé Graham.

— C'est sûr qu'il y a une grosse mare de sang sous la tête, avait repris Linteau. Ça n'indique pas nécessairement qu'on l'a jeté d'en haut. Ça nous dit qu'il n'est pas mort sur le coup, qu'il a agonisé pendant un bon moment.

Était-il tombé du haut de l'échangeur ou avait-il été frappé par un véhicule et projeté sur le terre-plein ? Accident ou suicide ? Il y avait du sang dans ses cheveux, mais Graham connaîtrait la nature de la blessure au crâne avant l'autopsie.

Elle avait regardé les techniciens qui s'affairaient à recueillir des indices, les patrouilleurs qui avaient sécurisé les lieux et qui s'éloignaient maintenant pour rejoindre une autre équipe. Ensemble, ils détourneraient les automobilistes. Graham s'était dit que, si elle avait voulu se donner la mort, elle ne serait sûrement pas allée s'entraîner avant. Bergeron était en survêtement et portait des chaussures conçues pour la course, un anorak assez léger. Avait-il emprunté un trajet habituel ou s'était-il retrouvé par hasard sur cette route ? Graham avait soupiré en reconnaissant la voiture de Moreau.

Après avoir jeté un dernier coup d'œil au corps, elle était retournée vers son automobile. Elle avait esquissé un vague geste de la main en direction de Moreau qui l'avait fixée sans bouger avant de demander si elle allait rejoindre Rouaix.

— C'est vous qui vous occupez de la famille et des amis ?

— Fais ta job, on s'occupe de la nôtre, avait répondu Graham avant de saluer Joubert.

En empruntant la bretelle de l'autoroute, elle songeait toujours à Moreau ; pourquoi ne se décidait-il pas à prendre sa retraite ? Il avait vingt-six ans de service, il aurait pu leur foutre la paix une bonne fois pour toutes. Hélas, c'était Rouaix qui rêvait de voyages et de loisirs...

— Tu es encore dans la lune, constata Rouaix alors que les portes de l'ascenseur s'ouvraient devant eux.

— Je repensais à la scène de crime, dit Graham. Je ne crois pas que Bergeron s'est suicidé. Il était en train de s'entraîner quand il a été tué.

— Tu penches pour un délit de fuite ? Joubert m'a parlé d'un échangeur au téléphone.

— Comment serait-il tombé du haut de l'échangeur ? Pourquoi se serait-il approché du parapet ? Pour voir quoi ? Il faisait nuit.

— On peut l'avoir poussé.

— À l'heure qu'il est, il y a autant de techniciens en haut qu'en bas du viaduc. C'est possible que le *hit and run* ait eu lieu sur l'échangeur, mais il faudrait que l'impact ait été vraiment important pour que la victime plane par-dessus le parapet.

— Ça voudrait dire que le chauffard conduisait à une bonne vitesse.

— Ou qu'il a frappé Bergeron et l'a ensuite achevé en le jetant en bas, dit Graham. Il devait être en forme pour soulever Bergeron.

— C'est un crime, de toute façon.

— Il ne nous reste plus qu'à trouver si c'était prémédité ou non. Est-ce que Rémi Bergeron était du genre à s'attirer des ennuis ?

— J'ai besoin d'un café, marmonna Rouaix.

— Moi aussi. Le froid aurait dû me réveiller, mais ça m'a engourdie.

— J'ai hâte de passer mes hivers au chaud.

Graham enleva son manteau sans relever le commentaire de Rouaix sur sa retraite. Elle ne voulait pas en discuter avec lui. Elle préférait jouer à l'autruche, une imbécile d'autruche égoïste. Elle ne pouvait imaginer travailler sans André Rouaix. Qui la retiendrait de provoquer Moreau ? Joubert, peut-être. Joubert à qui elle avait offert une bouteille de grappa pour le remercier de l'avoir accompagnée chez Grégoire et qui l'avait acceptée avec le sourire, mais sans la regarder dans les yeux. Craignait-il qu'elle soit indiscrète à son sujet ? Ils étaient collègues depuis assez longtemps... Son attitude la vexait un peu. Alain lui avait dit que Michel Joubert avait probablement eu des expériences désagréables dans le passé qui l'avaient poussé à être circonspect.

En attendant les résultats des techniciens, Graham chercha à recueillir des informations sur Rémi Bergeron. Il avait été arrêté dix ans auparavant pour conduite en état d'ébriété. 0,9 milligramme dans le sang. Retrait de permis pour un an. Enseignait-il déjà à l'université ? Ses collègues avaient-ils appris son arrestation ? Il n'avait plus jamais eu d'ennuis avec les autorités par la suite. Même pas une contravention pour un stationnement illicite.

Rouaix terminait son café quand Graham récupéra son manteau en lui faisant signe de l'imiter.

— On y va.

— J'espère qu'il n'a pas de conjointe, soupira Rouaix. Je ne me suis jamais habitué à annoncer la mort de quelqu'un.

— Il me semble que sa femme aurait signalé sa disparition. Son mari part courir et il n'est pas rentré trois heures plus tard. Il n'avait pas de bouteille d'eau sur lui, il n'avait pas prévu s'entraîner longtemps.

Ils se garèrent en face de chez Rémi Bergeron. Un homme regardait la demeure, un journal à la main.

— Il y a un problème ? demanda Graham.

— Je ne sais pas. J'imagine que Rémi ne s'est pas réveillé. Mon auto est au garage et il devait me donner un *lift*. On s'est appelés hier. Mais les rideaux sont toujours fermés dans la fenêtre du salon. Je vais aller sonner...

— On s'en charge, fit Rouaix en montrant son badge.

— Qu'est-ce qui se passe ?

— Vous connaissez Rémi Bergeron depuis longtemps, monsieur...

— Dhavernas, Éric Dhavernas. Une dizaine d'années. Dites-moi ce qui se passe !

Maud Graham posa une main sur le bras de Dhavernas ; elle était désolée d'avoir une mauvaise nouvelle à lui annoncer.

— Rémi est mort ? Ça ne se peut pas ! Il est en pleine forme, il s'entraîne pour le marathon. Il a fini cinquième l'an... Vous êtes certaine que c'est lui ?

— Il avait ses papiers dans sa poche.

— C'est arrivé quand ?

— Tôt ce matin. On doit savoir ce qu'il a fait ces dernières vingt-quatre heures. Est-ce qu'il est marié ? Vit-il avec quelqu'un ?

— Rémi, oh non !

Dhavernas souriait en protestant, puis fronça les sourcils.

— Vous êtes sûre que c'est lui ?

— Oui. Quel genre d'homme était-ce ?

— Pas compliqué. Rémi ne s'en fait jamais. Je ne

l'ai vu s'impatienter qu'une ou deux fois. Il est insou-
ciant. Il répète souvent qu'on n'est pas sur terre pour
souffrir.

— Qu'enseignait-il ?

— Littérature américaine.

— Ça semblait vous amuser quand j'ai demandé si
M. Bergeron était marié, avança Graham.

— Rémi aime les femmes, toutes les femmes. Il n'a
pas besoin de faire grand-chose pour les séduire. Elles
devinent qu'il les adore. Je ne sais pas comment il s'y
prend, mais ça marche. Il aime être entouré de femmes.
Il reste souvent ami avec ses...

— Celles avec qui il a couché ?

— Et les autres. Ce n'est pas un obsédé, il est simplement fasciné par les femmes. Même celles qu'il ne drague pas l'apprécient, mon épouse la première.

Dhavernas se mordit les lèvres, comprenant qu'il devrait annoncer la mort de Rémi Bergeron à sa femme,
puis à leurs amis, aux autres voisins.

— Ça ne se peut pas qu'il soit mort... Où est-il ?

— Notre équipe s'occupe de lui, dit doucement Rouaix.
Pensez-vous que M. Bergeron aurait pu se suicider ?

La question semblait choquer Éric Dhavernas.

— Jamais ! Personne ne jouissait de la vie comme
Rémi. C'est absolument impossible.

— On doit explorer toutes les possibilités. On a trouvé
son corps en bas d'un échangeur.

— Il ne s'est pas jeté dans le vide, je vous le garantis.

— Les médias vont parler de lui d'ici peu de temps.
Si vous voulez prévenir des gens...

— Je vais appeler nos amis. Vous êtes sûrs que vous
ne vous trompez pas ?

***

Hubert Sicotte marchait depuis une heure. Il avait les pieds gelés, mais il ne se décidait pas à prendre l'autobus. Il avait besoin du froid pour se calmer, pour réussir à réfléchir à ce qu'il ressentait. Il ne parvenait pas à croire à la mort de Rémi Bergeron. Plusieurs étudiantes avaient pleuré en apprenant la nouvelle, les cours avaient été annulés et Hubert avait suivi des élèves à la cafétéria sans s'en rendre compte. Il les avait écoutés faire l'éloge de Bergeron dans un état d'hébétude, ne croyant pas à ce qu'il entendait, persuadé qu'on viendrait leur annoncer que c'était une erreur.

Puis il avait entendu l'information à la radio. Et maintenant il rentrait chez lui en se demandant ce que dirait Gabrielle en apprenant la nouvelle.

Comment pourrait-il aborder le sujet avec elle ? Serait-il trop troublé ? Il avait détesté Rémi Bergeron et Bergeron était mort. Il n'y avait rien à ajouter. Rien. C'est ce qu'il ressentait. Un grand rien, un vide total. Alors qu'il aurait dû être heureux de la mort de Bergeron.

Hubert Sicotte donna un coup de pied dans un morceau de neige durcie en jurant, indifférent aux regards des passants qui s'écartèrent devant lui. Pourquoi n'était-il pas plus content d'être débarrassé de Bergeron ?

***

Alexandre Mercier s'était attablé seul au Graffiti alors qu'il aurait tant aimé que Gabrielle soit assise en face de lui, mais il avait résisté à la tentation de l'appeler pour l'inviter. Il fallait que ce soit elle qui lui téléphone. Il fallait qu'il l'entende lui dire que Rémi Bergeron était mort et qu'elle le connaissait. Il espérait qu'elle soit juste assez triste pour avoir envie de se faire consoler. Mais pas trop. Il n'aimerait pas apprendre que Gabrielle était très attachée à l'homme au paquet rouge, ou plutôt l'homme avec qui elle projetait d'écrire un livre. Il l'avait compris en apprenant son nom aux infos. Quel était son degré d'intimité avec Gabrielle? Même s'il était mort maintenant, Alexandre voulait savoir s'ils avaient déjà couché ensemble. Il devait le savoir. Il devait tout savoir sur Gabrielle, même les choses qui lui déplaisaient. Quoi qu'il en soit, il avait eu raison de se débarrasser de lui. Le hasard avait vraiment bien fait les choses, car ce Rémi l'aurait gêné à un moment ou à un autre. Gabrielle n'avait-elle pas mentionné des rencontres plus régulières dès le début de mars pour avancer leur maudit bouquin?

Il commanda un Glenlivet et le but sans s'en apercevoir, s'étonnant ensuite de découvrir son verre vide. Il héla le serveur pour en avoir un second qu'il s'efforça de déguster, mais le cellulaire posé à sa gauche sur la nappe blanche, refusait de clignoter, le narguait et l'empêchait de se délecter des arômes fumés du whisky. Pourquoi Gabrielle ne l'avait-elle pas encore appelé? Même si elle avait des cours à donner au gym, elle aurait pu prendre quelques minutes pour lui téléphoner. Elle devait avoir besoin de parler à quelqu'un, si elle était assez près de Rémi Bergeron pour qu'il lui offre ce joli paquet rouge. S'était-elle épanchée sur une autre épaule? Celle de son amie Anaïs? Il aurait dû y penser. L'encombrante Anaïs. Ce serait plus simple si cette salope n'était pas toujours dans le décor. Il se renseignerait mieux sur elle. Mais avant, il retournerait chez le conducteur de la Passat noire. Il devait en savoir plus sur lui aussi, découvrir quel était son lien avec Bergeron, si Gabrielle était concernée de près.

L'alcool l'avait légèrement détendu et il se découvrit de l'appétit quand le serveur déposa un doré au beurre d'amande devant lui. Gabrielle aimait le poisson; il se jura qu'elle l'accompagnerait la prochaine fois qu'il souperait rue Cartier. Ils auraient pu avoir une soirée si romantique avec cette neige fine qui commençait à tomber. Il commanda un verre de riesling. Il aurait bien volontiers bu toute une bouteille, mais il était en voiture. Il n'était pas assez sot pour risquer de se faire arrêter pour conduite en état d'ébriété.

***

Le directeur de la faculté des lettres caressa son bouc pensivement, désireux de répondre avec justesse à Maud Graham sans ternir la réputation de Rémi Bergeron. Oui, c'était un homme à femmes. Non, aucune plainte n'avait été déposée contre lui par une des étudiantes qu'il aurait prétendument séduites.

— C'était un enseignant très apprécié. Il plaisait peut-être un peu trop à certaines de ces jeunes femmes. Elles sont à l'âge où elles testent leur pouvoir de séduction, n'est-ce pas? Mais nous n'avons jamais eu d'incidents à déplorer. Au nombre d'étudiants qui ont suivi plus d'un cours avec Rémi, je peux affirmer sans crainte de me tromper qu'il était aimé. C'était un excellent enseignant. Vous vous entretiendrez sûrement avec ses étudiants, n'est-ce pas?

— Vous nous fournirez une liste à jour, avec les notes, les abandons, les échecs?

— Volontiers, dit le directeur.

— La liste de ses collègues nous est déjà utile. Jusqu'à maintenant, tous ceux qu'on a rencontrés nous brossent un portrait favorable de lui.

Une femme l'avait décrit comme un bon vivant, curieux de tout, gourmand et sportif.

— L'un va avec l'autre, avait précisé une autre collègue. Rémi s'entraînait pour pouvoir manger autant mais rester en forme. À cause des marathons et pour continuer à plaire, j'imagine...

— Il avait plus de quarante ans, avait fait Graham. Ce n'est pas un peu pathétique de vouloir séduire à tout prix ?

— C'est là que vous vous trompez, avait protesté l'enseignante. Il charmait justement parce qu'il ne faisait pas d'efforts. Il restait lui-même, naturel. Nous avons eu une aventure, il y a cinq ans, et j'en garde un bon souvenir. C'était sans complications, léger. Trop léger pour moi, un peu superficiel, mais tout de même sympathique. Rémi était confortable. Il riait quand je le comparais à un vieux chandail, mais c'est vrai qu'il était ainsi.

— Il n'était pas susceptible ?

— Vraiment pas.

— Il était parfait, avait plaisanté Rouaix.

L'enseignante avait protesté ; non, Rémi Bergeron pouvait être exaspérant par ses retards et son insouciance.

Un toussotement du directeur ramena Graham à ses notes ; Rémi Bergeron aurait-il pu avoir des tendances suicidaires ?

— Jamais de la vie ! Ne cherchez pas de ce côté-là, c'est impossible.

— Des ennemis ? dit Rouaix.

— Des ennemis ?

— Disons plutôt des concurrents. Il doit bien y avoir des rivalités entre enseignants. Ceux qui publient plus, qui sont plus connus.

— Une saine compétition, mais on ne réécrit pas *Guerre et paix*, ici ! On ne court pas après le Pulitzer. Et, de toute façon, Rémi n'a rien publié depuis un bon bout de temps. Il nous promettait un roman, mais je ne sais pas s'il avait beaucoup avancé son manuscrit.

— Vous en connaissiez le sujet ?

Le directeur secoua la tête ; le roman, non, mais Rémi Bergeron devait s'atteler à un essai sur Arthur Miller.

— Et si certains de ses collègues s'étaient imaginé qu'il s'inspirait d'eux pour son roman ?

— Personne ne tuerait pour ça !

Graham faillit donner des exemples de meurtres gratuits, mais se contenta de refermer son carnet de notes avant de demander les clés du bureau de Rémi Bergeron.

C'est Rouaix qui ouvrit la porte tandis que Graham maugréait ; si Bergeron était aussi sympathique qu'on le leur disait, pourquoi l'avait-on renversé avec une voiture ?

— Tu tiens pour acquis que l'accident était prémédité, répondit Rouaix, mais on n'a pas encore la preuve qu'il a été heurté, puis balancé du haut de l'échangeur. Il n'y avait pas de sang en haut, alors qu'on en a trouvé en bas. Il a pu s'être fait frapper à côté du terre-plein, traîner sur des mètres ou...

— La fracture du crâne est caractéristique de ce type de chute. Et personne ne croit qu'il s'est suicidé. La blessure à la jambe gauche pourrait avoir été causée par un choc contre la voiture.

— Si c'est ça, les gars de l'escouade vont nous trouver des éclats de plastique sur l'échangeur.

— On en saura plus quand Alain aura terminé l'autopsie. J'ai hâte qu'il nous remette son rapport préliminaire. Je me demande s'il a trouvé des marques de pression sur le corps. Si quelqu'un a vraiment soulevé Bergeron pour le jeter en bas de l'échangeur, c'est qu'il voulait être certain qu'il n'en réchappe pas.

— Ou alors, supposa Rouaix, il a heurté Bergeron par accident, puis l'a fait basculer en bas du viaduc pour qu'il ne puisse le dénoncer. Tu as l'air de croire à la préméditation, mais il faisait encore noir et la thèse de l'accident est plausible. Si on se fie aux premiers témoignages, Bergeron attirait plutôt la sympathie.

— Il a pu être bêtement témoin d'un truc qu'il n'aurait pas dû voir. On ne sait encore rien de lui, ou si peu... On rencontre bientôt ses sœurs. Il semble qu'elles héritent de ses biens. Une belle maison, des économies. Mais, selon Éric Dhavernas, elles sont plus riches que leur frère, elles ont un important cabinet immobilier.

— Elles reviennent cet après-midi de Nassau, d'après Joubert. Quel épouvantable retour de vacances...

— J'espère qu'on trouvera des pistes dans l'ordinateur de Bergeron. Le technicien devrait déjà être ici.

— C'est glissant dehors.

— J'ai hâte que l'hiver finisse.

Maud Graham regardait les toits enneigés des pavillons de l'université. Du dernier étage du De Koninck, elle comprenait mieux le terme cité universitaire ; elle avait l'impression d'être dans une petite ville, dans un périmètre particulier, ouvert au monde et pourtant clos sur lui-même.

Alors que Maud Graham consultait l'agenda de cuir ouvert sur le bureau de Bergeron, ses cahiers de notes, que Rouaix vérifiait le contenu des tiroirs et allait conclure qu'il n'y avait rien de particulier, deux coups frappés à la porte leur firent tourner la tête. Ils s'attendaient à voir le technicien en informatique, mais c'est un inconnu qui s'avança.

— Je suis un collègue de Rémi Bergeron. Jocelyn Vignola. Le directeur m'a dit que vous souhaitiez tous nous rencontrer.

— Vous étiez amis ?

— Non. Plutôt le contraire. Je ne veux pas vous faire perdre votre temps en mentant sur mes relations avec Bergeron. Je ne l'estimais pas tellement.

— Pourquoi ?

— Son manque de sérieux. Il traitait tout à la légère. Il parlait beaucoup, mais quand venait le temps d'avoir une vraie discussion, avec des arguments solides, il se dérobait. Comme une anguille qui nous glisse entre les mains.

— On nous a pourtant affirmé qu'il était compétent.

— Il connaît sa matière, ça fait des années qu'il donne le même cours. J'ai cru comprendre qu'il avait eu un accident. Pourquoi devez-vous nous rencontrer ?

— Au cas où ce serait un suicide.

Jocelyn Vignola eut le même air interdit que toutes les personnes à qui Graham avait mentionné cette hypothèse.

— Non, certainement pas. Il était trop content de sa petite personne.

Graham qui avait tout de suite remarqué les mains manucurées de Vignola, la coupe impeccable de son veston, ses cheveux savamment décoiffés, se disait que Bergeron n'était peut-être pas le seul à être satisfait de lui. La gestuelle et le débit de Vignola, qui ponctuait chacune de ses phrases d'une longue pause, permettaient de supposer qu'il s'écoutait parler.

— Vous pourrez interroger tous les enseignants, tous les étudiants, ils diront la même chose que moi. Pourquoi Rémi Bergeron se serait-il entraîné s'il avait l'intention de se tuer ? Il nous a assez cassé les oreilles avec le marathon de Montréal.

— Une charge d'enseignant exige beaucoup de travail,

dit Graham. S'il voulait s'entraîner, Bergeron devait sacrifier sa vie privée. Je sais qu'il n'était pas marié, n'avait pas d'enfants. Avait-il une amie ?

Vignola haussa les épaules avant de marmonner que Bergeron et lui ne discutaient jamais de leur vie privée.

— Nous n'étions pas du tout intimes.

— Pensez-vous que quelqu'un aurait pu souhaiter sa mort ?

Vignola eut un mouvement de recul ; on avait parlé d'un accident au journal télévisé.

— Un accident dû à un chauffard, précisa Rouaix. Nous devons donc envisager toutes les possibilités. Peut-être que l'accident était intentionnel. Peut-être qu'on en voulait à Rémi Bergeron.

— Avait-il des ennemis ? demanda Graham.

Jocelyn Vignola secoua la tête sans répondre.

Graham lui tendit sa carte de visite. Elle eut l'impression que la main de Vignola tremblait un peu.

— Si un détail vous revient à l'esprit, appelez-moi n'importe quand.

Dès que Vignola s'éloigna dans le corridor, Graham échangea un regard avec Rouaix.

— Tu as remarqué ?

— Oui, il s'est présenté à nous sans trop d'inquiétude, mais il a réagi quand tu as mentionné l'hypothèse d'un meurtre. Joubert vérifie les alibis de tous les collègues. Vignola dormait peut-être au chaud sous la couette quand Bergeron a été tué, mais il me semble qu'il nous cache quelque chose.

— On causera de nouveau avec lui. S'il nous a dit qu'il détestait Bergeron, ce n'est pas par honnêteté mais parce que tout le département devait être au courant de leurs dissensions.

Graham retourna à la fouille des tiroirs du bureau en s'efforçant de dissimuler sa satisfaction. Un frisson d'excitation l'avait parcourue quand elle avait lu une angoisse subite dans le regard de Vignola, ce genre de frisson qu'elle se sentait coupable d'éprouver, mais qu'elle adorait pourtant. Elle devait être tordue pour se réjouir d'avoir un beau cas à résoudre.

Le vent du nord-est sculptait la neige sur les toits ; il ferait encore plus froid quand ils quitteraient l'université. Aussi froid qu'à l'aube quand Bergeron allait s'entraîner. Combien de marathons avait-il courus ? Avait-il des amis avec qui partager sa passion ? S'entraînait-il seulement à la course ou fréquentait-il un gym ? Pratiquait-il un autre sport ?

Elle jeta un coup d'œil à sa montre. Rouaix et elle s'entretiendraient bientôt avec les sœurs de Bergeron ; que lui révéleraient-elles à propos de leur frère ?

Un brouhaha la tira de ses réflexions. Trois étudiantes firent irruption dans le bureau.

— Qu'est-ce qui s'est passé ? Si une voiture a frappé Rémi comme on l'a dit à la radio, qu'est-ce que vous faites ici ?

— C'est la routine. On doit s'informer sur la victime. Vous aimiez cet enseignant ?

— C'était le meilleur !

Une brune à la coupe de cheveux asymétrique ne put retenir ses larmes en demandant s'il était mort sur le coup.

— On l'ignore. Nous attendons des précisions des spécialistes.

Il y eut un silence ; l'idée d'une autopsie se frayait un chemin dans l'esprit des jeunes femmes. L'une d'elles chancela, s'appuya contre la porte. Ses cheveux d'un blond très pâle accentuaient sa fragilité. Elle avait l'air si jeune !

— Tout le monde l'aimait ! reprit la brune.

— Il doit bien y avoir des étudiants moins... enthousiastes que vous, avança Graham. Ceux qui ont coulé ses cours, par exemple.

— C'est rare que ça arrive. Rémi conseille plutôt à un étudiant qui n'aime pas le cours de l'abandonner avant d'être pénalisé.

Graham ouvrit son carnet et demanda aux étudiantes d'inscrire leur nom. Elle leur remit sa carte.

— Vous pouvez m'appeler quand vous voulez. Nous attendons la liste des étudiants de Bergeron. Pourriez-vous déjà nous indiquer ceux qui sont ici aujourd'hui ? J'aimerais les interroger.

— Venez avec nous à la cafétéria. On est tous restés ensemble au lieu de rentrer chez nous.

Graham et Rouaix n'avaient pas fini d'examiner le bureau de la victime, mais ils verrouillèrent la porte et emboîtèrent le pas aux jeunes filles. Il valait mieux rencontrer les étudiants tandis qu'ils étaient bouleversés, plus spontanés.

***

Au coin des rues Salaberry et Saint-Jean, à la brunante, Gabrielle reprenait doucement son souffle. Elle avait cru qu'en gravissant la côte la plus pentue de Québec elle pourrait se concentrer sur son corps, sur le travail de ses muscles, de ses pieds qui évitaient les plaques de glace sur le trottoir, mais elle n'avait pas cessé de penser à Rémi Bergeron. Elle avait entendu l'annonce de sa mort sur LCN avec incrédulité ; ils s'étaient vus la veille! Il lui avait remis tous les documents au sujet des marathons dans le monde, ses cahiers de voyage sur les lieux où il avait couru. Elle les avait feuilletés en se rappelant leur échange de courriels, la naissance de ce projet de guide pour les marathoniens : hôtels, restos, boutiques de sport, cliniques, spas, gyms, piscines, etc. Quand Rémi l'avait priée de participer au guide, elle avait protesté; elle ne savait pas écrire. Il avait balayé ces objections d'un geste de la main. Lui avait une bonne plume. Ce qu'il cherchait, c'était une partenaire qui connaissait bien la course, l'entraînement, quelqu'un dont c'était le métier. Devant son enthousiasme, elle avait fléchi. Elle se souvenait de son sourire alors qu'il lui remettait le paquet rouge.

— J'ai mis ça dans une boîte-cadeau. Ça fait Noël, mais je n'avais rien d'autre qui pouvait contenir tous mes papiers. J'ai plus de documentation que je croyais.

— De mon côté, j'ai retrouvé des documents sur les marathons de Salt Lake, Houston, Chicago, Washington, Napa Valley et le Rock'n'roll de San Diego. Et les papiers concernant Honolulu. J'aimerais donc ça courir là-bas!

— Peut-être qu'on y sera invités après la parution du premier livre.

— Tu crois qu'on nous paierait des billets d'avion? L'inscription?

Gabrielle avait alors parlé d'Alexandre qui pourrait probablement leur avoir de bons tarifs sur certains vols. Pour le Canada, en tout cas.

Elle appellerait peut-être Alexandre plus tard dans la soirée. Elle avait froid, mais elle se retourna pour contempler les lumières de Québec qui s'étendait à ses pieds. Qui, dans cette ville, avait tué Rémi Bergeron?

Qui était le chauffard dont les médias avaient parlé, réveillant en elle ces souvenirs maudits auxquels elle tentait d'échapper depuis tant d'années?

Trouverait-elle un jour la paix?

Chapitre II

Léo ronronnait contre la poitrine de Maud Graham qui remplissait une casserole d'eau. Elle préparerait des pâtes pour Maxime. Le souper serait prêt quand il rentrerait de chez son ami Michael, chez qui il était allé après l'école pour, prétendait-il, achever un travail. Elle s'en voulut de mettre en doute la parole de l'adolescent, mais il avait montré si peu d'intérêt pour ses cours, ces derniers mois... Elle devait tout de même admettre qu'il y avait une légère amélioration depuis la mi-février.

Décidée à cuisiner des pâtes, elle ouvrit le réfrigérateur, prit le sac de roquette et le reste de jambon de Parme et attrapa le bocal de pesto aux tomates séchées qu'avait fait Grégoire. Elle avait mis de côté pour lui les guides de Rome qu'elle avait utilisés lors de son voyage avec Alain. Que ferait Grégoire à son retour d'Italie ? Il ne lui resterait plus grand-chose de ses économies. Tout juste de quoi payer son loyer dans Saint-Jean-Baptiste.

— Je ne peux pas m'empêcher de m'inquiéter pour lui, confia Graham à Léo. Il aurait quarante ans, cent ans, ce serait pareil.

Le chat frotta son museau contre la joue de Graham qui sourit.

— Tu me chatouilles !

Elle allait ouvrir le pot de pesto quand elle sentit vibrer son portable contre sa hanche.

— Graham, j'écoute.

— C'est Tiffany McEwen. Je t'appelle du gym. Il y a quelqu'un ici qui connaissait Bergeron. Je t'attends au Second Cup ?

— Oui, mais...

Tiffany coupa la communication et Graham regarda Léo qui venait de s'installer sur le canapé.

— J'aurais aimé mieux demeurer ici avec toi...

En mettant son manteau, elle appela Maxime qui répondit aussitôt. Elle le prévint qu'elle serait absente une partie de la soirée.

— Je vais rester chez Michael. Il m'a invité à souper.

— Je compte sur toi pour rentrer tout de suite après.

Elle se glissa dans sa voiture en se disant qu'elle devrait inviter Michael à souper bientôt. Elle ne l'avait croisé que deux fois alors qu'il semblait être maintenant le meilleur ami de Maxime. Il fallait qu'elle en sache un peu plus sur lui ; il lui avait paru sympathique malgré son style gothique poussé à l'extrême.

Une odeur de cannelle, de café et de beurre saisit Graham quand elle poussa la porte du commerce. Tiffany était déjà assise en compagnie d'une jeune femme.

— Merci d'être là, fit Graham en notant les traits tirés de Gabrielle Leland, son regard las. Que pouvez-vous me dire sur Rémi Bergeron ?

— On s'est vus hier. Il m'a remis des documents sur les marathons avant d'aller visiter une vieille amie à l'hôpital Laval. Il a été victime de l'accident ce matin. Je ne pensais pas que j'aurais dû parler à la police.

— Je lui ai dit que j'étais certaine que tout ce qu'elle

peut vous apprendre sur Rémi Bergeron vous sera utile, ajouta Tiffany.

Graham acquiesça et sourit à Gabrielle. Connaissait-elle la victime depuis longtemps ?

— Un an. On s'est rencontrés au marathon de Vancouver. Ensuite, on a correspondu. Puis j'ai emménagé à Québec.

— Pour le rejoindre ?

Gabrielle eut l'air surpris.

— Non, je suis née ici. On devait écrire un guide pour les coureurs.

— Donc vous l'avez vu hier ?

— Il m'a remis un paquet contenant les photocopies de ses notes.

— Comment était-il ?

— De bonne humeur. Rémi est toujours de bonne humeur.

— Qu'avait-il prévu faire après sa visite à l'hôpital ?

Gabrielle haussa les épaules.

— Je n'en ai aucune idée.

— Est-ce qu'il s'entraînait dehors quotidiennement ?

— Cinq fois par semaine.

— Toujours le matin ?

— Ça devait dépendre de son horaire à l'université. Il fréquente aussi un gym. Il fait ce qu'il faut pour pouvoir courir longtemps, c'est sa passion.

— Il aime aussi beaucoup les femmes, d'après ce qu'on nous a rapporté, fit Graham.

Gabrielle agita une cuillère dans son café au lait.

— Ce n'est certainement pas la base de notre relation.

Gabrielle fixa sa tasse avant d'interroger Graham ; à quoi rimaient toutes ces questions ? Rémi avait été victime d'un accident de la route.

— Il a été heurté par une voiture, c'est vrai, dit Graham.

Et le chauffard ne s'est pas arrêté.

— Quel salaud ! s'écria Tiffany.

La main de Gabrielle, crispée sur l'anse de la lourde tasse et la manière dont elle avait détourné le regard après avoir posé sa question n'échappèrent pas à Maud Graham.

— Où étiez-vous cette nuit ?

— Cette nuit ? s'étonna Gabrielle. Chez moi.

Elle eut un petit geste de recul, comme si elle souhaitait prendre une distance avec Graham.

— Vous n'imaginez tout de même pas que c'est moi qui ai renversé Rémi ?

— On pose la question à tous ceux qui le connaissaient, c'est la routine.

— Je n'ai même pas de voiture. Je n'ai pas conduit depuis des années. Vous pensez que ce ne serait pas un hasard ?

— À cette étape de l'enquête, on ne pense rien, on explore. Mais si vous croyez que Rémi avait des ennemis, c'est le moment d'en parler.

— Des ennemis ? Rémi ? C'est absurde ! Je suis certaine qu'Anaïs vous dirait la même chose. C'est son prof, mais ils se voient en dehors de l'université. Rémi lui montre à jouer au poker.

— Anaïs ? s'enquit Tiffany McEwen.

— Oui, elle suit un cours de littérature donné par Rémi.

— Ils sortent ensemble ? demanda Maud Graham.

Elle espérait avoir su dissimuler sa surprise : Anaïs refaisait surface. Quelle coïncidence...

— Ils sont... Ils étaient seulement amis.

— Vous la connaissez bien ? reprit Graham.

Gabrielle déclara qu'elle n'entraînait Anaïs que depuis quelques semaines, puisqu'elle venait de s'installer à

Québec, mais qu'elles avaient tout de suite sympathisé.

— Vous vous plaisez à Québec ?

— Ça dépend des jours.

Graham remit son manteau après avoir de nouveau remercié la jeune femme de s'être déplacée pour la rencontrer.

Avant de se rendre chez Anaïs Rancourt, elle téléphona à la maison pour s'assurer que Maxime était de retour et fut ravie de l'entendre lui raconter qu'il avait pelleté l'entrée. En raccrochant, elle s'interrogea ; quelle faveur Maxime souhaitait-il obtenir ? Que devraient-ils négocier demain matin ou demain soir ? Une heure de rentrée plus tardive, de l'argent de poche ? Se souvenant de sa propre adolescence trop sage, elle était heureuse que Maxime soit différent d'elle. À son âge, elle songeait déjà à entrer dans la police, ne réussissait pas à s'amuser avec ses amies, à part Léa. Elle attendait l'âge adulte avec impatience comme tous les jeunes, sauf qu'elle ne rêvait pas à ses dix-huit ans pour faire la fête mais pour choisir sa carrière. Elle avait toujours été trop sérieuse.

La sonnerie de son portable lui fit momentanément oublier Maxime. Les techniciens avaient trouvé un éclat de verre dans la neige en haut de l'échangeur. Un éclat provenant du phare d'une voiture. Peut-être celle qui avait heurté Rémi Bergeron ?

***

Le visage décomposé d'Anaïs Rancourt confirma tout de suite à Maud Graham que la jeune femme avait appris la mort de Rémi Bergeron. Elle serra son châle rose contre sa poitrine, fit entrer Graham et lui offrit un verre, un café. Graham refusa.

— J'en ai déjà bu deux. Je ne dormirai pas.

— Une tisane ?

— Pourquoi pas ?

Pendant que l'eau chauffait, elle demanda à Anaïs pourquoi elle ne l'avait pas appelée immédiatement pour lui dire qu'elle connaissait le professeur de littérature.

— Je ne sais pas. Tout est irréel. C'est un homme qui aimait trop la vie pour mourir. Il n'était pas compliqué, reposant.

— Quelle était la nature de votre relation ?

— On a couché ensemble une fois. On s'estimait, mais je préférais une relation plus amicale avec lui.

— Vous ne croyez pas à l'amitié entre un homme et une femme qui couchent ensemble ?

Anaïs repoussa une mèche de cheveux avant de sortir deux tasses de l'armoire, fit une moue dubitative.

— Dans mon cas, ce n'est pas si simple. Qu'est-ce que vous savez sur l'accident ? C'est un *hit and run* ?

— L'enquête suit son cours. On n'a pas de témoin. Il faisait encore nuit quand Bergeron est sorti pour s'entraîner. Est-ce qu'il a déjà croisé Daniel Couture ici ?

Anaïs écarquilla les yeux.

— Ils ne se sont jamais vus.

— C'est une drôle de coïncidence. Deux hommes que vous connaissez meurent à une semaine d'intervalle.

— C'est bizarre, oui, convint Anaïs en frissonnant. Ils ne gravitaient pas dans les mêmes domaines, n'avaient pas les mêmes loisirs, ne fréquentaient pas les mêmes endroits. Ils n'avaient rien en commun.

— Sauf vous.

— Daniel était un client. Pas Rémi.

— Et si c'était vous qu'on souhaitait atteindre ?

Anaïs eut un hoquet de stupéfaction. Cette idée était

ridicule. L'atteindre ? Pour quel motif ?

Elle versa l'eau dans la théière où elle avait mis un sa-chet de tisane après l'avoir humé, puis répéta que c'était insensé. Elle suivait ses cours, étudiait, recevait ses clients sans déranger personne. Alors qu'elle posait la théière sur la table de la cuisine, elle dévisagea Graham.

— Avez-vous déjà interrogé Nicole ?

— Nicole Rhéaume ?

— Elle était tellement fâchée contre Rémi !

— Ils se connaissaient ? s'écria Graham.

— Quand vous êtes venue ici, je vous ai parlé de sa crise de nerfs parce qu'il ne l'avait pas rappelée. Vous ne l'avez pas encore vue ?

— Vous ne m'avez jamais dit le nom de l'homme.

— Nicole s'est monté la tête après un *one night stand*. Je la trouvais pathétique, mais si c'est elle qui a tué Rémi...

Elle s'interrompit, but une gorgée de tisane, eut un sourire las.

— C'est exagéré. Je vous la jette en pâture, mais ça ne ressemble pas à Nicole Rhéaume. Elle serait plus le genre à empoisonner un gâteau pour se venger. Et c'est à moi qu'elle l'aurait offert.

Graham hocha la tête avant de détourner le regard vers la fenêtre. La cour était plongée dans l'obscurité, mais on devinait les buissons de spirées ployant sous le poids de la neige, masses informes et lourdes qui relèveraient la tête en juin, éclabousseraient le jardin de leurs fleurs blanches. C'était vraiment étrange de revenir enquêter dans cette rue. De frapper de nouveau à la porte de Nicole Rhéaume ; que répondrait-elle quand elle lui dirait qu'elle savait qu'elle avait eu une aventure avec Rémi Bergeron, l'ami d'Anaïs ?

La maison. Est-ce que Daniel Couture et Bergeron étaient morts parce qu'ils étaient venus dans cette maison? Non, elle déraillait. Elle était chez Vivien Joly, paisible retraité jusqu'à ce qu'il perde la tête. Graham ne parvenait pourtant pas à se débarrasser de ses doutes. Anaïs connaissait les deux hommes. Anaïs avait pour voisine une femme qui avait peut-être tué son mari, peut-être tué Rémi Bergeron. Anaïs était au cœur de trop de coïncidences. Anaïs était peut-être une excellente menteuse.

Et Anaïs était peut-être en danger. Tant que Graham ignorerait comment Bergeron avait atterri en bas du viaduc, cette jeune femme devrait être prudente.

— Vous ne voyez vraiment aucun lien entre Couture et Bergeron?

— Non. Juste moi, comme vous l'avez mentionné.

— Pensez-vous que Rémi Bergeron aurait pu voir quelque chose qu'il n'aurait pas dû voir?

L'étonnement d'Anaïs semblait sincère. Elle fouillait sa mémoire, cherchait un incident récent dont la signification aurait pu lui échapper.

— Désolée, je ne parviens pas à comprendre ce que ça peut être. Mon travail me place parfois dans des situations étranges, mais je n'ai rien remarqué d'anormal.

— Parlez-moi de vos clients.

Graham croyait qu'Anaïs Rancourt protesterait un peu, évoquerait un devoir de discrétion envers ses clients, mais elle dressa la liste des hommes qu'elle voyait.

— Je ne sors pas beaucoup entre mon boulot et mes études. J'aime bien la solitude. Je vois déjà assez de monde à cause du travail et à l'université.

Elle se leva pour prendre son sac à main, en sortit un agenda électronique qu'elle posa sur la table de la cuisine après l'avoir consulté.

— C'est bien simple, ces dernières semaines, à part les soirs où j'ai accompagné des clients au restaurant, je suis sortie avec Gabrielle. Et on a fait une soirée de bridge avec Nicole. Sinon, c'est cinéma, entraînement, lecture. Rien à signaler.

— Est-ce que Daniel Couture a déjà rencontré Gabrielle ?

— Non, pas que je sache. Elle m'en aurait parlé. Je suis allée au gym le lendemain de la découverte de...

— De son cadavre, asséna Graham.

Elle tenait à pénétrer Anaïs de la réalité de la mort. Si la jeune femme était effrayée par ces deux meurtres, elle ne se sentait pas encore en danger. Elle aurait aimé avoir avec elle les photos des corps de Couture et de Bergeron pour les lui montrer.

— Je n'ai jamais parlé de Daniel Couture à Gabrielle, fit Anaïs.

— Elle ignore comment vous payez vos études ?

— Je ne sais pas. Je ne le lui ai jamais révélé.

Anaïs remplissait lentement les tasses de tisane tandis que Graham l'observait, admirait son profil parfait, son menton, son long cou qui rappelait les personnages de Modigliani. Mais sa tristesse était autre, plus dure. Il était question de meurtres, certes, mais Graham devinait chez Anaïs une détermination qui excluait la nostalgie, les regrets. Elle ignorait quelles circonstances avaient mené Anaïs Rancourt à choisir d'être escorte, mais elle devinait que, si son passé avait été moche, la jeune femme était décidée à s'offrir un avenir radieux.

— Vous devez être prudente.

— Vous me dites ça chaque fois que vous venez ici, plaisanta Anaïs mais son regard restait sombre.

Graham avait réussi à lui démontrer que le danger ne

provenait pas uniquement de clients à la violence perverse. Elle pouvait faire partie d'un jeu, d'un enjeu qui lui échappait.

— Je vais revoir mon agenda, essayer de réfléchir à un détail... Et ne rencontrer que les clients dont je suis sûre.

Peut-on être sûr d'une personne ? songeait Maud Graham en prenant congé d'Anaïs Rancourt. Elle recevait des confidences de ses clients qui lui en apprenaient certainement beaucoup sur la nature humaine. Graham ne doutait jamais de l'intuition des travailleurs du sexe qui avaient accès, comme les policiers, aux secrets des hommes, des femmes, à leur âme, à leurs fantasmes. Mais, malgré ses talents de psychologue nécessaires pour pratiquer ce métier, Anaïs n'était pas à l'abri de l'erreur. Un de ses clients pouvait être un assassin. Pour des raisons que Graham devait rapidement découvrir. Elle irait maintenant chez Nicole Rhéaume. Qu'inventerait cette dernière quand Graham lui parlerait de Rémi ?

— C'est peut-être cette maison qui porte malheur, dit Anaïs alors qu'elle la raccompagnait à la porte. Mais la cour est grande, c'est ce qui m'a décidée à louer. Je pensais que ce serait calme, ici...

— Appelez-moi quand vous voulez, n'importe quand.

Après avoir enroulé son foulard autour de son cou, Graham précisa à Anaïs qu'elle rapporterait leur conversation à Rouaix et à Provencher.

— Ça ne devrait pas avoir de conséquences pour vous. Dans mon rapport, j'écrirai que vous enseignez l'allemand. Vous ne pouvez pas avoir un dossier où est écrit le mot escorte. Ça fait tache dans le CV d'une future avocate.

— Merci. Mais vous vous trompez, je serai plutôt procureur. Il y a trop de salauds qui se permettent de bazarder nos vies. J'espère que vous enverrez bientôt devant le juge celui qui a tué Daniel et Rémi.

— Ou ceux. On n'a aucune preuve qu'il y a un lien entre eux.

— Sauf moi.

Elles soupirèrent en même temps, mais Anaïs réussit à sourire en souhaitant bien du plaisir à Graham chez Nicole Rhéaume.

***

La côte de la Canoterie était mal déneigée et Alexandre, au volant de sa voiture, se répétait pour la millième fois que c'était tellement mieux de piloter un avion ! Ou de vivre dans un pays au climat plus tempéré. Gabrielle semblait avoir aimé Vancouver, pourquoi ne pas y retourner ensemble ? Non, mauvais plan, son Terry devait toujours y habiter. Mais le reste du Canada n'était pas intéressant, ils ne quitteraient pas Québec pour aller vivre à Edmonton ou Toronto. Quoique Toronto pouvait être une ville convenable. Mais la Colombie-Britannique était plus séduisante. Terry. Il verrait ce qu'il fallait faire de Terry. D'ici leur départ pour Vancouver, il connaîtrait les circonstances exactes de leur séparation. Il devrait peut-être éliminer Terry, pour être certain que Gabrielle ne puisse pas retourner auprès de lui. Il avait le temps d'y penser.

Ce serait bien de commencer une nouvelle existence loin de Québec.

De cette manière, Gabrielle ne verrait plus cette Anaïs qui l'agaçait tant. Il avait écouté Gabrielle lui parler d'elle en souriant. Il avait même proposé de l'inviter à se joindre à eux pour le souper. Mais Gabrielle avait préféré qu'ils sortent en couple.

En couple. Elle avait employé ce terme pour les quali-fier ! Elle lui avait enfin téléphoné en fin de matinée pour lui dire qu'elle était bouleversée par la mort de Rémi Bergeron.

— On a trouvé son corps hier matin. Ils en ont parlé aux infos. Tu l'ignorais ?

— J'étais à l'extérieur du Québec, répondit Alexandre. Est-ce bien ce Rémi avec qui tu projetais d'écrire un bou-quin ?

— C'est tellement triste...

— Ma pauvre Gabrielle, je ne sais pas quoi te dire... On pourrait s'arrêter chez un traiteur, louer un film et rentrer chez moi. Je ferais un grand feu dans la cheminée. Tu te changerais les idées, tu te relaxerais...

— Tu ne travailles pas aujourd'hui ? Et demain ?

— En après-midi seulement.

Elle avait dit oui à tout. Elle ne voulait pas être seule.

— J'irai te chercher au gym. À quelle heure termines-tu ?

Il connaissait à peu près son horaire, mais voulait véri-fier si elle était honnête avec lui.

— À dix-neuf heures. Je me douche, je me change et je suis prête.

Il s'était arrêté chemin des Quatre-Bourgeois aux Halles de Sainte-Foy et avait acheté une quiche au saumon fumé, une salade composée, des pâtes fraîches, trois sortes de sauces, des escalopes de veau, des éclairs au chocolat et des mille-feuilles. Il avait fait ensuite un saut à la SAQ pour acheter du vin. Il ne lésinerait pas sur leur premier vrai souper d'amoureux. Il avait toutefois apprécié que Gabrielle, au téléphone, lui propose de partager les frais du repas. Il avait bien sûr refusé, mais il était heureux qu'elle ait exprimé son désir de ne pas profiter de lui. En montant dans la voiture, elle lui dit de nouveau qu'elle était mal à l'aise qu'il se soit chargé de tout pour la soirée.

— J'aurais pu acheter le vin. La prochaine fois, c'est moi qui ferai tout.

— Marché conclu.

— J'ai hâte de voir ta maison. Tu m'as tellement dit combien c'était grand et tranquille.

Alexandre lui sourit ; après des heures passées dans les aéroports où régnait un brouhaha constant, il avait besoin de calme, de paix.

— Moi, j'ai toujours vécu en ville.

— Il y a des avantages aux deux situations. Mais si un jour j'ai des enfants, je serai moins inquiet de les voir jouer sur le terrain plutôt que dans la rue. Un instant d'inattention, ils traversent et une voiture les frappe et... pardon, je ne voulais pas te rappeler l'accident qui est arrivé à ton ami. Tu es ici pour l'oublier, je suis un idiot !

Gabrielle protesta. Il n'était pas un idiot, mais un homme charmant qui la gâtait comme une princesse.

— Je pourrais m'habituer, devenir capricieuse, exigeante.

— Tu peux me demander ce que tu veux.

Elle sourit et baissa les yeux. Il nota alors qu'elle avait appliqué un fard brillant sur ses paupières. Elle s'était maquillée pour lui, elle lui signifiait qu'elle voulait lui plaire. Il avait l'impression que ça faisait des mois qu'ils avaient soupé au Laurie Raphaël, qu'il avait mis beaucoup de temps à conquérir Gabrielle, mais non, l'hiver n'était même pas fini. L'hiver qu'il détestait mais qui le servait si bien ces jours-ci. Quand Gabrielle s'était étonnée de le voir conduire la Dodge Aries, il lui avait expliqué qu'un automobiliste avait dérapé sur de la glace noire et enfoncé l'avant de son véhicule. Heureusement qu'il avait conservé la voiture de Karine.

— C'est la première fois que je la conduis depuis son décès. J'ai souvent failli la vendre. Je l'ai utilisée après l'accident, car ma voiture était une perte totale, puis je l'ai remisée au garage. Elle me rend bien service, ces jours-ci. J'aurais dû enlever le siège d'enfant, mais...

Il avait ajouté très vite que le premier garagiste qu'il avait vu lui demandait trop cher pour réparer sa Toyota et qu'il devrait comparer les prix de plusieurs établissements.

— Je ne suis pas pressé puisque j'ai la Dodge. Je déteste me faire arnaquer.

— Ça coûte cher, une voiture.

— Avoue que c'est pratique, l'avait-il taquinée. Si on voulait skier, par exemple ? À ta prochaine journée de congé ? Si ça tombe en même temps que la mienne, ce serait bien d'en profiter.

Plus tard, il reparla d'une journée sur les pentes de ski et elle accepta avec enthousiasme avant de dévorer une rondelle de saucisson aux noisettes. Elle était si belle tandis que les flammes du chandelier se réflétaient dans ses yeux fardés d'or.

Comme il remplissait son verre mais s'abstenait d'en verser dans le sien, elle l'interrogea ; pourquoi se privait-il ?

— Si je dois conduire pour te ramener à Québec, il faut que je sois sage.

Elle eut alors le plus éblouissant sourire au monde en l'assurant qu'elle ne voudrait pas rentrer chez elle à la fin de la soirée et elle souleva la bouteille pour le servir.

— Je me sens mieux, murmura-t-elle après avoir bu une gorgée de vin. Je ne suis pas seulement triste... je suis déçue de la mort de Rémi. C'est égoïste, mais j'étais contente d'avoir un projet. Et l'idée de Rémi d'écrire un bouquin sur les marathons était bonne.

— Fais-le quand même.

— C'était son projet. J'aurais l'impression de le voler.

— Au contraire, rétorqua Alexandre. Tu lui rends hommage, tu poursuis son travail.

— Je vais en parler avec Anaïs. Elle le connaissait mieux que moi. Elle pourra me dire si c'est respectueux ou non.

Avait-elle toujours besoin d'Anaïs pour prendre des décisions ? s'était-il demandé, mais la main de Gabrielle contre son dos lui avait fait oublier son irritation.

Il avait cru rêver lorsqu'il avait senti cette pression chaude au-dessus de ses reins puis les mains de Gabrielle contre son visage qui l'attiraient vers sa bouche. Il distinguait les lignes de ses mains et pensait qu'il y aurait bientôt une alliance qui brillerait à la gauche. Tout s'était ensuite passé très vite ; ils avaient oublié la quiche sur le comptoir de la cuisine et s'étaient dirigés vers la chambre. Ils en étaient ressortis beaucoup plus tard, se découvrant un appétit d'ogre.

Gabrielle se montra moins gourmande au petit déjeuner, plus réservée. Elle semblait un peu distraite alors que les rayons de soleil nacraient sa peau parfaite. Elle refusa qu'il prépare une omelette.

— Je dois aller bosser.

— Je te ramène.

Elle parla peu durant le trajet, mais quand il la déposa devant le gym, elle l'embrassa tendrement et le remercia en répétant qu'il était trop gentil.

— Je ne serai jamais trop gentil avec toi, affirma-t-il.

Elle lui sourit. Était-elle consciente de la puissance de son sourire ?

Comme elle refermait la portière, il entendit qu'on la hélait et vit dans le rétroviseur un jeune homme s'approcher de Gabrielle. Il baissa aussitôt la fenêtre pour entendre ce qu'ils se disaient, mais il ne percevait que des bribes de conversation. Il se pencha vers la boîte à gants, saisit les lunettes de soleil de Karine et sortit de la voiture en les agitant en direction de Gabrielle.

— As-tu oublié tes lunettes?

Elle fronça les sourcils, secoua la tête tandis qu'il s'avançait vers elle.

— Ah bon? Elles étaient par terre. Peut-être qu'elles appartenaient à Karine, dit-il en les glissant dans la poche de son manteau. Je m'excuse de vous avoir dérangés.

Gabrielle eut un moment d'hésitation, puis présenta Hubert Sicotte à Alexandre qui lui sourit. Ce grand benêt au teint pâle ne représentait aucune menace pour lui. Quelle femme pourrait s'intéresser à un type au front fuyant, aux dents proéminentes? Il fut tout de même tenté d'embrasser Gabrielle devant lui pour lui signifier qu'elle lui appartenait, mais il se contenta d'effleurer sa joue du bout des doigts avant de retourner à sa voiture. Hubert Sicotte, ce nom ne lui rappelait rien. Il était certain que Gabrielle ne lui avait jamais parlé de lui. Qu'aurait-elle eu à en dire, d'ailleurs?

En garant la voiture de Karine dans le stationnement du supermarché, il pensait encore au sourire de Gabrielle et, même si sa rencontre avec Sicotte l'avait rassuré, il n'aimait pas l'idée que tant d'hommes puissent jouir de ce sourire irrésistible. Et tant de femmes. Il s'était souvenu que Gabrielle avait une amie lesbienne quand elle sortait avec Jeff, Monica, qui jouait de la guitare. Monica qui s'assoyait toujours à côté de Gabrielle lorsque le groupe se réunissait. Vivait-elle encore à Québec? Gabrielle n'avait jamais fait allusion à elle, mais il devrait peut-être vérifier si elle représentait une menace quelconque. Il se souvenait qu'elle aimait la provocation, n'hésitait pas à l'affronter. Il n'avait pas envie qu'elle influence Gabrielle.

Il n'y pouvait rien dans l'immédiat, il fallait encore être patient, mais cette première nuit d'amour avait confirmé avec tellement d'acuité que Gabrielle était la femme de sa vie. Celle qu'il épouserait bientôt, celle qui s'occuperait de leurs enfants. Il devrait faire d'énormes efforts pour continuer à se contrôler, ne pas la brusquer, ne pas demander immédiatement sa main.

Devant l'étalage de pommes, il se rappela que Gabrielle avait vanté la salade de fruits d'Anaïs. Il l'avait habilement questionnée sur son amie et avait appris qu'elle habitait une maison qui appartenait à un meurtrier.

— Un meurtrier?

— Je te jure. Le propriétaire a assassiné sa voisine parce qu'elle était trop bruyante.

— Tu vois qu'il y a des avantages à vivre à la campagne.

Demain, il ferait des recherches sur ce crime. Avec un peu de patience, il trouverait où avait eu lieu le drame. Et où résidait Anaïs.

Chapitre 12

Le soleil aveuglait Hubert Sicotte quand Gabrielle lui avait présenté Alexandre Mercier et il n'avait pu détailler son visage, mais il avait tout de même remarqué sa prestance et la casquette ornée d'ailes, sa manière de caresser la joue de Gabrielle. Il avait eu envie de faire demi-tour sur-le-champ, de rentrer chez lui pour ne plus en ressortir. Le hasard l'avait débarrassé de Rémi Bergeron pour mieux se jouer de lui maintenant en le mettant en face de son rival. Il n'avait aucune chance contre lui. Alors qu'il sortait du vestiaire, il vit son reflet dans les miroirs, son reflet multiplié par dix, par vingt. Il ne serait jamais beau et Gabrielle choisirait le pilote. Comment avait-il pu croire qu'il l'impressionnerait parce qu'elle semblait avoir du plaisir à parler cinéma ou littérature avec lui ? Il était pathétique. Et ses lettres d'amour ? Ses stupides lettres d'amour. Heureusement qu'il ne les avait pas signées, il s'éviterait cette humiliation supplémentaire.

Il se dirigea vers la rangée de vélos. Pourquoi continuer à spinner, à souffler comme un malade sur un appareil ? À quoi servaient tous ces efforts ? À quoi ça servait de vivre en santé ? De vivre tout court ?

— Tu vas bien ? s'enquit Gabrielle. Tu as l'air ailleurs...

— Non, je suis juste fatigué. Trop de travail à l'université.

— Tu connaissais Rémi Bergeron, c'est ça ? Vous devez être sous le choc...

Il s'arrêta net de pédaler, puis se força à recommencer. Pourquoi lui parlait-elle de Bergeron ? Il ne voulait plus entendre prononcer son nom. Il était mort, tant mieux, point final. Il répondit pourtant qu'il suivait un cours de littérature américaine avec lui.

— Il s'entraînait ici ? réussit-il à ajouter.

— Non, on s'était connus à un marathon. Il était tellement en forme. Ça me paraît impossible qu'il soit mort. C'était un bon prof ?

— J'ai choisi son cours parce que ça cadrait dans mon horaire, c'est tout, mentit Hubert. Je ne suis pas à ma place à Laval. Je songe à prendre une année sabbatique.

— Ça peut te permettre de réfléchir à ce que tu veux vraiment.

Il le savait parfaitement ce qu'il voulait ! Gabrielle ! Qui ne s'apercevait de rien, qui ne comprenait pas qu'en posant sa main sur son avant-bras, elle l'électrisait, l'anéantissait.

— Peut-être que je quitterai Québec, bredouilla-t-il. Toi, tu as voyagé.

— Oui, et j'ai beaucoup appris sur moi.

— Tu voyageais seule ?

— C'est la meilleure manière pour faire des rencontres. On est obligé d'aller vers les autres si on veut parler à quelqu'un. J'étais plus timide avant. Je me suis fait des amis un peu partout.

— Tu n'avais pas peur ?

Gabrielle haussa les épaules ; tout peut arriver n'importe où.

— Pense à Rémi. Qui aurait cru que...

Elle ne termina pas sa phrase. Pourquoi parlait-elle de Rémi avec Hubert ? Pour faire ressurgir toutes les idées noires qui l'avaient assaillie en apprenant sa mort ? Pour repenser à l'accident où Martin avait perdu la vie ? À quoi ça lui servait de raviver des souvenirs ? Jouer dans ses plaies était malsain. Elle devait arrêter tout de suite d'imaginer Rémi abandonné sur le sol glacé, Martin qu'elle avait laissé sur la route tandis que Denis filait au loin.

— Il n'a pas été chanceux, concéda Hubert.

— C'était vraiment un homme formidable.

— Toutes les filles disent ça.

Gabrielle fut alertée par le ton agressif de son élève.

— Les étudiantes ?

— Est-ce qu'on peut changer de sujet ? Ça ne nous donne rien de parler de lui, il est mort.

Hubert se mit à pédaler plus vite avant de demander à Gabrielle s'ils travaillaient avec le ballon aujourd'hui. Elle répondit par l'affirmative avant de lui suggérer de continuer à spinner durant encore quinze minutes.

— J'ai des appels à faire. On se retrouve aux tapis à la demie. D'accord ?

Il hocha la tête tandis qu'elle s'éloignait vers le bureau réservé aux entraîneurs. Avait-elle inventé ces appels à faire parce qu'elle était mal à l'aise qu'il ait évoqué les étudiantes en chaleur ? Parce qu'elle ne supportait pas qu'on égratigne l'image qu'elle avait de Bergeron ou parce qu'elle-même succombait à son charme ?

Et le pilote ? Comment intervenait-il dans le décor ?

***

233

La bouteille de Brunello di Montalcino était vide et Provencher s'en étonna. Avaient-ils bu si vite ?

— On avait besoin de se remonter le moral, dit Rouaix. On en prend une autre ?

Graham et Provencher hésitèrent, jetèrent un coup d'œil à leur montre. Il n'était pas si tard. Il y avait longtemps qu'ils n'avaient pas soupé ensemble. Même s'ils avaient parlé de leur boulot depuis qu'ils étaient arrivés chez Rouaix, ils étaient pourtant plus détendus.

— Il y en aura pour Alain s'il se joint à nous. Il est quelque part sur la 20 pendant que je me régale de ce canard. Tu nous as gâtés !

— Ta femme a manqué quelque chose, renchérit Provencher. Elle devait être déçue de rater ça.

— Elle aussi a hâte de prendre sa retraite. Elle supporte de moins en moins les horaires dingues d'un hôpital.

— Quand je songe à Nicole Rhéaume qui passe tous ses loisirs à sa fenêtre alors que ta femme court à droite et à gauche. Il faut vraiment s'emmerder pour espionner ses voisins. C'est dommage qu'on n'ait aucune preuve contre elle, j'aurais eu plaisir à l'arrêter.

— Tu as vu sa voiture, pas une égratignure, les phares sont intacts. Si elle en a loué une, nous n'avons découvert aucune trace de la transaction.

— Elle aurait pu en emprunter une, mais elle aurait dû l'emmener au garage pour la faire réparer avant de la rendre à son propriétaire, en admettant que quelqu'un l'ait dépannée.

— Elle ne semble pas avoir beaucoup d'amis. Et on n'a rien trouvé du côté des garagistes.

— Ça ne fait que trois jours.

— Les seules personnes qui ont fait réparer des phares

ont des alibis en béton pour la nuit du meurtre. En béton !
martela Graham.

— Notre homme est trop prudent pour faire réparer sa
bagnole dans un garage, conclut Rouaix. De toute manière, il aurait fallu que Nicole soit plus costaude pour
soulever Rémi et le faire passer par-dessus le parapet.

— Vous êtes certains que ce n'est pas un chauffard ?
questionna Provencher.

— Ça exige une maudite présence d'esprit et un sang-
froid remarquable pour jeter un type par-dessus un parapet.

— Un criminel. Ou un militaire, un policier, proposa
Rouaix.

— Qui sait comment camoufler son forfait...

— Je privilégie quand même le meurtre prémédité. La
majeure partie du temps, les victimes de meurtre sont
tuées par des gens qu'elles connaissent. Ce sont les sta-
tistiques qui le disent. Rémi Bergeron était un séducteur.
C'est une race qui exaspère les jaloux. On a un prof,
Vignola, qui ne semblait pas le porter dans son cœur. Il
nous a avoué d'emblée son antipathie, mais il peut s'être
montré franc pour qu'on ne creuse pas trop dans sa direction. On a encore des tas d'élèves à rencontrer, si j'en
juge d'après la liste mise à jour.

— Ils nous racontent tous la même chose, maugréa
Rouaix.

— Et ceux à qui Bergeron a enseigné dans le passé ?
La session précédente, l'année dernière ? demanda Provencher. Qu'est-ce que vous faites avec eux ?

— Notre possible, dit Graham. L'enquête de proximité
ne nous a rien apporté de concret, mais ça...

Elle s'interrompit, tentée de blâmer Moreau et
consciente de sa mauvaise foi.

— Bergeron devait avoir beaucoup de charme pour

séduire si facilement, avança Provencher. Il est ordinaire sur les photos.

— Toutes les femmes ont l'air de l'avoir aimé.

— Ce n'était pourtant pas un saint ! N'oubliez pas qu'on a rayé l'arrière de sa voiture. Dhavernas, son voisin, nous jure que Rémi garait toujours son véhicule dans le garage. Ça ne s'est donc pas fait chez lui. Je penche pour le campus universitaire. Quelqu'un s'est amusé avec une clé sur la Golf. Ça pourrait aussi être Nicole.

— Les techniciens ont également relevé des traces de peinture noire sur la Golf, du côté de l'éraflure.

— J'espère que les cheveux qu'on a récoltés sur le haut de son survêtement nous seront utiles, souhaita Graham.

— Vous avez une affaire qui ressemble à la nôtre, dit Provencher. On continue à interroger des gens qui ont connu Daniel Couture, mais pour l'instant on patauge...

— Anaïs Rancourt n'a pas pu t'aider ?

Provencher secoua la tête. La jeune femme avait montré beaucoup de bonne volonté, mais elle ne lui avait rien appris qui puisse l'aiguiller dans une ou l'autre direction.

— Elle m'a parlé de tous ses clients et aucun d'entre eux, en supposant qu'ils voient Anaïs sous leur vraie identité, n'a de casier. Ni de lien avec Couture. On a évidemment enquêté sur Anaïs, ou Annie Roy, son vrai nom. *Niet*. L'enquête est dans un cul-de-sac.

Provencher but une longue gorgée comme s'il voulait chasser un goût d'amertume. Rouaix s'étira, attrapa la bouteille et remplit leurs verres. Ils trinquèrent en silence, heureux de partager leurs frustrations, malheureux de ne pouvoir les oublier. Ils se promettaient souvent de ne pas aborder les questions relatives à leur travail quand ils soupaient ensemble, mais ils y revenaient immanquablement.

— On finira bien par avoir une piste, fit Provencher.

La boîte aux lettres grinça quand Hubert y glissa la lettre anonyme et il perçut ce grincement comme une plainte, le gémissement qu'il avait envie de pousser, mais il savait bien que crier son désarroi ne le délivrerait pas de Gabrielle. Pas plus que cette lettre qu'il n'avait pu s'empêcher d'écrire, cette lettre où il avait mis tout son amour, sans aucune retenue, son amour inutile, son amour gaspillé. Il se comparait aux flocons de neige qu'elle foulait chaque jour sans les remarquer, sans les sentir sous ses pieds. Il n'était rien pour elle. Elle était tout pour lui.

Dès que la lettre disparut dans la boîte rouge, Hubert eut envie de la récupérer. Il était fou d'avoir écrit sa passion. Elle finirait pas deviner qu'il s'agissait de lui, elle lui reprocherait de l'avoir trompée, elle le détesterait.

Mais peut-être que non. Peut-être qu'elle lui dirait qu'il l'avait émue. Consolée de la disparition de Bergeron ?

Non ! Ne pas mêler Bergeron à tout ça. Il était mort, il n'avait plus à se soucier de lui. Il ne voulait plus y penser, ne voulait plus se reprocher d'avoir rayé sa voiture. Pourquoi se sentait-il coupable de cet acte insignifiant alors qu'il détestait l'enseignant, qu'il avait tant rêvé de l'anéantir ? Il ne comprenait plus rien à ses sentiments. Et si sa lettre reflétait son trouble ? Si Gabrielle le prenait pour un malade ?

Il resta planté devant la boîte de métal glacé en se fustigeant. Il ratait tout, tout le temps.

L'aurore teintait la neige d'un rose très doux qui ravit Gabrielle quand elle s'éveilla chez Alexandre le surlendemain. Durant quelques secondes, elle s'était demandé où elle était, puis elle s'était rappelé qu'il était passé la prendre au gym. Ils avaient soupé en ville, puis il l'avait emmenée chez lui. Trois fois dans la même semaine. Elle s'était pourtant juré de rentrer chez elle, mais quand il lui avait proposé d'aller la chercher au boulot, elle n'avait pu refuser. La veille, en l'appelant pour lui laisser un message, elle s'était étonnée de le trouver chez lui et s'était excusée d'abuser de son temps. Il l'avait aussitôt interrompue ; elle ne le dérangeait jamais. Plus tard, elle avait appris qu'il s'était fait remplacer à la dernière minute par un collègue au travail et elle s'était sentie coupable.

— De quoi ? De me rendre heureux ?

Il l'avait embrassée en murmurant que le travail pouvait toujours attendre, qu'il y avait longtemps qu'il ne s'était pas senti aussi bien. Grâce à elle, il recommençait à vivre. Il oubliait les épreuves du passé et pouvait désormais croire à l'avenir. À leur avenir. Il était l'homme le plus chanceux sur terre !

Elle avait répondu à ses caresses, même si ses déclarations la gênaient un peu. Alexandre l'idéalisait trop.

— Non ! Tu es une femme merveilleuse.

— Tu ne me connais pas encore assez.

— À toi de me raconter tes secrets, avait-il dit.

Pourquoi avait-il parlé de secrets alors qu'elle allait évoquer ses défauts ? Elle savait pourtant qu'elle devrait lui raconter l'accident auquel elle avait été mêlée, car il avait changé le cours de sa vie. Serait-elle allée méditer en Inde si elle n'avait pas abandonné Martin Bouchard sur une route déserte ? Stop ! Il était déjà mort quand elle s'était approchée de lui. Elle ne devait pas recommencer à en douter comme elle l'avait fait durant des mois après l'accident. Il était mort. Mort.

La culpabilité avait tatoué de tristesse son existence. Le temps l'avait apaisée, mais elle était consciente que le remords de ne pas avoir veillé Martin et de ne pas avoir dénoncé Denis était tapi au fond de son âme, même si elle souriait, s'amusait, riait avec des amis. Alexandre croyait avoir retrouvé la Gabrielle qui faisait partie d'un groupe de musiciens, mais il se trompait. Et elle le trompait en le lui laissant croire. Il était prêt à s'engager avec elle, mais si elle acceptait cette relation, comment pouvait-elle continuer à lui cacher ce secret qui l'avait transformée ?

Elle regardait la neige rose sans sentir le plancher froid sous ses pieds nus. Quand se déciderait-elle à parler à Alexandre ? Hésitait-elle par manque de confiance en lui ou par peur de s'engager ? Terry lui avait reproché de rester sur la défensive. Commettrait-elle la même erreur avec Alexandre ? Était-ce son secret, la crainte de se montrer telle qu'elle était vraiment, la peur d'être condamnée et rejetée par Alexandre qui l'empêchaient de se livrer entièrement ?

Un psy. Elle devrait voir un psychiatre. Un psychiatre est médecin, lié par le secret professionnel. Peut-être qu'il pourrait l'aider à tout confesser à Alexandre. Tant de femmes seraient heureuses d'avoir un homme tel que lui à leurs côtés. Elle devait tout faire pour que son secret n'empoisonne pas leur relation.

Du temps. Juste un peu de temps. Un délai. Quelques jours encore. Quelques semaines. Mais pas plus d'un mois. Elle se donnait un mois pour parler à Alexandre.

Elle retourna auprès de lui. Il s'éveillait et ouvrit les bras, l'enlaça, rit quand elle colla ses pieds glacés contre ses mollets.

— Je n'ai pas envie de voler aujourd'hui, même si tu me donnes des ailes, dit-il.

— Je n'ai pas trop le goût non plus, mais j'ai trois cours à mon horaire.

— Je rentre après-demain.

— Et si je préparais le souper chez moi et qu'on apportait tout ici ? C'est tellement agréable d'aller marcher dehors pour s'ouvrir l'appétit.

— Voudrais-tu inviter Anaïs à souper avec nous ? Je serais content de mieux la connaître.

Il était sincère en lui offrant de nouveau de convier cette fille ; il n'en saurait jamais trop sur les personnes que fréquentait Gabrielle.

Gabrielle se protégea les yeux d'une main quand ils sortirent du garage ; elle avait oublié ses lunettes de soleil.

— Je ne pense pas à les traîner avec moi l'hiver. C'est idiot parce que la réverbération sur la neige est plus éblouissante que le soleil du plein été. Je ne sais pas où je les ai mises. Il serait temps que je m'installe comme il faut, que je range mes choses. Ma mère m'a toujours reproché d'être désordonnée.

Alexandre lui caressa la joue du bout des doigts. Il fallait bien qu'elle ait un défaut.

— Je m'en accommoderai, promit-il. Je suis ordonné pour deux.

Gabrielle sourit même si les propos d'Alexandre insinuaient qu'il s'imaginait habiter bientôt avec elle. Elle n'était pas prête à emménager avec lui. Comment le lui dire sans le vexer ? Il était si enthousiaste, il répétait si souvent qu'elle le comblait. Alors qu'elle appréciait vraiment les moments qu'ils passaient ensemble, mais... Qu'est-ce qui la retenait d'être heureuse ?

Elle effleura à son tour la joue d'Alexandre et lui promit un souper digne d'un roi.

— Oui, ma reine, répondit-il.

Les sapins étaient lourds de neige, mais la route était dégagée et semblait mener droit au soleil qui se levait. À l'été, Gabrielle découvrirait un paysage différent, touffu sûrement, avec tous ces feuillus. À l'été, elle se découvrirait peut-être une autre femme, plus mûre, plus décidée, enfin bien dans sa peau parce qu'elle aurait été totalement honnête avec un homme.

***

En posant les pieds à terre après trente minutes de vélo stationnaire, Tiffany vit Gabrielle sortir de la salle où elle donnait le cours de yoga et lui fit un signe de la main. Graham l'avait chargée de discuter avec Gabrielle, car elle était persuadée que celle-ci ne lui avait pas tout dit. La jeune femme avait certes accepté de la rencontrer au café, mais elle avait eu un geste de recul lorsqu'il avait été précisément question de l'accident.

— C'est arrivé à un de ses amis, avait fait remarquer Tiffany avant d'ajouter qu'il lui était interdit de se mêler de l'enquête, mais Graham avait balayé ses objections.

— Ça restera entre nous. Je veux seulement ton opinion sur Gabrielle.

— Je ne vois pas ce qui te tracasse.

— Je ne le sais pas non plus. Une intuition. Gabrielle peut simplement ne pas être à l'aise avec un policier. C'est notre lot d'embarrasser les gens. Mais s'il y avait autre chose ? J'aimerais bien savoir si elle a couché avec Bergeron, par exemple... Va à la pêche pour moi.

Tiffany McEwen s'approcha de Gabrielle.

— Te sens-tu mieux ? Tu digères le choc ?

— Il fait beau, ça me remonte un peu le moral. Est-ce que ton amie avance dans son enquête ?

— Je ne sais pas. Elle n'a pas le droit d'en discuter avec moi.

— Tu la connais bien ?

— Pas depuis longtemps, mais j'ai confiance en elle.

— Tu es aussi policière ?

— Non, plus maintenant.

— Quel genre de femme est-elle ?

— Le genre qui sait garder un secret. Qui n'est pas à cheval sur le règlement. Je suis sûre que tu l'apprécierais si tu la connaissais mieux.

Gabrielle hocha la tête. Tiffany la sentit hésitante. Devait-elle insister pour qu'elle livre le fond de sa pensée ou Gabrielle se sentirait-elle brusquée ?

Le silence s'étira, puis Gabrielle demanda si Graham était une bonne enquêtrice.

— Oui, très bonne. As-tu repensé à un détail qui pourrait l'aider ? Souvent, les choses nous reviennent après coup. Je te sens troublée...

— Je ne voudrais nuire à personne, cependant...

— De quoi s'agit-il ?

Gabrielle hésita un moment puis rapporta la conversation qu'elle avait eue avec Hubert Sicotte.

— Je dois m'en faire pour rien, mais son ton était vraiment agressif. Je suis ridicule. Comment aurait-il pu s'en prendre à Rémi ? Je n'ai plus tout mon jugement.

— Si on allait boire un verre ? As-tu d'autres cours à donner ?

— Non, j'ai fini, mais il faut que je rentre chez moi. Je n'ai pas couché à l'appartement hier.

Tiffany sourit à Gabrielle, la taquina.

— Pour une bonne raison ? C'est un habitué du gym ?

Gabrielle secoua la tête tandis que Tiffany proposait d'inviter Anaïs à se joindre à elles.

— J'achète une bonne bouteille et on décompresse. J'oublierai ma job plate.

— Pourquoi pas ? Je ferai des pâtes.

Elles étaient un peu mal à l'aise en se rendant chez Gabrielle, discutant de tout et de rien comme le font les gens qui se connaissent peu. Mais Tiffany était contente d'avoir été invitée chez Gabrielle ; elle aurait davantage d'informations à livrer à Maud Graham. Elle se gara devant l'immeuble en moins de trente secondes.

Gabrielle récupéra son courrier, pesta contre les publicités qui remplissaient son casier postal, entra dans son appartement. Elle déposa la revue et les deux lettres par terre pour enlever ses bottes, accrocher son manteau.

— Je devrais acheter une table d'appoint, mais je déteste magasiner.

Elle reprit son courrier, ouvrit la première enveloppe, puis la deuxième qu'elle laissa tomber aussitôt sur le tapis du salon en poussant un cri rageur.

— Qu'est-ce qui se passe ? Une mauvaise nouvelle ?

— Encore une maudite lettre anonyme !

Tiffany saisit la lettre du bout des doigts par un des coins, la posa sur la table de palissandre.

— Je peux la lire ?

— Ça doit être encore des niaiseries. Je veux qu'il me fiche la paix ! Je ne veux plus recevoir ses maudites déclarations d'amour ! C'est ça ? Il parle encore de son amour pour moi ?

Tiffany hocha la tête après avoir pris connaissance de la prose d'Hubert Sicotte.

— Combien de lettres as-tu reçues ?

— Cinq avant celle-ci.

— Ça dure depuis combien de temps ?

— Quelques semaines.

— Il faut que tu portes plainte. Montre-les à Maud Graham.

— Elle enquête sur un meurtre. Elle n'a pas de temps à perdre avec ces bêtises.

Tiffany McEwen posa la main sur l'avant-bras de Gabrielle ; elle tremblait.

— Tu as peur et raison d'avoir peur. Tu es une victime. C'est du harcèlement. Graham te prendra au sérieux, crois-moi. Tu as une idée de l'identité de l'auteur ?

— Non. Ça peut être n'importe qui.

— Donne-moi les autres lettres.

Gabrielle secoua la tête. On n'allait pas gâcher la soirée avec ce courrier nauséabond. Elle saisit la lettre d'un geste brusque et la déchira en deux. Tiffany se rua pour l'empêcher d'en faire des confettis.

— Il faut que tu la montres à Maud Graham. Elle pourra ouvrir un dossier.

— On oublie ça, d'accord ?

Son ton coupant intrigua Tiffany McEwen et la persuada que la jeune femme savait qui lui écrivait. Pour quelle autre raison aurait-elle refusé de porter plainte ?

— Qui que ce soit qui t'écrit, il n'a pas le droit de te terroriser.

— Je ne suis pas terrorisée, rétorqua Gabrielle.

— Tu es certaine que tu n'as pas conservé au moins une des lettres ? insista Tiffany.

— Sûre, mentit Gabrielle.

Tiffany fit semblant de la croire et félicita mentalement Graham d'avoir deviné que Gabrielle lui cachait quelque chose.

— J'appelle Anaïs, dit Tiffany pour détendre l'atmosphère. J'espère qu'elle est libre.

— J'ouvre la bouteille.

***

Les murs avaient dû être blanc cassé, mais ils avaient pris une teinte beige sale et Graham se réjouit pour les étudiants et les enseignants qu'il y ait des fenêtres où le bleu du ciel distrayait l'œil de tant de fadeur. Elle vérifia la liste des noms. Elle voyait maintenant l'élève dont Gabrielle avait parlé à Tiffany. Graham avait pris soin de convoquer tous les étudiants du cours de littérature américaine afin qu'Hubert Sicotte soit persuadé qu'il s'agissait d'un autre interrogatoire de routine. Rouaix et elle en avaient déjà entendu une dizaine. Ils avaient tous chanté les louanges de Bergeron.

Hubert Sicotte poussa la porte de la salle mais s'immobilisa, attendant que Graham lui fasse signe d'avancer. Il se tenait très droit pour montrer de l'assurance, mais son regard évitait celui de la détective.

— Merci de vous être présenté, commença Graham. Hubert Sicotte, c'est bien ça?

— Oui.

— C'est votre deuxième cours avec Rémi Bergeron?

— Oui.

— Vous l'avez donc apprécié si vous avez choisi de suivre un autre cours avec lui.

— Ça cadrait dans mon horaire, marmonna Sicotte.

— Est-ce que c'était un cours intéressant?

Sicotte haussa les épaules; à quoi rimaient ces questions? Si cette policière continuait dans cette direction, elle n'était pas près de trouver une piste menant au chauffard. Elle perdait son temps à rencontrer les étudiants. Perte de temps, perte d'argent, comme aurait dit son père. L'argent du contribuable.

— J'ai préféré celui de la session dernière, répondit Sicotte en se détendant un peu.

Il était ridicule de s'inquiéter. Comment cette policière aurait-elle pu deviner qu'il avait souhaité la mort de Bergeron ?

— Vous êtes dans la même classe qu'Anaïs Rancourt.

Il battit des paupières. Pourquoi lui parlait-elle d'Anaïs ?

— Oui.

— C'était une amie de Bergeron, vous le saviez ?

— Non.

Il mentait tout en se répétant que Graham ne pouvait pas savoir qu'il avait aperçu Anaïs avec Bergeron et Gabrielle rue Cartier. Il était là par hasard et Anaïs ne l'avait pas vu. C'était impossible, il s'était caché.

— À quoi ressemblaient les cours de Bergeron ?

Sicotte jeta un coup d'œil à Graham, l'air méfiant. Si Gabrielle ne lui avait rien dit à son sujet, elle aurait pu croire qu'il était seulement mal à l'aise avec elle parce qu'il n'était pas habitué à rencontrer des policiers. Mais elle décelait un secret dans son trouble, dans sa façon de détourner le regard. Peut-être qu'il fumait ou dealait tout bêtement de la dope et qu'il craignait d'avoir des ennuis avec elle.

— Et alors, ces cours ? insista-t-elle.

— Je ne sais pas. Des cours normaux, il parlait, on prenait des notes.

— En quoi ce cours vous a-t-il déçu ? s'enquit Rouaix.

Hubert Sicotte fixa le mur du fond. Comment savaient-ils qu'il n'aimait pas ce cours sur Hemingway ?

— Il était moins intéressant, répondit-il platement.

— Vos notes sont moins bonnes aussi.

Ils avaient donc consulté les dossiers de Bergeron dans leurs moindres détails. Hubert ne put s'empêcher de lui demander le rapport entre sa moyenne et le fait que Bergeron ait été renversé par une voiture.

— On ne doit rien négliger dans une enquête.

— Vous interrogerez tous les étudiants qui l'ont croisé?

— Ça fait partie du boulot. C'est fastidieux, mais nous devons vérifier les alibis de chacun. Pouvez-vous me dire où vous étiez au moment de l'accident?

— Moi? Je... j'étais chez moi. Je dormais comme tout le monde.

— Sauf Bergeron et son meurtrier.

— Son meurtrier?

— Les journalistes suggèrent que Bergeron a été renversé par un chauffard ivre, mais nous continuons à chercher. Je ne crois pas tant que ça au hasard.

— Au... au hasard? bégaya Hubert Sicotte, se maudissant de rougir, car il était certain d'avoir rougi.

Il savait fort bien qu'il n'avait que souhaité la mort de Bergeron. Il était innocent. Alors pourquoi se sentait-il à ce point coupable?

— Toi, par exemple, tu le détestais peut-être. Tu as pu décider de lui faire peur, de le suivre en voiture. Tu as pu l'accrocher alors que ce n'était pas vraiment ce que tu voulais. Tu peux avoir paniqué puis jeté son corps en bas de l'échangeur.

Graham vit l'étudiant se tasser sur lui-même. Il n'avait pas tué Bergeron, il le jurait. Elle n'avait pas le droit de l'accuser.

— Je ne t'accuse pas, j'expose une hypothèse. Est-ce que quelqu'un peut nous confirmer ton alibi? Tes parents peut-être ou un coloc? Où vis-tu?

Elle s'était mise à le tutoyer et il ignorait si c'était pour le mettre à l'aise ou l'inverse. Il avait écouté les étudiants relater les entretiens qu'ils avaient eus avec ces policiers et il lui semblait que son interrogatoire durait plus longtemps que celui des autres. Allaient-ils réellement vérifier si tous les élèves dormaient au moment de l'accident ? C'était ridicule !

Graham consulta son carnet de notes, sortit son crayon et lui redemanda où il était à l'heure de l'accident.

— Chez nous.

— Quelqu'un peut en témoigner ? Tu étais avec une copine ? Tu as une blonde ?

À quoi rimaient ses maudites questions ? Ce n'était pas de ses affaires !

Il grommela d'un ton rageur qu'il n'avait pas de blonde. Qu'il ne se souvenait plus si son père était à la maison ce jour-là.

Graham referma son carnet.

— Bon. Merci. C'est tout.

Elle fit un geste de la main pour le congédier et, alors qu'il atteignait la porte, elle le rappela. Elle avait oublié de lui demander s'il avait une voiture.

— Non.

— Ton père te prête-t-il la sienne ?

— Pas souvent.

— Quelle est la marque ? De quelle couleur est-elle ?

— Passat noire.

— Bon. On verra.

On verrait quoi ?

— On analyse les particules de peinture trouvées sur les vêtements de Bergeron, inventa Graham. On a aussi constaté que la voiture de Rémi Bergeron a été éraflée sur le côté gauche et rayée à l'arrière.

— Mais... mais il était à pied quand il a eu l'accident ?
bégaya Sicotte.

Il s'appuya sur le cadre de la porte, se répétant qu'elle
ne pouvait pas savoir que c'était lui qui avait rayé la
Golf. Il était paranoïaque. Elle posait des questions parce
qu'il fallait bien qu'elle remplisse des dossiers, qu'elle
justifie son salaire.

— Tu peux m'envoyer Evelyne Rochette, maintenant ?
dit Graham en consultant son carnet.

Il hocha la tête et s'enfuit dans le corridor. Il savait
déjà qu'il dormirait très mal ce soir-là, alors qu'il aurait
eu tant besoin du bénéfique oubli procuré par le sommeil.
Il avait fouillé dans l'armoire de la pharmacie et n'avait
trouvé aucun somnifère. Si ses parents ne s'étaient pas
séparés, il aurait pu utiliser ceux de sa mère, mais elle
avait déménagé avec ses pilules et son père ne connaissait que l'aspirine.

***

Les poitrines de poulet, les tranches de gruyère, les
lamelles de jambon, l'œuf, les champignons émincés
étaient posés devant Gabrielle, et elle s'apprêtait à désos-
ser les poitrines quand elle s'aperçut qu'elle avait oublié
d'acheter du bouillon de poulet.

— Alexandre ?

— Oui, chérie ?

Il l'interrogeait du regard en posant leurs verres de vin
blanc sur le comptoir.

— Tu as du bouillon de poulet dans tes armoires ?

— Peut-être.

Il se pencha pour vérifier, après avoir embrassé Gabrielle
dans le cou, s'émerveillant de sa chance. Elle était là,

dans sa cuisine, à lui préparer un repas. Le premier repas qu'elle concoctait pour lui. Elle s'était informée de ses goûts et lui avait proposé de cuisiner des poitrines de poulet farcies dans une sauce au vermouth.

— C'est une recette de ma mère, avait-elle précisé.

Il s'en était réjoui. Bientôt, elle lui présenterait sa mère. Heureusement, elles n'étaient pas très proches l'une de l'autre, et ça lui convenait : il aurait détesté avoir une belle-mère qui se mêle de tout, comme le faisait la mère de Karine. Savait-elle que sa fille s'était conduite comme une salope ? Son père l'ignorait sûrement, mais de toute façon il passait tout à Karine.

— Comment était ton père ?

— Pourquoi me parles-tu de mon père ?

— Je pense à mes parents. Je les vois si peu. Toi non plus, tu n'es pas très famille.

— On est trop différents. Ils n'ont pas compris que je parte en Inde, que je renonce à l'université.

— Ils n'étaient pas les seuls à être étonnés de ton départ. Ça m'avait surpris, moi aussi. Qu'est-ce qui t'avait décidée à t'exiler en Inde ?

Allait-elle lui dire la vérité maintenant ?

— Je voulais apprendre à méditer. J'étais perdue à cette époque-là, confuse. Ça m'a aidée de vivre autre chose.

— Tu étais perdue ? À cause de quoi ?

Elle saisit un couteau et glissa la lame entre l'os et la chair du poulet avant de répondre qu'elle avait commis des erreurs dans sa jeunesse et qu'elle lui en parlerait plus tard. Elle but une gorgée de Menetou-Salon, sembla l'apprécier et lui sourit.

— Et le bouillon ?

Il se tourna afin qu'elle ne voie pas sa contrariété. Finirait-elle par évoquer l'accident ? Il s'agenouilla devant l'armoire et lui tendit une boîte de conserve.

— Ça t'ira ?

Gabrielle saisit la boîte ; c'était du bouillon de bœuf et elle cuisinait du poulet.

— Ça change vraiment quelque chose ?

— Ça paraît que tu ne cuisines jamais. C'est d'ailleurs dommage avec un si bel espace !

— Il est tout à toi.

— J'étais certaine de n'avoir rien oublié ! maugréa-t-elle. On va être obligés de ressortir pour en acheter.

— C'est indispensable ?

— Peux-tu t'en occuper ? Pendant ce temps, je préparerai l'entrée. Attends, je vérifie qu'il ne me manque rien pour cette recette.

Gabrielle fit l'inventaire des ingrédients qu'elle avait placés au réfrigérateur et sourit.

— J'ai tout. Tu peux y aller.

— Je n'aime pas que tu restes seule ici.

— Que veux-tu qu'il m'arrive ? Tu seras revenu dans dix minutes.

Il hésitait pourtant à partir. Et si un étranger frappait à la porte ?

— Je n'ouvrirai pas. Un étranger ? Et puis quoi encore ? Je ne savais pas que tu étais paranoïaque...

Elle avait pris un ton taquin, mais s'il insistait pour rester, elle s'étonnerait de son attitude.

Il devait se rendre à l'épicerie avant qu'elle s'interroge sur ses réticences. Il mit son manteau en redoutant qu'elle fouille la maison en son absence.

Il courut presque à sa voiture, pressé de partir pour revenir au plus vite. Il jeta un coup d'œil vers la fenêtre de la cuisine ; Gabrielle lui adressait un baiser du bout des doigts. Pourquoi se mettrait-elle à fureter partout alors qu'elle avait ses pétoncles à préparer ? Il réapprendrait à faire confiance après quelques années de vie commune. Il cesserait d'imaginer qu'elle pouvait comploter contre lui. Karine était responsable de tout ça. Sa trahison l'avait rendu suspicieux.

Devant l'îlot, Gabrielle finissait de trancher les pétoncles quand elle accrocha son verre de vin. Elle laissa tomber son couteau, tenta de rattraper le ballon, mais il se fracassa en mille morceaux sur le carrelage. En se baissant pour ramasser les plus gros éclats, elle glissa sur le liquide répandu et appuya sa main droite sur un tesson. Le sang jaillit, elle cria, se releva aussitôt pour nettoyer la plaie sous l'eau froide. La coupure n'était pas profonde, mais elle nécessitait un pansement. Elle pressa un papier essuie-tout contre la paume de sa main, se dirigea vers la salle de bain et chercha des diachylons dans l'armoire en prenant garde de ne rien tacher. En étirant le bras pour saisir la bouteille de désinfectant, elle échappa l'essuie-tout maculé de sang et s'accroupit pour le récupérer. Elle vit le bord d'une enveloppe blanche, une enveloppe dissimulée entre les serviettes de la tablette du bas. Elle tendit sa main valide vers l'enveloppe, la coinça sous son bras droit et l'ouvrit. Elle contenait des photos d'elle endormie, une mèche de ses cheveux, une barrette qu'elle croyait avoir perdue et le catalogue d'un bijoutier où un post-it marquait la page des bagues de fiançailles.

Le cœur battant, Gabrielle rangea tout dans l'enveloppe, remit celle-ci dans sa cachette, s'empressa de se bander la main avec la ouate et les diachylons et sortit rapidement de la salle de bain. Que devait-elle faire maintenant ? Avouer sa curiosité à Alexandre ? Faire comme si elle n'avait rien vu, comme si elle n'était pas gênée qu'il ait pris ces photos d'elle à son insu ? Il était encore plus attaché à elle qu'elle ne l'imaginait... Elle retourna vers la cuisine en se remémorant les images qu'elle venait de voir et fut légèrement rassurée : il n'y en avait aucune où on la voyait nue. Comme si Alexandre avait voulu protéger son intimité même s'il lui manquait de respect en profitant de son sommeil. Ce n'était pas bien méchant après tout, mais il n'aurait pas dû agir ainsi. Elle se rappela qu'il y avait un porte-poussière et un balai dans le salon près de la cheminée et les prit pour ramasser les tessons du verre à vin, puis elle relut la recette de l'entrée.

Elle arrosa les pétoncles de jus de lime et décida qu'elle ne ferait pas allusion à ces photos, refusant d'indisposer Alexandre qui pourrait lui reprocher d'avoir fouillé dans ses affaires, alors qu'elle avait trouvé l'enveloppe accidentellement. Elle avait envie d'une soirée tranquille. Ils avaient loué un film, elle préparait un bon repas. Elle voulait oublier la semaine de merde qu'elle venait de vivre, la disparition si absurde de Rémi et son propre égoïsme. Ne regrettait-elle pas qu'il soit mort *aussi* parce que leur projet tombait à l'eau ? Elle fut distraite de ses pensées par des bruits provenant du garage. Alexandre était de retour. Juste avant d'ouvrir la porte, il lui cria de fermer les yeux. Elle obéit sans toutefois reposer le couteau sur la planche de travail. Elle entendit un froissement de papier, puis sentit les mains d'Alexandre qui lui enlevaient le couteau, qui s'immobilisaient.

— Qu'est-ce que c'est que ça ?

— Je me suis coupée tantôt. J'ai trouvé ce qu'il fallait dans la salle de bain.

— Donne-moi ta main ! As-tu désinfecté la plaie ?

— Ce n'est rien. J'ai saigné, c'est nettoyé. Est-ce que je dois refermer les yeux ?

Elle avait pris un ton taquin pour dérider Alexandre qui s'inquiétait trop pour elle. Il acquiesça et la prit par le bras pour la guider vers le salon.

Quand elle ouvrit les yeux, elle vit un ourson en peluche tenant un énorme bouquet de roses entre ses bras.

— Tu m'as raconté que tu étais allée observer les ours blancs au Yukon. Il est comme moi. Il t'aime puisqu'il t'offre ces fleurs.

— Alexandre ! Où as-tu trouvé cet ours ? Il est tellement mignon. Et ces fleurs ?

— Je les ai achetées avant d'aller te chercher. Je les avais laissées dans le coffre de la voiture.

— Tu exagères, murmura Gabrielle en caressant la tête de l'ourson.

Elle était sincère même si elle souriait à Alexandre. Cette peluche de la taille d'un petit chien était douce comme de la soie, il avait dû la payer très cher. Tout comme ces roses thé magnifiques.

— Je ne sais pas quoi dire... reprit-elle.

— Dis que tu m'aimes.

Elle sourit de nouveau, s'approcha d'Alexandre pour l'embrasser. Il la serra très fort contre lui, trop, et elle protesta en riant.

— Tu m'étouffes. Et je n'ai pas fini le souper.

Il la libéra et la suivit à la cuisine, ouvrit la porte du réfrigérateur en se demandant si Gabrielle l'avait embrassé pour lui signifier qu'elle l'aimait ou pour éviter de le lui dire.

— Un verre de vin ? fit-il en sortant la bouteille.

— J'ai cassé un de tes beaux ballons, je te le remplacerai. J'ai nettoyé par terre, j'espère qu'il ne reste plus d'éclats. Je ne sais pas où est l'aspirateur.

— Je vais le chercher, répondit Alexandre, rassuré.

Gabrielle n'avait pas fait le tour des placards pour trouver l'aspirateur. Elle était discrète. Une bonne note pour elle. Puis il se souvint que Karine n'était pas curieuse et que ça n'avait rien changé au désastre.

Chapitre 13

On avait aéré la salle de réunion, mais l'odeur de café qui flottait toujours dans l'air suscita chez Michel Joubert l'envie d'en boire un autre. À combien en était-il aujourd'hui? Six? Sept? Il peinerait plus tard à trouver le sommeil et, parce qu'il dormirait mal, il aurait besoin de plusieurs cafés pour se réveiller demain. Il hésita, puis renonça.

— Tu devrais m'imiter, dit Graham, oublier le café et adopter le thé.

Joubert la dévisagea quelques secondes, même si ce n'était pas la première fois que Graham lisait dans ses pensées. Elle devinerait bientôt qu'il était subjugué par Grégoire. Lui dirait-elle alors que son ami venait de vivre une peine d'amour avec un homme plus âgé et que ce n'était pas une bonne idée de réitérer l'expérience? Il savait bien qu'il avait douze ans de plus que Grégoire, mais il se remémorait la manière dont Grégoire l'avait regardé lorsqu'ils s'étaient présentés chez lui. Il ne pouvait pas se tromper à ce point, c'était un regard empreint de désir. C'était si évident que Graham avait tout compris à son sujet. Elle n'avait pas encore évoqué cette visite chez son protégé, mais elle devait espérer ses confidences. Et il voulait lui parler, mais il ne s'y décidait pas, habitué à se taire depuis si longtemps.

— Tu en veux ?

Graham tenait un thermos dans la main droite. C'était sa nouvelle lubie ; elle apportait son propre thé. Elle dédaignait l'eau bouillie de la cafetière où subsistait toujours un goût de vieux café et préparait sa potion magique chez elle.

— Et toi ? fit-elle en direction de Rouaix.

— Non, merci, ce n'est pas maintenant que je vais changer mes habitudes. Et alors ? Qu'est-ce qu'on a trouvé sur le survêtement de Bergeron ?

— Hormis les cheveux, répondit Joubert, on a des fibres de laine. Une fibre solide, durable.

— Et dans son ordinateur personnel ?

— Rien qui ait attiré l'attention de Balthazar. Aucun lien avec Daniel Couture. Ni avec Anaïs Rancourt, à part son adresse courriel. On a vérifié la liste de tous ses correspondants. Tous blancs comme neige sauf Florent Scott, un dossier pour possession de drogue qui remonte à plus dix ans. Il était en Jamaïque quand Bergeron est mort. Pourquoi continues-tu à penser que ce n'est pas un accident ? Qu'il était là au mauvais moment et qu'on est juste malchanceux de ne pas avoir encore retracé le chauffard ?

— Je pense que Bergeron gênait quelqu'un.

— Mais tout le monde chante ses louanges.

— Sauf Vignola et Bertrand. Et Nicole, cette chère Nicole.

— On a examiné leurs voitures. Les phares sont intacts et il n'y a aucune trace suspecte. Rends-toi à l'évidence.

— Je les ai tout de même convoqués, Vignola sera ici dans quelques minutes, mais l'alibi de Luc Bertrand a été confirmé tantôt.

Rouaix se leva.

— Je vais me chercher un café en attendant Vignola. On reverra le jeune Sicotte ?

— Je ne l'oublie pas.

Anaïs Rancourt avait décrit l'étudiant comme un type introverti, timide avec les femmes. Avec elle, en tout cas. Il avait tenté de l'aborder plus d'une fois, mais n'avait réussi qu'à bredouiller des banalités. Elle avait rapporté que Rémi lui trouvait une jolie plume mais l'esprit trop étroit et un manque total d'autodérision.

— Il y a aussi Pénélope Lebeau qui n'avait pas l'air de le porter dans son cœur, fit Rouaix avant de sortir de la pièce.

— C'était plutôt le contraire, rectifia Graham, elle le portait trop dans son cœur. Mais je ne vois pas comment elle aurait pu soulever Bergeron.

— On a pu l'aider, soupira Joubert.

On avait trouvé des traces de pas près du viaduc et, même si la plupart étaient incomplètes, on en avait déduit qu'elles appartenaient à six personnes.

— Ça peut être n'importe qui, reprit Joubert. Et ta Pénélope fréquente maintenant un apollon. Je l'ai vu. Crois-moi, le gardien de but de l'équipe de hockey de Laval est pas mal plus jeune et plus beau que Bergeron.

— Tu dois savoir ce que tu dis.

Joubert fixa Graham durant quelques secondes comme s'il pesait le pour et le contre de sa réponse et finit par hocher la tête.

— En effet. J'ai du goût.

Graham lui sourit. Ces quelques mots scellaient leur complicité.

— On n'avance pas, dit-elle plus sérieusement.

— J'ai revu la liste des chauffeurs condamnés pour

conduite en état d'ébriété dans un rayon de vingt kilomètres, mais les phares de leurs véhicules sont tous intacts.

Il lui tendit un document, mais elle secoua la tête ; inutile de le lire, elle lui faisait confiance.

— Il faut qu'on ait guetté Bergeron pour l'avoir chopé à cette heure-là, dit Joubert. Tu penses qu'on s'est posté devant chez lui en attendant qu'il sorte faire son jogging ?

— Tant de personnes savaient qu'il s'entraînait, ce n'était pas sorcier de se garer et de le surveiller.

— Et le mobile ?

— La jalousie. Trop de conquêtes. Ou une seule, mais qui a beaucoup déplu à un prétendant.

— Il y a des histoires de rivalité intellectuelle dans les milieux universitaires, de plagiats.

— Tâtons le terrain avec Vignola.

— Il n'est pas encore là, fit Rouaix en revenant avec son café.

Graham haussa les épaules avant d'emplir sa tasse de thé. Même si l'enquête piétinait, elle se sentait plus légère, heureuse de la confiance que Joubert lui avait témoignée par une simple remarque.

Un appel la prévint que Jocelyn Vignola était arrivé.

— Faites-le entrer.

Vignola s'efforçait d'avoir une démarche assurée en pénétrant dans la salle de réunion, mais son regard papillonnait, refusait de se poser sur Maud Graham.

— Qu'est-ce que je fais ici ? Vous n'avez pas été claire au téléphone.

— Je ne voulais pas que vos collègues sachent que je vous interrogeais de nouveau. Pour vous éviter les rumeurs.

— Qu'est-ce que vous me voulez ? J'ai un ami qui est

avocat. Il sait que je suis ici. Il peut venir me rejoindre.

Graham acquiesça ; bien sûr que l'avocat pouvait assister à leur entretien. Elle n'avait rien à cacher.

Vignola protesta ; il n'avait pas tenté de dissimuler son antipathie pour Bergeron et voilà où ça le menait.

— Mon honnêteté me nuit. J'étais chez moi le matin de sa mort. Je ne me lève jamais avant sept heures. C'est vrai que je détestais Bergeron, mais si on zigouillait tous les gens qui nous horripilent...

— Quelqu'un l'a pourtant fait.

— Ce n'est pas moi.

— Alors qui ? Je ne serais pas surprise que vous l'ayez observé pour alimenter votre inimitié. Vous devez avoir remarqué à qui il déplaisait, insinua-t-elle. Ou plaisait. Ça nous aiderait si vous aviez noté un truc insolite.

— Vous êtes vraiment certaine qu'on l'a heurté délibérément.

— Oui. À part vous et votre collègue Luc Bertrand, qui ne s'en est pas caché non plus, voyez-vous quelqu'un d'autre qui en voulait à Rémi Bergeron ? Cherchez bien, j'ai tout mon temps. Je suis ici jusqu'à dix-sept heures.

Le menaçait-elle de le garder au poste toute la journée ?

— J'ai un cours cet après-midi.

— Raison de plus pour m'aider. Sinon, je m'imaginerai que Bergeron avait découvert qu'un de ses chers collègues était coupable de plagiat. Et que ça vous inquiétait.

— Vous n'avez pas le droit de m'insulter ! protesta Vignola.

— Ce ne sont que des hypothèses. Peut-être que ça vous agaçait qu'il projette d'écrire un roman. Ou son essai sur Miller ? Cet auteur vous tentait aussi ?

Il écarquilla les yeux ; Graham était beaucoup mieux informée qu'il ne le pensait. Il devait lui jeter un os à ronger pour avoir la paix. Après tout, il rendrait service aux enquêteurs si Sicotte avait tué Bergeron, même s'il en doutait. Et si ce n'était pas le cas, Sicotte prouverait son innocence. Même s'il racontait que c'était lui qui avait suggéré d'effrayer Bergeron, ça ne l'incriminait pas. Il jurerait qu'Hubert Sicotte avait mal interprété ses paroles, qu'il lui avait déconseillé d'abandonner le cours.

— Il y a un étudiant, commença-t-il, Hubert Sicotte. Il en voulait à Bergeron.

Graham avait relevé la tête d'un coup sec et Vignola se sentit plus léger subitement. Si cette femme en avait déjà entendu parler, c'est qu'il y avait anguille sous roche. Il avait donc raison de raconter ce qu'il savait à son sujet.

— Bergeron lui a donné une mauvaise note pour un travail et il ne décolérait pas. Il s'en était plaint à moi plusieurs fois. Il prétendait que Bergeron l'avait humilié et qu'il était injustement traité.

— Paranoïa ?

— Moi, j'ai toujours eu un bon contact avec lui. C'est un élève bosseur, assidu. Le courant passait entre nous.

— Pensez-vous que Bergeron avait mal jugé Sicotte ?

Vignola fit la moue. Il n'en avait aucune idée, il n'avait pas lu le travail de Sicotte, mais celui-ci affirmait que deux étudiantes moins bonnes que lui avaient obtenu une note supérieure, tout simplement parce qu'elles avaient charmé Bergeron.

— Sicotte était ulcéré. Je lui ai expliqué qu'il pouvait exposer son problème aux autorités, mais j'ignore s'il est allé jusque-là.

Vignola observa une pause, puis avoua qu'il n'avait pas défendu Bergeron.

— J'aurais dû le soutenir en tant que pair, mais je n'en avais pas envie. J'ai écouté Sicotte déblatérer contre Bergeron. Quand il a parlé de le punir, j'aurais dû l'en dissuader avec...

— De le punir ? releva Graham.

— On a parlé de la peur.

— De la peur ?

Vignola pesait ses paroles ; un mot de trop et il mentirait à Graham. Mais comment le saurait-elle ? C'était cet endroit qui le mettait mal à l'aise. Elle ne l'avait pas convoqué sans but dans ce bureau, mais pour le déstabiliser, le piéger.

— Sicotte voulait faire peur à Bergeron.

— Comment ?

— Je ne sais pas, il a été question de lettres anonymes. Avez-vous trouvé des lettres étranges dans les affaires de Bergeron ? Franchement, je vous parle de Sicotte, mais je ne vois pas ce qu'il aurait bien pu faire pour effrayer Bergeron. Ce n'est pas un colosse ni un frondeur, il n'a rien de très menaçant...

— La voiture de Bergeron a été rayée.

Vignola hocha la tête. C'était davantage conforme à la nature de Sicotte.

— Je vous remercie. Ce sera tout pour aujourd'hui.

Graham n'avait pas quitté Vignola des yeux tandis qu'il récupérait son chapeau posé sur le bureau, ses gants, son foulard. S'il semblait plus sûr de lui en dénonçant l'étudiant, il perdait son assurance alors qu'elle le fixait. Tant mieux, elle espérait empoisonner sa journée, elle n'aimait pas les poseurs.

Est-ce que Sicotte était mêlé à la mort de Bergeron ?

***

263

Où était le corps de Bergeron? se demandait Hubert Sicotte. Au laboratoire de sciences judiciaires de Montréal, probablement. Sinon, on aurait mentionné les funérailles dans les journaux. L'hiver, on ne pouvait pas creuser pour enfouir la tombe. Bergeron serait enterré au printemps. Où reposerait-il, entre-temps ?

Sicotte aurait dû oublier Bergeron, mais il n'arrêtait pas de s'interroger à propos de l'accident. Est-ce qu'on l'avait sciemment renversé ? Qui le détestait autant que lui ? Est-ce que cette personne rêvait aussi au cadavre de Bergeron ? Était-elle restée près de Bergeron pendant qu'il agonisait ?

Il entendit la sonnerie du téléphone dans la cuisine, mais ne se hâta pas pour répondre. Personne ne l'appelait jamais à part son père ou sa mère et son coéquipier pour le travail de mi-session. Auraient-ils à le rédiger quand même ? Quel prof remplacerait Bergeron jusqu'en avril?

La sonnerie se tut. En s'approchant, Hubert vit clignoter le voyant du répondeur. Il saisit le téléphone, jura en reconnaissant la voix de Gabrielle. Elle était désolée, mais elle devait remettre leur cours. Elle lui souhaitait une bonne fin de journée.

Comment pourrait-il avoir une belle fin de journée si elle annulait leur rendez-vous ?

Hubert réécouta le message trois fois : *je ne peux pas t'entraîner aujourd'hui.* Elle ne peut pas ou ne veut pas ? Elle l'avait regardé d'une manière bizarre au dernier cours quand ils avaient parlé de Bergeron. Câlice de Bergeron ! Toujours dans ses pattes même s'il était mort ! Encore là pour tout gâcher.

Ne peut pas. Pourquoi ? Qu'est-ce qui la retenait ? Elle avait une drôle de voix. Et s'il lui était arrivé quelque chose ? Si Bergeron était mêlé à une histoire de fous et que Gabrielle le savait ? Si on s'en prenait à elle maintenant et que...

Il était en train de devenir dingue. Il effaça le message. Le regretta la seconde suivante. Il regrettait tous ses gestes, depuis quelques jours.

Il prit un couteau sur le bloc, l'approcha de son poignet, le reposa sur le comptoir et se mit à pleurer. Il en avait assez de tout ça. Assez d'être mal. Assez de Gabrielle. Il se sentait tellement perdu !

* * *

Le ciel était pâle et Gabrielle se dit que la chute de neige qu'on annonçait ne tarderait pas. Bien des Québécois râleraient, furieux de devoir pelleter leur entrée, l'allée du garage, les marches du perron, mais Gabrielle n'était pas encore lasse de cette neige qui lui avait manqué à l'étranger. Peut-être parce qu'elle se sentait apaisée chaque fois qu'elle observait la valse des flocons. Elle regardait le ciel de sa fenêtre en composant le numéro d'Anaïs. Celle-ci répondit à la première sonnerie.

— Comment vas-tu ? demanda Gabrielle.

— Je suis un peu secouée par ce qui est arrivé à Rémi. C'est étrange d'aller à l'université et de ne pas le croiser dans les couloirs. C'est un mauvais mois pour moi...

— Qu'est-ce que tu veux dire ?

— Parle-moi plutôt de toi. Comment ça évolue avec ton beau pilote ?

— Il est trop amoureux. Ça va trop vite. Il m'a offert des roses, un ourson, il m'invite au restaurant...

Anaïs la taquina : plusieurs femmes seraient heureuses d'être ainsi comblées. Mais le silence de Gabrielle l'incita à changer de ton.

— Que ressens-tu ?

— Je me dis justement que je devrais être contente, mais j'ai peur de ne pas l'aimer autant qu'il m'aime. D'être seulement bien avec lui. C'est idiot. Comment peut-on être bien avec quelqu'un, faire l'amour, sortir avec lui et ne pas l'aimer ? Je suis trop compliquée, je devrais voir un psy !

— Tu peux avoir de l'affection et de l'estime pour lui, mais ne pas éprouver de passion. On ne peut pas commander ça. Tu ne dois pas te forcer, il le sentira. Et ce serait malhonnête envers lui.

— Il a pris des photos de moi quand je dormais, il a coupé une mèche de mes cheveux. Comment est-ce que je peux lui avouer que je ne suis pas sûre de ce que je ressens ? Il sera tellement déçu... Je crois qu'il projette de m'acheter une bague de fiançailles !

— C'est vraiment prématuré ! s'exclama Anaïs.

— Je ne veux pas qu'il dépense de l'argent pour ça ! D'un autre côté, je crois que je compare trop cette relation à celle que j'ai vécue avec Terry. C'était totalement fusionnel, ça s'est mal terminé. Ça pourrait être différent avec Alexandre. Je n'éprouve pas la même passion, mais...

— Tu es nue sur ces photos ? la coupa Anaïs.

— Non. Juste mon visage, mes épaules. C'est très respectueux.

— Qu'a-t-il dit en te les montrant ?

— Il ne me les a pas montrées, je les ai trouvées par hasard.

— Elles étaient cachées ?

Comme Gabrielle ne répondait pas, Anaïs livra le fond de sa pensée. Alexandre avait plusieurs caractéristiques de dépendance affective. Il serait bon qu'elle s'éloigne de lui pour réfléchir.

— Il ne comprendra pas. Il croit que tout va bien.

— Il n'en mourra pas. Ça lui permettra aussi de faire le point. Il vaut mieux te poser des questions maintenant, avant d'être trop engagée envers Alexandre. Cette histoire de bague est *too much*. Vous ne vous voyez que depuis quelques semaines.

— Et s'il rencontrait une autre femme ?

— S'il est aussi amoureux de toi, il ne la verra même pas. Et s'il part avec une autre, c'est qu'il ne tenait pas tant que ça à Gabrielle Leland. Je dois te quitter, j'entends sonner mon portable.

— Tu devrais étudier en psycho plutôt qu'en droit. Tu serais bonne.

— Je serai bonne pour plaider également. On se voit demain comme prévu ?

Elles décidèrent d'aller souper à La Grolla où elles se gavaient de raclette avec bonheur.

En reposant le téléphone, Gabrielle était d'humeur plus joyeuse et se réjouit de retrouver bientôt Anaïs. En mettant ses bottes, une pensée l'indisposa, gâchant sa gaieté. Elle devait rappeler Hubert Sicotte, lui proposer un rendez-vous pour remplacer la séance qu'elle avait annulée. Percevrait-il son malaise ? Avait-il deviné qu'elle avait parlé de lui à Maud Graham ? Elle n'aurait peut-être pas dû discuter avec elle. Mais elle l'avait fait pour Rémi.

En reconnaissant Graham lorsqu'elle arriva au gym, Gabrielle hésita à la saluer, regarda autour d'elle pour vérifier si Hubert était aussi sur place. Graham s'avança vers elle, souriante, l'air décidé.

— Tiffany m'a mise au courant pour les lettres anonymes.

— C'est une erreur, répondit Gabrielle.

— Il ne faut pas prendre ça à la légère. D'autant qu'il y

267

en a plusieurs. C'est du harcèlement. J'aimerais les voir.

— Je... je n'ai que la dernière, bredouilla Gabrielle. Tiffany ne vous l'a pas dit ? J'ai jeté les autres.

— Vous vous souvenez sûrement du contenu, insinua Graham.

Elle se disait que Tiffany McEwen avait raison de croire que Gabrielle lui mentait en affirmant s'être débarrassée des lettres. Mais pourquoi ? Contenaient-elles des éléments trop intimes, gênants pour elle ? Dans ce cas, ceux-ci leur seraient utiles, permettraient de restreindre la liste des suspects.

— Vous travaillez sur des affaires autrement plus graves. Tiffany n'avait pas à vous embêter avec ça.

— On peut se retrouver plus tard, j'imagine que vous êtes prise maintenant, insista Graham. Vous ne savez pas quel déséquilibré se cache derrière ces lettres. Voici ma carte.

L'effroi ternit le regard de la jeune femme. Il y avait donc bien plusieurs lettres anonymes, comme le lui avait rapporté Tiffany. Il fallait réagir.

— Je ferais mieux d'oublier tout ça.

— Lui ne vous oubliera pas, s'il vous a déjà écrit plusieurs fois, dit Graham. J'attends votre appel.

— Merci de vous être déplacée, dit Gabrielle sans rien promettre.

Graham fut distraite par des rires. Un adolescent taquinait son père, le mettait au défi de réussir à se soulever, en se pendant à la barre de métal, comme lui. Maxime ne ferait jamais ce genre d'activités avec son père, Bruno Desrosiers. Comment s'occupaient-ils lorsqu'ils se retrouvaient au Saguenay où habitait l'ex-dealer ? Celui-ci avait bien tenté d'apprendre la guitare à son fils, mais Maxime s'était vite lassé. Il était beaucoup allé chez son père, l'été dernier, surtout pour retrouver Fanny qui demeurait à Jonquière, mais, depuis qu'ils avaient rompu, il n'était allé le voir que trois fois. Bruno s'en était plaint à Maud Graham qui l'avait assuré qu'elle ne retenait pas Maxime à Québec. Au contraire, elle avait reproché à l'adolescent de négliger son père. Il avait dit qu'il avait plus de plaisir avec son ami Michael.

Il fallait vraiment qu'elle connaisse mieux ce garçon. Alain, heureusement, était allé au cinéma avec les jeunes et l'avait rassurée. Michael était un gentil garçon, timide, plutôt doux. Le look gothique qu'il cultivait était plus romantique que provocateur. C'était la première fois que Maxime fréquentait un copain aussi assidûment. De quoi pouvaient-ils parler ensemble ? Graham avait bien tenté de savoir ce qui intéressait l'adolescent, mais celui-ci restait toujours vague quand il en était question. Elle savait que Michael se passionnait pour l'ésotérisme, et ma foi, pourquoi pas, si Maxime et lui ne prenaient pas tout ça trop au sérieux ? D'après Alain, Michael lisait beaucoup ; peut-être qu'il influencerait Maxime ? Et que celui-ci aurait de meilleures notes en français ?

***

Les pailles au fromage de chez Simon sont les meilleures du Québec, disait toujours Maud Graham, et s'il est vrai que Michel Joubert les appréciait aussi, il ne pouvait se leurrer. Il traînait dans le quartier parce qu'il espérait y croiser Grégoire et, tandis qu'il ressortait de la boulangerie avec une boîte des fameuses pailles, il se sentit ridicule de scruter la rue Saint-Jean comme si Grégoire allait lui apparaître parce qu'il le souhaitait intensément. Est-ce que les choses se produisaient parce qu'on le désirait ardemment? Non. Ce serait trop simple. Et rien n'était simple quand il s'agissait de sentiments. Pourquoi avait-il fallu qu'il rencontre Grégoire si tôt après sa rupture? Joubert n'avait aucune envie d'être « l'homme de la transition », celui qui redonnerait confiance à Grégoire avant qu'il le quitte pour un autre. Il avait assuré ce triste rôle déjà deux fois. Il voulait être celui qu'on choisit par plaisir, par désir et non pour se consoler.

En passant devant l'Épicerie européenne, il se rappela y avoir acheté des sandwichs durant l'été où il fréquentait Eduardo. Ils se rejoignaient pour dîner au parc des Gouverneurs quand le travail le leur permettait. Eduardo, qui venait de l'Arizona, ne se lassait pas de contempler le Saint-Laurent, répétant qu'il se rafraîchissait à le regarder, qu'il adorait les fleuves, qu'il adorait Québec, qu'il l'adorait, lui. Il était pourtant retourné vivre à Phoenix. Au bout du monde.

Grégoire, lui, demeurait tout près. Si Joubert empruntait la côte Sainte-Claire, il arriverait directement chez lui. Il continua à marcher dans la rue Saint-Jean, se maudissant d'être tombé sous le charme de ce chat de gouttière, comme le qualifiait affectueusement Graham. Elle avait raison d'ailleurs; Grégoire avait le charme sauvage des matous qu'on met du temps à apprivoiser.

Joubert regagna sa voiture, déposa la boîte de pailles au fromage sur le siège avant, fit la moue; il n'allait tout de même pas les dévorer tout seul. Il traînerait la boîte au poste et en offrirait à Tiffany qui se morfondait aux tâches administratives. Heureusement, elle ne lui tenait pas rigueur d'avoir fait un rapport sur l'agression dont elle s'était rendue coupable. Elle comprenait qu'il n'avait pas eu le choix. Il espérait sincèrement que sa punition ne serait pas trop sévère. Si seulement Claudie pouvait sortir du coma et confirmer que c'était bien Matteau qui l'avait battue, ceux qui décideraient du sort de Tiffany McEwen comprendraient peut-être mieux qu'elle ait voulu venger la victime, même si c'était une mauvaise idée. Il avait vraiment été surpris par la rage de sa collègue. Lui-même avait de la difficulté à agir avec tant de spontanéité. On le décrivait comme un homme réservé. Peut-être trop? Peut-être que Tiffany n'aurait pas hésité, elle, à frapper à la porte de Grégoire.

En retournant sur ses pas, il soupira. Il ferait mieux de penser à l'enquête au lieu de rêver. Est-ce qu'on aurait enfin les résultats de l'analyse des cheveux récupérés sur le survêtement de Bergeron? Et trouverait-on des concordances dans la banque de données? Il en doutait, mais il s'efforçait d'y croire encore.

***

Alors qu'elle s'apprêtait à entrer à la librairie Pantoute, Gabrielle Leland s'immobilisa au coin de Saint-Joseph et Caron. N'était-ce pas Jeff qui traversait la rue, tenant un gamin par la main? Il n'avait plus la crinière de cheveux qu'elle aimait, mais c'était bien ce profil d'empereur romain qui lui conférait un air légèrement hautain.

— Jeff? cria-t-elle en courant derrière lui.

Il se retourna, la dévisagea, stupéfait.

— Gabrielle? Qu'est-ce que tu fais ici?

— Je suis revenue à Québec.

Il s'approcha d'elle, souriant. Il semblait heureux de ce hasard.

— Tu n'as pas changé.

— Toi non plus, mentit-elle.

Il rit, désigna son front qui commençait à se dégarnir ; malheureusement, le temps faisait son œuvre. Il tapota la tête de son fils et plaisanta. Avec trois enfants, ses cheveux seraient bientôt tout blancs.

— Toi ? Tu as trois enfants ? Je pensais que tu en avais deux.

— Celui qui t'a dit ça est en retard dans les nouvelles. J'ai un nouveau-né à la maison. À Rimouski. Je suis à Québec pour la journée. Et toi ?

Gabrielle résuma sa vie en trois phrases. Elle avait beaucoup voyagé et travaillait maintenant comme entraîneure et professeure de diverses disciplines sportives.

— Tu vis avec quelqu'un ? Mariée ? Des enfants ?

— Oh, non, s'empressa-t-elle de répondre. Fais-tu encore de la musique ?

— Je me contente d'en écouter. Je suis toujours à la course. Il faut d'ailleurs que j'y aille. Je suis sur Facebook, si tu veux me joindre.

Il lui tourna le dos et souleva son fils dans ses bras pour gagner le boulevard Charest, laissant Gabrielle rêveuse. Jeff ! Jeff pour qui elle avait tant pleuré, Jeff qui séduisait toutes les filles, Jeff le charmeur avait trois enfants et semblait satisfait de son sort. Et content de la revoir. Ou s'imaginait-elle cela parce qu'elle-même avait eu un élan vers lui, parce qu'elle avait rougi lorsqu'il lui avait souri ? Pourquoi n'avait-elle pas parlé d'Alexandre quand il l'avait interrogée sur un éventuel « quelqu'un » dans son existence ?

C'est là, tandis qu'elle oubliait qu'elle devait acheter des gants de ski chez Mountain Equipment, que Gabrielle comprit qu'elle n'était pas amoureuse d'Alexandre. Elle l'aimait énormément, mais elle n'éprouvait pas ce qu'elle avait ressenti pour Jeff, dix ans auparavant. C'était une amourette de gamine, mais revoir son ancienne flamme lui avait ouvert les yeux. Elle appréciait la gentillesse d'Alexandre, sa force rassurante, mais où étaient les frissons qui l'animaient quand elle attendait un appel de Jeff ? Quand elle courait le rejoindre, quand il la complimentait sur sa robe orange, quand il lui dédiait une chanson un soir de spectacle ? Elle avait vécu de semblables émois avec Terry. Et même plus. Trop. Parce qu'elle s'était oubliée dans cette relation, elle avait cru qu'une belle complicité lui conviendrait mieux, qu'elle pouvait être heureuse avec Alexandre Mercier.

Cette révélation la consterna. Elle ne voulait surtout pas le peiner. Mais rester avec lui et lui mentir serait pire. Elle lui devait au moins l'honnêteté. Il ferait son deuil de leur relation, puis il rencontrerait une femme qui l'aimerait profondément, qui attendrait ses appels avec impatience, à qui il manquerait lorsqu'il serait absent.

Se rappelant l'achat à effectuer, Gabrielle revint sur ses pas. Heureusement qu'elle retrouvait Anaïs pour souper. Elles chercheraient ensemble le meilleur moyen de préparer Alexandre à la rupture. En pensant à Anaïs, Gabrielle se demanda si c'était vrai qu'elle n'était pas amoureuse de Rémi. Peut-être se leurrait-elle.

Comme elle-même s'était leurrée au sujet d'Alexandre. Que ressentirait-elle s'il mourait ?

Elle poussa la porte du commerce d'un geste brusque. Cesserait-elle un jour de se poser des questions imbéciles ? Elle ne s'aperçut pas qu'on la suivait lorsqu'elle avait traversé la rue de la Couronne, ne s'aperçut pas qu'on la guettait toujours lorsqu'elle quitta la boutique. Ni lorsqu'elle rejoignit Anaïs dans la côte d'Abraham.

Alexandre vit les deux femmes s'embrasser avant de s'asseoir l'une en face de l'autre. Il les distinguait bien derrière la vitre et décida de manger une bouchée rue Saint-Jean ; les filles étaient au resto pour un moment. Il filerait Anaïs dès qu'elle se séparerait de Gabrielle. Il saurait précisément où elle habitait. Il avait craint que Gabrielle revoie Monica, mais c'était d'Anaïs qu'il faudrait vraiment s'inquiéter. Elle avait laissé sa main un peu trop longtemps sur l'épaule de Gabrielle.

Il se félicita d'avoir pensé à apporter un thermos rempli de café qui le tiendrait en alerte lorsqu'il reprendrait son poste. Il avait eu de la chance de pouvoir se garer si près du restaurant, mais il est vrai que la température décourageait les gens de sortir.

Le froid n'avait pourtant pas incité Jeff à porter un chapeau. Alexandre était certain de l'avoir reconnu. Il avait hésité à le suivre, mais comme il était avec son gamin, Alexandre avait préféré continuer à filer Gabrielle. Jeff était-il lui aussi revenu à Québec ?

***

Hubert Sicotte s'était réfugié dans sa chambre après le sermon de son père sur la franchise et la maturité. Il avait eu beau lui répéter qu'il ignorait que l'aile droite de la Passat était éraflée, il avait eu droit à des cris de colère qui l'avaient étourdi.

La seule bonne nouvelle de la soirée, c'est que son père repartait à l'aube pour Toronto. Il lui avait fait jurer de ne pas utiliser la voiture en son absence, de respecter la punition.

Hubert promit. Il ne se servait d'ailleurs plus de la voiture depuis que Maud Graham lui avait demandé de quelle marque était le véhicule familial.

Ne serait-il donc jamais tranquille ? Il aurait dû avoir la

paix depuis la mort de Bergeron, mais tout concourait à le lui rappeler constamment. Il prit son iPod, enfonça les écouteurs dans ses oreilles, mit le volume au maximum et s'allongea sur son lit après avoir éteint le plafonnier. Il étira la main sous son oreiller et referma ses doigts sur un bracelet en cuivre qu'il porta à ses lèvres. Il se sentait coupable d'avoir subtilisé le bijou de Gabrielle. Il se souvenait parfaitement de l'instant où elle l'avait enlevé. Elle discutait avec les filles qui suivaient la formation de jukari et s'était aperçue qu'elle avait gardé ses bracelets. Elle les avait enlevés tout en continuant à parler, les avait déposés sur le comptoir du gym en disant à Stéphane de les mettre près de la caisse. Hubert avait saisi un des bracelets en faisant semblant de les avoir tous accrochés avec sa serviette. Il avait remis à Stéphane les bracelets qu'il avait ramassés sur le sol, mais il en avait conservé un.

Je le garderai toute ma vie, songea-t-il en l'embrassant.

Chapitre 14

Comment le cri d'un oiseau pouvait-il accentuer la colère d'Alexandre Mercier? C'était pourtant ce qu'il ressentit lorsque la corneille rompit le silence. Il eut l'impression que le croassement s'étirait en un long rire, que l'oiseau se moquait de lui.

Gabrielle l'avait quitté. Elle l'appréciait énormément, mais elle n'était pas amoureuse de lui. Elle s'était excusée de lui déballer tout ça au téléphone, avait proposé qu'ils se voient pour en discuter.

— Je sais que ça paraît soudain. C'est brutal et j'en suis navrée, mais... je refuse de te mentir. Je crois que tu t'attaches à moi de plus en plus et je ne veux pas que les choses empirent. Je veux être honnête avec toi. J'ai de l'affection, c'est vrai, et je souhaiterais...

Il avait lancé le téléphone au bout de ses bras et s'était rué à la cuisine. Il devait boire un verre, très vite, sinon il exploserait. Il avait avalé le scotch à même le goulot de la bouteille avant de rappeler Gabrielle.

— Je suis désolé, j'ai échappé le téléphone. Je suis un peu surpris.

Il s'était étonné de s'entendre parler si calmement

alors qu'un feu lui rongeait les entrailles, qu'un dragon fou le dévorait vivant.

— C'est moi qui suis désolée. J'aurais dû comprendre plus tôt. C'est parce que tu es si gentil, je me suis laissée dorloter, mais on se dirigeait vers un cul-de-sac.

— Tu as vraiment réfléchi?

Il lui donnait une dernière chance de se reprendre, de revenir vers lui, mais elle pensait à Jeff, évidemment! Jeff qui avait pourtant perdu ses cheveux, qui bedonnait, qui avait des enfants.

— Veux-tu qu'on prenne un café ensemble? avait proposé Gabrielle. Je suis vraiment mal à l'aise de te dire tout ça. Tu as été si formidable avec moi.

— Toi aussi. On a dû aller trop vite.

— Oui, approuva-t-elle. Si on avait pris un peu plus de temps pour se connaître, on aurait mieux analysé nos sentiments.

— Tu as peut-être raison. Sais-tu ce que je pense? On devrait laisser le temps au temps. Si on est faits pour être ensemble, on se retrouvera dans un mois, dans un an. On est bien tombés l'un sur l'autre par hasard après dix ans, non? On a forcé les choses, ce n'est jamais bon.

— Je suis contente que tu réagisses ainsi, avait fait Gabrielle.

Il avait entendu le soulagement dans sa voix. Elle était débarrassée de la corvée de rupture. Corvée dont elle avait dû se plaindre à cette maudite Anaïs. Anaïs qui l'avait sûrement encouragée à le quitter. Pour l'avoir à elle toute seule! Maudite garce! Toutes des garces!

— Tu mérites une femme qui t'aime autant que tu l'aimes, avait repris Gabrielle. Une femme qui te rende vraiment heureux.

Mais il l'avait trouvée! Il allait lui prouver qu'il avait

278

raison de l'aimer. Même si son appel avait fait vaciller cette certitude durant quelques secondes. Il s'était dit qu'elle était folle de n'avoir rien compris à son amour, qu'elle ne le méritait pas. Mais il ne voulait pas renoncer à elle, à sa peau si lumineuse. Et il ne pouvait envisager qu'un autre homme pose ses mains sur elle. La douceur n'avait pas donné les résultats escomptés, il agirait différemment à partir de maintenant. Les lettres anonymes avaient effrayé Gabrielle puisqu'elle reconnaissait qu'il la rassurait ; c'était dans cette direction qu'il fallait continuer. Il aurait dû maintenir une ligne de conduite plus dure. Avec les femmes, on n'avait pas le choix. La manière forte était la plus efficace. Les femmes étaient instables ; elles avaient besoin d'être dirigées. Il avait été vraiment trop laxiste avec Gabrielle. Quand donc apprendrait-il à se méfier de sa propre gentillesse ?

— Il faut que je te quitte. Je m'envole demain pour Vancouver. Tu as eu raison de m'appeler ce soir, sinon on ne se serait pas parlé avant des jours.

— Ça ne nous empêchera pas de nous revoir à ton retour, si tu veux qu'on discute.

— Ce serait idiot de ne pas rester amis, après tout ce temps.

— J'apprécie vraiment ton attitude.

— Pourquoi devrait-on s'éviter ? On s'apprécie, non ?

— Absolument. On se reverra sûrement.

Et plus tôt qu'elle ne le croyait ! Il lui ferait comprendre qu'elle avait vraiment besoin de lui. Avant de raccrocher, il s'était au moins fait le plaisir de déstabiliser Gabrielle en inventant une rencontre avec Denis Blanchard.

— Je l'ai croisé en sortant de l'aéroport, il arrivait de Cuba. Tu te souviens de lui ? Denis qui jouait du drum...

— Denis ? avait-elle balbutié.

— Tu ne te souviens vraiment pas de lui ? Il a disparu du jour au lendemain. Avant que tu partes à ton tour pour l'Inde. Le revoilà parmi nous.

— Je... non... avait répondu Gabrielle.

Elle lui avait menti. C'était vraiment déplaisant.

***

Le bruit des moteurs du traversier gronda et Grégoire se tourna vers Maud Graham en souriant. Il y avait des mois qu'ils n'avaient pas emprunté le bateau ensemble. En écoutant la radio la veille, Grégoire avait appris qu'on prévoyait un redoux et avait invité Graham à le rejoindre au Vieux-Port.

Même s'il ne faisait que moins quatre degrés, ils n'étaient que cinq passagers à être restés sur le pont pour traverser jusqu'à Lévis. Et il n'y aurait que Graham et Grégoire à n'en pas bouger à l'accostage, à attendre que les voitures embarquent, que de nouveaux clients montent à bord pour retourner vers Québec.

— On faisait ça souvent quand on s'est connus, dit Grégoire.

— J'ai toujours aimé le traversier.

— On devrait partir en croisière, un jour.

— Ça me tenterait d'être en mer, mais un peu moins de me sentir obligée d'être sociable.

— Toujours aussi sauvage, Biscuit ? J'espérais qu'Alain t'aiderait à t'améliorer.

— Il n'est pas là assez souvent.

Grégoire dévisagea Graham, dubitatif. Se plaignait-elle de sa situation ?

Elle secoua la tête ; non, elle s'ennuyait d'Alain, mais elle n'était pas certaine que ce serait mieux s'ils vivaient

280

ensemble à plein temps. Elle avait des habitudes de vieille fille.

— Toi, vivrais-tu en permanence avec quelqu'un ?

— Je ne sais pas. Il faudrait qu'un gars puisse m'endurer au quotidien. William n'y est pas parvenu.

— Ce n'est pas pour cette raison qu'il t'a quitté.

— Je m'en sacrais de notre différence d'âge. Ça ne comptait pas.

— Si. Pour lui. Il voyait que les gens vous regardaient en pensant qu'il se payait un jeune ou que tu l'aimais pour son argent.

C'était la première fois que Graham parlait de William en livrant le fond de sa pensée. Grégoire soupira, admit qu'il avait souvent senti qu'on les observait, mais qu'il s'en foutait.

— Tu y parvenais parce que tu es habitué à ne pas te soucier de l'opinion des autres, mais ça devait être plus difficile pour lui. Qu'est-ce que tu vas faire maintenant ?

— M'installer à Montréal, Biscuit. J'ai pris le goût à cette ville à force d'y rejoindre William. J'ai envie de changement à mon retour de Rome.

Graham scruta l'horizon du côté du pont Pierre-Laporte avant de fixer Québec dont ils se rapprochaient. Elle s'était demandé pourquoi Grégoire lui proposait de la voir sur le traversier, mais elle n'avait pas imaginé une seconde qu'il lui annoncerait son départ. Les tourelles du château Frontenac se dressaient fièrement devant elle et son cœur se serra à l'idée qu'elle ne siroterait plus de dry martinis avec Grégoire, que ce temps était révolu. Une page se tournait. Elle eut l'impression d'être plus vieille subitement.

— À Montréal ?

— On se verra quand tu viendras chez Alain, assura-t-il.

— Je n'y vais pas souvent. Maxime n'a pas l'âge d'être laissé à lui-même.

— Tu l'emmèneras, je le prendrai chez moi. Tu auras des fins de semaine toute seule avec ton chum.

Elle s'efforça de sourire. Elle aurait dû se réjouir que Grégoire vole de ses propres ailes, qu'il fasse des projets, mais elle ne pensait qu'à la première fois où elle l'avait vu, quand elle avait été frappée par son regard vert si intense, son allure unique, fière malgré la douleur.

— Oui, on se rejoindra dans la métropole, finit-elle par murmurer. Mais ça te manquera.

Elle désignait le port, les coquettes maisons de la rue Sous-le-fort, le cap Diamant, le boulevard Champlain qui longeait le fleuve, la terrasse Dufferin. Le vert-de-gris des toits, les tons sépia ou marron du bois, l'ardoise de la falaise marbrée de neige respiraient la sérénité.

— Je ne déménage pas demain matin.

Elle acquiesça, heureuse d'avoir un sursis.

— C'est mieux d'attendre l'été.

Il ne la contredit pas, même s'il était persuadé de quitter Québec avant les beaux jours.

— Provencher doit être content, reprit-il pour dissiper la mélancolie de Graham. L'affaire Couture est réglée.

— J'avais raison, ne put se retenir de fanfaronner Graham. J'avais parié que c'était une histoire d'envie. Daniel Couture avait tout pour lui. C'était trop pour son ancien colocataire. C'est Anaïs Rancourt qui a mis Provencher sur la piste. Elle s'est rappelé que Daniel Couture avait évoqué une rencontre avec le type qui partageait un appartement avec lui à Chicago quand il était étudiant.

Graham fournit des détails tandis que le traversier s'éloignait du cap Diamant. Rudolf Byron avait revu Daniel Couture à deux reprises et avait souhaité renouer avec l'avocat, mais celui-ci l'avait repoussé, prétextant un horaire très chargé. Byron avait reproché à Couture de snober ses amis de jeunesse, de le mépriser parce qu'il n'avait pas connu une réussite spectaculaire. Mais le fond de l'histoire, c'était que Byron avait voulu soutirer de l'argent à Couture et que celui-ci avait refusé.

— C'est vraiment bête. Défendre les pires criminels et se faire abattre par un ancien copain... J'aimerais travailler à Chicago. Il y a de grands chefs.

— Après Montréal, les États-Unis?

— Et l'Europe, Biscuit. Je vais régner sur l'univers, plaisanta Grégoire. Tu aimes bien cette Anaïs. Es-tu portée vers les escortes?

— Tu n'es plus dans ce monde-là et j'espère que tu n'y retourneras pas. Je me suis fait assez de mauvais sang pour toi. Et c'est pareil avec Anaïs Rancourt. Je ne voudrais pas qu'elle rencontre le mauvais client. Elle est vive, brillante. Ce serait du gâchis s'il lui arrivait...

— J'ai survécu. Et j'ai pris des risques dans la rue. Elle, au moins, se protège mieux, elle choisit ses clients. Pourquoi imagines-tu toujours le pire?

Maud Graham se rembrunit, renonça à répéter à Grégoire que son métier ne portait pas à l'optimisme et qu'Anaïs avait reçu chez elle deux hommes victimes de meurtre. Même si on avait élucidé les circonstances entourant la mort de Daniel Couture, ce genre de coïncidence lui semblait de mauvais augure. Sans oublier qu'elle vivait en face d'une voisine qui la détestait.

***

Le surlendemain, Maud Graham s'interrogerait sur cet instant à bord du traversier où elle avait craint pour la sécurité d'Anaïs Rancourt. Était-ce un pressentiment? Aurait-elle dû la prévenir? De quoi? Que valait une intuition?

Elle se maudit pourtant lorsque Gabrielle Leland lui téléphona, affolée, pour la prévenir que son amie avait été admise à l'Enfant-Jésus, que son état était sérieux même si on ne craignait pas pour sa vie.

— Je n'en sais pas plus, mais j'ai pensé à l'accident de Rémi. Il me semble que ça ne se peut pas que...

— Vous avez bien fait. Je vous rejoins à l'hôpital.

Gabrielle se présenta à l'urgence cinq minutes après Maud Graham qui s'éloigna pour laisser quelques instants d'intimité aux deux amies.

— Il faut que notre blessée se repose, prévint l'infirmière qui avait vérifié les appareils auxquels était branchée Anaïs.

Graham suivit l'infirmière, sortit son insigne tout en s'informant de l'état de la jeune femme, des circonstances de son admission à l'Enfant-Jésus.

— Annie Roy est arrivée tantôt en ambulance. Elle est sous le choc, mais elle a pu nous indiquer le nom de sa copine. Vous la connaissez bien?

— Un peu. Je l'ai interrogée comme témoin dans le cadre d'une enquête sur un accident. De quoi souffre-t-elle?

— Côtes enfoncées, contusions sur tout le corps, arcade sourcilière droite éclatée, coup derrière le crâne. Ses jointures sont enflées, elle s'est défendue. J'espère qu'elle connaît son agresseur et qu'elle portera plainte!

— Elle a été battue? Elle n'a pas été renversée par une voiture?

— Non.

— Qui a fait venir l'ambulance?

— Celui qui l'a trouvée, j'imagine. Faudrait vérifier avec l'admission.

— Est-ce qu'elle a été agressée sexuellement?

— Je ne crois pas.

— Est-ce que son visage restera marqué?

L'infirmière répondit qu'Annie Roy pouvait compter sur les services d'un excellent plasticien. On l'opérerait dès que tous les résultats des prises de sang seraient revenus du labo. En attendant, on la soulageait avec de la morphine.

Qui s'en était pris à Anaïs Rancourt? Ou Annie Roy? Détestait-on la première? La seconde avait-elle fait une mauvaise rencontre? La jeune femme avait-elle changé de nom avant de devenir escorte? Devrait-on chercher dans son passé les éléments qui avaient engendré une telle fureur? Graham penchait plutôt pour le présent, car Anaïs pratiquait un métier à risques, mais elle ne négligeait aucune hypothèse. Elle avait ainsi supposé qu'Anaïs avait été heurtée par une voiture comme Bergeron...

Graham retourna auprès de la victime qui tenta de se redresser dans le lit. Elle lui parut aussi pâle que le bandage qui couvrait son œil droit et son front.

— Reste tranquille, fit Gabrielle.

— Est-ce que vous pouvez répondre à des questions? s'enquit Graham. Plus vite vous...

— J'ai soupé avec un client sur Grande-Allée. On devait se rendre à l'hôtel, mais il ne voulait pas qu'on nous voie entrer ensemble, alors il a garé la voiture du côté des Plaines. Je suis restée là pendant qu'il entrait dans l'hôtel. Je regardais ma montre, attendant que les cinq minutes soient écoulées pour rejoindre mon client quand on m'a saisie à la gorge. Je me suis débattue, mais l'homme m'a lancée contre la voiture. J'ai perdu plus ou

285

moins conscience et il m'a jetée dans son auto. Il m'a mis quelque chose dans la bouche pour m'empêcher de crier.

Anaïs grimaça comme si le goût lui revenait au palais. Mais peut-être était-ce le souvenir des sévices qui avaient suivi le rapt.

— Ça ira ? murmura Gabrielle.

— Où vous a-t-il emmenée ?

— Plus loin, sur les Plaines. Il était tard, il faisait froid, il savait qu'il n'y aurait personne. Il m'a poussée hors de la voiture et s'est jeté sur moi pour me rouer de coups. J'ai perdu la notion de ce qui se passait. J'avais tellement froid. Je ne me rappelle pas comment je me suis retrouvée ici.

— Je me renseigne là-dessus à l'admission. Pouvez-vous me décrire votre agresseur ?

— Une grosse moustache. Le genre qu'on n'oublie pas. Il avait une tuque foncée, des gants de cuir.

— Ce n'était pas un de vos clients ?

— Je me serais souvenue de cette moustache. On aurait dit un petit balai.

— Une fausse moustache ? tenta Graham.

Anaïs inclina la tête et gémit ; le moindre geste ravivait la douleur. Graham s'en voulait de l'interroger.

— Croyez-vous qu'on a agressé Anaïs ou Annie ? Est-ce qu'un événement dans votre passé pourrait nous mettre sur une piste ?

Anaïs eut un rire las, s'étouffa ; sa vie d'avant n'avait rien d'extraordinaire.

— J'aurais besoin des noms de vos clients pour vérifier si...

— Ce n'est pas un de mes clients. Laissez-les en dehors de ça.

— Je serai discrète, promit Graham.

Dans l'immédiat, elle investiguerait du côté des Plaines, discuterait avec les employés de l'admission, les ambulanciers. Elle reparlerait ensuite à Anaïs Rancourt.

— Croyez-vous que vous pourriez nous aider à établir un portrait-robot ?

— Elle est épuisée, protesta Gabrielle. Elle doit se reposer et on lui donne de la morphine.

— Je reviendrai plus tard avec un technicien. Si ce n'est pas un client, si vous n'avez pas d'ennemi secret, alors vous étiez peut-être au mauvais endroit au mauvais moment, et le type qui vous a envoyée ici peut recommencer avec d'autres femmes. On examinera vos vêtements, il y a eu contact, donc échange. On vérifiera tout.

— D'accord. Pouvez-vous vérifier si on a retrouvé mon sac à main ?

— Je m'en occupe, promit Graham.

En quittant le service de l'urgence, elle songeait à Grégoire ; elle avait redouté si longtemps d'avoir à le visiter à l'hôpital. Il s'était fait battre trois fois par des homophobes, une fois par un client, il avait accepté d'être maltraité par un type aux fantasmes sadomaso, mais il avait échappé au pire. Anaïs Rancourt semblait persuadée qu'aucun de ses clients n'était responsable de son état. Pourquoi ? Y avait-il un lien avec Bergeron ?

Aux admissions, on lui fournit le nom des ambulanciers qui avaient amené Anaïs. L'un d'entre eux était rentré chez lui, mais Bernard Pigeon était à la cafétéria. Oui, il était allé chercher une blessée sur les Plaines. Les pompiers étaient déjà sur les lieux.

— Que vous a dit la victime quand vous vous êtes occupés d'elle ?

— Elle répétait qu'elle avait froid, malgré la couverture que les pompiers avaient mise sur elle. Trouvez le câlice de tabarnac qui lui a fait ça. Il mérite juste qu'on lui fasse pareil. Une belle fille comme elle, c'est écœurant. Elle a l'âge de mon aînée.

Graham promit de l'arrêter, émue par la sincérité de l'ambulancier qui en avait pourtant vu de toutes sortes dans son travail. Elle sortit de l'hôpital pour utiliser son cellulaire, obtint du 911 les informations concernant le signalement de l'agression : une femme avait appelé pour dire que quelqu'un avait besoin d'aide dans le bout de la côte Gilmour. L'enregistrement était très bref. La voix était jeune. Celle d'une ado peut-être.

Après avoir écouté l'enregistrement, Graham s'arrêta pour acheter un chocolat chaud avant de se rendre au poste.

Elle faillit se brûler avec la première gorgée, mais elle se sentit réconfortée. Elle ne s'habituerait jamais à la violence. Est-ce que l'agresseur souhaitait saccager la beauté d'Anaïs ? Est-ce que sa colère était dirigée contre elle ou contre n'importe quelle femme ?

Le vent, qui la veille soufflait du nord-est, avait viré de bord, et Graham y lut un signe positif quand elle sortit de sa voiture. Le printemps finirait bien par arriver. Et elle trouverait l'agresseur d'Anaïs avant la fonte des neiges.

Elle rapportait ce qu'elle savait à Rouaix, quand Moreau s'arrêta devant son bureau avant de gagner le sien.

— Si c'est vrai que c'est une pute, je ne vois pas pourquoi tu cherches plus loin. C'est son pimp qui a fessé sur elle. Simple à deviner.

— Est-ce que je t'ai demandé ton avis ? fit Graham.

— Ça me fait plaisir de t'aider. Toi, t'es la mère Teresa des femmes battues. Tu en vois partout. Là, c'est une pute qui a joué avec le feu. Je te gage cent piasses qu'elle ne portera pas plainte. Est-ce qu'elle est *cute* ?

— Moreau ! s'exclama Graham tandis que Rouaix lui faisait signe de continuer son chemin.

— C'est une *joke*, s'esclaffa Moreau en s'éloignant. Mais Biscuit n'a jamais eu le sens de l'humour.

— Je t'ai dit de ne pas m'appeler comme ça !

Seuls Maxime et Grégoire avaient le droit de la surnommer ainsi. L'envie la démangea de lancer le reste de son chocolat à la tête de Moreau.

Rouaix lui tendit les résultats finaux de l'analyse des traces de peinture de la voiture qui avait éraflé la Golf de Bergeron.

— C'est une Passat noire 2003.

— Passat noire ? Tu en es sûr ?

Rouaix sourit en voyant le visage de Graham s'éclaircir. Ils tenaient un indice.

— Hubert Sicotte !

***

Alexandre Mercier fulminait. Il aurait dû tuer Anaïs Rancourt, mais il avait cru entendre un chien japper sur les Plaines, tout près de lui, s'était enfui en abandonnant Anaïs près d'un buisson.

Dans quel état était-elle ? Avait-elle repris conscience ? Quoi qu'il en soit, il n'était pas inquiet, elle n'avait pas vu son visage et il n'avait jamais ôté ses gants. Des gants de similicuir qu'on vendait par dizaines chez Zellers. Il s'était couvert la tête, elle ne pourrait pas dire de quelle couleur étaient ses cheveux.

Est-ce que Gabrielle avait assez peur maintenant pour comprendre qu'elle avait besoin d'être rassurée par un homme aimant ?

Pourquoi ne lui avait-elle pas encore téléphoné ? Elle

aurait dû le faire ! Combien de temps avait-il perdu à attendre ses appels ? Elle avait pourtant répondu à son message texto. Avait même écrit qu'elle était contente qu'ils se soient expliqués. Il avait écrit que tout était clair pour lui. Suggéré une sortie au cinéma et elle n'avait pas refusé. C'était évident qu'elle l'aimait. C'était Anaïs qui l'avait influencée.

Et si Gabrielle ignorait ce qui était arrivé à sa copine chérie ?

Dans le rétroviseur de sa voiture, il regarda Gabrielle s'avancer. Il venait de se poster à quelques mètres de son immeuble, las d'espérer son appel tout en sachant qu'il ne pourrait surgir devant elle sans raison. Mais il n'avait pu s'empêcher de venir l'observer. Elle lui semblait abattue comme si un poids énorme lui faisait courber l'échine. Finie la fille joyeuse et insouciante ! La mort rôdait autour d'elle, elle ne pourrait plus dormir en paix. Si elle n'était pas aussi attachée à Rémi qu'il l'avait cru, elle avait assez souvent mentionné Anaïs dans leurs conversations pour qu'il sache qu'elle lui était chère. Il vit de la lumière chez Gabrielle, hésita. Devait-il attendre qu'elle ressorte ? Demeurerait-elle à l'appartement ? Peut-être qu'elle écoutait ses messages en ce moment et apprenait qu'Anaïs était blessée. Dans ce cas, elle irait à l'hôpital et il saurait où était soignée la salope. Mais si Anaïs n'avait pas repris conscience, que ferait Gabrielle ? Alexandre décida de rester encore un moment à son poste.

Trente minutes plus tard, il se félicitait de sa patience. Il vit Gabrielle se diriger vers l'arrêt couvert, courir quand l'autobus tourna le coin de la rue. Elle arriva juste à temps pour y monter et Alexandre démarra aussitôt en se jurant que c'était la dernière fois qu'il la suivait. Il en avait marre de tout ce cirque, même si ces filatures lui avaient appris qu'il pourrait être un excellent détective privé.

Il avait hâte que Gabrielle se décide enfin à l'épouser. S'absenter pour la surveiller commençait à attirer l'attention de ses collègues et de son supérieur. Il avait pris tous les congés dont il disposait et s'était fait remplacer sans problème jusqu'à maintenant, mais on finirait par lui poser des questions. Il fallait que Gabrielle vienne vivre avec lui bientôt.

Après s'être garé, il dévissa le bouchon du thermos et but une gorgée de café ; il l'avait un peu trop sucré, mais c'était bon. Il vit Gabrielle descendre à l'arrêt le plus près du gym, traverser la rue. Elle n'avait pourtant pas de cours à cette heure-là. Un nouvel élève, alors ? Elle remonta le col de son manteau. Comme il aurait aimé pouvoir ouvrir la portière de sa voiture, lui faire signe de monter et la serrer contre lui pour la réchauffer ! C'était sa propre faute si elle était malheureuse, si elle l'avait obligé à prendre des mesures spéciales pour lui faire voir où était leur bonheur. Mais elle lui faisait pitié tout de même. Il ne l'avait jamais vue si fragile.

Au moment où elle arrivait au gym, le grand benêt qu'elle lui avait déjà présenté sortit de l'établissement. Hubert quelque chose... Il avait noté son nom sur une carte, vérifierait si nécessaire. Hubert s'arrêta devant elle, lui barrant l'entrée du gym. Volontairement ou non ? Ils échangèrent quelques mots. Le jeune se tenait trop près de Gabrielle, comme s'il était intime avec elle. Puis il lui tourna le dos. Alexandre le vit frapper son poing dans sa main. Pourquoi était-il fâché contre Gabrielle ? Il décida de le suivre. Gabrielle allait sûrement rester au gym pour un bon moment. Le jeune utilisa son portable pour appeler un taxi et fit les cent pas en l'attendant. Il s'engouffra dans la voiture dès qu'elle s'arrêta devant lui et le véhicule se dirigea aussitôt vers le quartier Montcalm. Quand Alexandre vit le taxi ralentir, il le dépassa de quelques mètres et décéléra. Il se garait lorsqu'il comprit qu'il revenait dans la rue du type qu'il avait filé après avoir suivi Bergeron à l'hôpital Laval. Il éclata de rire, puis se reprit ; quel était le lien d'Hubert avec Bergeron et Gabrielle ?

Comment l'aborder ?

Alexandre sortit de sa voiture, laissa tomber son foulard de cachemire dans la neige, le ramassa, attendit quelques minutes et alla sonner chez Sicotte. Le prétexte était cousu de fil blanc, mais Sicotte n'avait aucune raison de se méfier de lui, il le laisserait entrer quelques instants. Les bonnes décisions se prennent souvent rapidement.

Hubert Sicotte semblait anxieux quand il ouvrit la porte. Il dévisagea Alexandre sans dire un mot et fixa sans comprendre l'écharpe qu'il lui montrait. Que faisait l'amoureux de Gabrielle chez lui ?

— J'ai trouvé ceci devant chez vous. J'ai pensé que c'était peut-être quelqu'un de la maison qui l'avait échappé. C'est un foulard neuf. Au prix où coûte le cachemire, ce serait bête de le perdre... Hé ! On se connaît ?

— Je ne sais pas.

Hubert Sicotte ne parvenait pas à réfléchir. Il avait beau se répéter que Maud Graham l'avait interrogé comme elle l'avait fait avec tous les autres élèves de Bergeron, il craignait qu'elle sonne chez lui et l'embarque. C'était irrationnel. Il n'avait fait qu'égratigner la voiture de Bergeron, mais il avait rêvé à elle la nuit précédente et s'était éveillé en sueur, persuadé d'une arrestation imminente. Dans son cauchemar, elle lui passait les menottes en criant qu'il écrirait dorénavant ses lettres anonymes au fond d'un cachot. Il se sentait si mal en repensant à ce rêve qu'il se demandait si les choses redeviendraient normales un jour. Et voilà que ce pilote frappait à sa porte. Qu'est-ce que ça signifiait?

— Je crois que Gabrielle Leland nous a déjà présentés, reprit Alexandre Mercier. Tu te souviens?

S'il s'en souvenait? Comment aurait-il pu oublier l'homme qui lui avait volé Gabrielle?

— Oui.

— Elle t'aime beaucoup, dit Alexandre en s'avançant un peu pour faire reculer Hubert et entrer dans la maison.

— Que vous a dit Gabrielle?

— Que tu étais le meilleur, le plus motivé, que tu t'entraînes sérieusement.

Le ton d'Alexandre était mi-interrogatif, mi-affirmatif et Hubert acquiesça. Oui, il s'entraînait cinq jours par semaine, parfois six.

— Ça paraît. Tu peux être fier de toi. Gabrielle me parle rarement de ses clients, sauf quand ils l'épatent. Depuis le temps qu'elle est dans le domaine de la mise en forme, elle a vu de tout.

— Vous la connaissez depuis longtemps?

— Au moins dix ans. Elle est toujours aussi belle. Allez, je me sauve. Ravi de t'avoir revu.

Alexandre ouvrit la porte d'entrée et sortit sans se retourner, alors qu'Hubert Sicotte, abasourdi, s'interrogeait sur cette apparition.

Pourquoi cet homme voulait-il le voir?

Il avait un ton étrange lorsqu'il avait mentionné Gabrielle. Il le fixait avec une intensité suspecte. Mais comment avait-il su où il habitait? Il fallait que Gabrielle lui en ait dit beaucoup sur lui. C'était donc vrai qu'elle lui avait parlé à son sujet? Il lui semblait impossible que cet homme soit jaloux de lui, mais pour quelle autre raison aurait-il voulu le rencontrer ?

Hubert Sicotte était planté devant la fenêtre et repassait en boucle dans sa mémoire les quelques phrases échangées avec Alexandre Mercier. Il n'arrivait pas à comprendre pourquoi celui-ci s'était présenté chez lui. Peut-être Hubert serait-il resté là encore longtemps, mais il aperçut Graham en face de la maison.

— Tu me reconnais ?

— Oui.

— Je n'ai pas voulu te déranger avec ton visiteur, mais j'ai encore quelques questions à te poser. Je peux ?

Maud Graham passait devant lui, s'avançait et pénétrait dans le salon, se tournait vers lui ; était-il seul ?

— Oui, j'allais partir, inventa Hubert.

— Ah ? Et vas-tu utiliser la Passat de ton père ?

Hubert Sicotte demeurait immobile, se demandant combien de temps il pourrait rester debout avant que ses jambes le trahissent. Il n'osait pas bouger, de peur de s'effondrer. Cette policière savait tout sur lui ! Tout !

— Tu m'écoutes, Hubert ?

— Oui, je...

— J'ai besoin de savoir si tu as éraflé la voiture de Bergeron. On a trouvé de la peinture noire sur l'aile de la Golf. Les techniciens sont formels. La peinture provient d'une Passat noire. Tu m'as dit que ton père en possédait une. Est-ce que lui ou toi avez suivi Bergeron ?

— Je ne l'ai pas tué ! s'écria Hubert en s'écroulant sur le canapé. J'aurais voulu le faire, mais je n'ai pas pu.

Il s'était recroquevillé et se balançait d'avant en arrière, suffoquant, étranglé par ses sanglots.

Il frissonna de tout son corps lorsqu'il sentit la main de Graham sur son épaule.

— Raconte-moi.

— Je ne l'ai pas tué, je vous le jure !

— Je te crois.

— Je le suivais pour lui faire peur, comme on en avait parlé avec Vignola. Je voulais seulement qu'il perde son air fendant. Je n'ai pas pu résister à l'envie de rayer la Golf avec une clé. Je l'ai accrochée en reculant. Mais je n'ai pas frappé Bergeron. J'étais ici ! Je ne sais pas qui l'a tué.

— J'ai beaucoup appris sur lui ces derniers jours. J'ai parlé de lui à l'université, à ses voisins, au gym. J'ai jasé avec Gabrielle Leland.

— Gabrielle...

Graham vit pâlir Hubert Sicotte si subitement qu'elle craignit un instant qu'il s'évanouisse. En quoi ce simple prénom était-il si bouleversant ? Avait-il deviné qu'elle avait parlé de lui ? Et alors ? Pourquoi était-ce si grave ? Graham ne croyait pas à la culpabilité de Sicotte, mais son attitude renforçait son intuition ; il était mêlé à la mort de Bergeron. De quelle manière ? Elle pensait à Vignola qui avait évoqué Sicotte ; se servait-il de cet étudiant si mal dans sa peau ? Ou était-ce ce visiteur qui venait de sortir ?

— Qui est l'homme qui était ici il y a cinq minutes ?

— Un ami de Gabrielle.

— Gabrielle est inquiète, dit Graham. Elle a l'impression que...

— Je sais, je n'aurais pas dû, gémit Hubert Sicotte. Je ne voulais pas l'effrayer, je vous le jure !

Graham ne quittait pas Hubert des yeux. Était-il à ce point confus ? Il venait d'avouer qu'il voulait faire peur à Bergeron.

— Pas l'effrayer ? répéta Maud Graham qui comprit à cet instant que le jeune homme évoquait Gabrielle.

— Ce ne sont pas des lettres de menaces. Vous les avez lues, vous savez que je n'ai rien écrit de méchant. Je n'aurais pas dû, mais je n'ai pas pu m'en empêcher. Elle doit me trouver tellement niaiseux. Je ne suis pas comme Bergeron avec les femmes, je...

Le klaxon d'une voiture dans la rue brisa le silence qui s'étirait. Graham n'en revenait pas d'avoir élucidé par hasard le mystère des lettres anonymes, mais elle devait reconsidérer l'innocence de Sicotte. S'il était amoureux de Gabrielle et s'il croyait que Bergeron la lui avait soufflée, il y avait peut-être là un motif plus valable pour passer à l'acte. Plus puissant qu'une bête animosité engendrée par une mauvaise note ou une remarque désobligeante. Elle se rappela qu'il n'avait pas d'alibi confirmé pour la nuit de l'accident. Son père n'était pas à Québec à ce moment-là.

— Je suppose que je ne pourrai pas retourner au gym, finit par dire Hubert.

— Tu aurais dû être plus franc avec Gabrielle.

Hubert Sicotte eut un rire triste. Il l'aurait fait s'il l'avait pu, mais il n'avait pas l'aisance de Bergeron.

— Il parlait à toutes les femmes qui croisaient son chemin. Et ça marchait! Des filles comme Anaïs Rancourt! Je ne sais pas ce qu'il avait de plus que...

— Que Vignola, par exemple? C'est lui qui t'a conseillé d'écrire des poèmes pour Gabrielle?

Hubert Sicotte protesta; il n'écrivait pas de poésie. Des lettres, oui. Pas de vers stupides.

Maud Graham inscrivit le mot poèmes dans son carnet. Elle était pourtant certaine que Tiffany lui avait rapporté que Gabrielle avait reçu des textes aux rimes boiteuses qui l'avaient inquiétée.

— Reparle-moi de l'incident avec ta voiture. Quel jour est-ce arrivé?

Hubert s'était calmé et répondit qu'il avait accroché la Golf de Rémi Bergeron en face de l'hôpital Laval la veille ou l'avant-veille de sa mort.

— Est-ce que la peinture était déjà abîmée ?

— Non. C'est une voiture neuve. C'est pour ça que je l'ai égratignée avec ma clé.

— La voiture était intacte, tu en es sûr ?

— Oui. Bergeron devait être tellement fâché quand il a découvert que...

— On va comparer la peinture prélevée sur la Golf avec celle de votre Passat. Et il faudrait que tu viennes signer ta déposition au poste. On verra si on doit pousser plus loin.

— Pousser plus loin ?

— Faire une fouille.

— Une fouille ? gémit Hubert.

Si Maud Graham s'acharnait sur lui, c'est qu'elle n'avait pas de coupable sous la main et qu'elle en cherchait un à tout prix.

— Je ne l'ai pas tué, répéta-t-il. Tout le monde savait qu'il s'entraînait. Il se vantait d'adorer les marathons. Je suppose que les filles aiment ça, un intellectuel sportif.

— Toi aussi, tu t'entraînes. C'est comme ça que tu as connu Gabrielle Leland.

Maud Graham jeta un coup d'œil à sa montre et prit congé.

— Je t'attends au poste, dit-elle avant de tirer vers elle la lourde porte de l'entrée. Une équipe va se charger de la Passat pour analyse.

— Mon père...

— C'est sûr qu'il ne sera pas content.

De sa voiture, elle appela Rouaix et ils convinrent de revoir Vignola et le patron du club vidéo où travaillait

Hubert, ainsi que son père dès qu'il rentrerait à Québec.

— Il est bizarre. Je ne crois toujours pas qu'il a tué Bergeron, mais on doit tout revoir depuis le début en ce qui le concerne. Il a fantasmé sur sa mort. Il a pu servir les desseins d'un meurtrier sans s'en apercevoir. Je veux qu'on le surveille dans ses déplacements.

Elle téléphona à Gabrielle pour lui signifier qu'Hubert était l'auteur des lettres anonymes, mais la jeune femme était absente. Elle devait être retournée au chevet d'Anaïs. Graham lui laissa un message rassurant.

Les bancs de neige du chemin Saint-Louis étaient gris et Graham se surprit à espérer qu'il neige un peu pour camoufler cette saleté. Comment pouvait-elle souhaiter une autre bordée ? En dépassant le Concorde, elle songea qu'il y avait une éternité qu'elle n'avait pas soupé sur Grande-Allée. Il y avait pourtant des dizaines de restaurants ; pourquoi allait-elle toujours aux mêmes endroits ?

Parce que l'être humain est un être d'habitudes. Bergeron n'échappait pas à la règle et quelqu'un avait profité de ce fait. Quelqu'un savait qu'il s'entraînait très tôt le matin.

Et si Moreau avait raison ? Si elle coupait les cheveux en quatre ? Après tout, Bergeron avait peut-être été bêtement victime d'un ivrogne.

Chapitre 15

En déposant France Théberge devant chez elle, Alexandre Mercier se félicita d'être si maître de lui-même. Sa collègue n'avait pas cessé de jacasser depuis qu'ils avaient quitté l'aéroport. Il n'y avait sûrement pas un agent de bord plus bavard que France et il regretterait longtemps de lui avoir proposé de la véhiculer lorsque leurs horaires concordaient. Heureusement, c'était rare. Il y avait une rotation constante des agents et des pilotes. Mais, ce jour-là, alors qu'il avait fait preuve de patience durant tout le vol, il avait bien fallu qu'il offre à France de la ramener chez elle, sinon elle se serait demandé pourquoi il s'en abstenait. Elle lui avait déjà posé trop de questions sur ce qu'il avait fait durant son long congé. Il avait fini par clore le sujet en mentant, adoptant un ton ému pour avouer qu'il était toujours un peu dépressif au moment de l'anniversaire de la mort de Karine et Jonas. France avait effleuré son bras de sa main gauche et hoché la tête gravement.

— Je sentais qu'il y avait quelque chose. Je ne suis pas la seule à l'avoir remarqué. Je suis contente que tu te confies à moi.

Il avait gardé les yeux fixés sur la route ; qui avait remarqué quoi ?

— C'est passager.

— On s'inquiétait un peu de tes absences. Et ton attitude aujourd'hui… Tu étais tellement nerveux.

Quelle attitude ? Nerveux, lui ? Il était seulement impatient de rentrer à Québec pour revoir Gabrielle.

La portière de la voiture claqua comme le bruit net que fait le starter pour libérer les chevaux de course. Alexandre s'élança sur la route et fut surpris quelques minutes plus tard de rejoindre la rue Sainte-Geneviève, d'être aussi près de l'endroit où il avait balancé le corps de Rémi Bergeron. Il aurait dû faire la même chose avec Anaïs Rancourt.

Maintenant, comment achever la besogne ?

***

La lumière dorée qui dessinait un rai oblique scindait en deux la chambre où se reposait Anaïs, et Gabrielle se revit enfant, alors qu'elle sautait à cloche-pied entre les motifs dessinés par le soleil à travers les rideaux du salon de la maison familiale. Son enfance était-elle si loin ? Elle avait l'impression d'avoir beaucoup vieilli au cours des dernières semaines. Les lettres anonymes, la mort de Rémi, l'agression d'Anaïs. Elle aurait peut-être dû rester à Vancouver.

— Je devrais retourner là-bas, dit-elle à haute voix.

— Quoi ?

— Excuse-moi, je t'ai réveillée.

Gabrielle se pencha vers son amie pour replacer l'oreiller et sortit de son sac de sport un thermos contenant du jus d'orange fraîchement pressé.

— J'ai aussi apporté un panini et un brownie triple chocolat.

Anaïs croisa ses deux index comme si elle souhaitait repousser un diable tentateur.

— Je vais grossir, si ça continue. Je ne pourrai pas brûler toutes ces calories au gym.

— L'important, c'est que tu te rétablisses.

— Et que je puisse retravailler rapidement. J'aurai besoin d'un programme d'entraînement sur mesure.

— Tu es ici pour te reposer.

Anaïs attrapa le poignet de Gabrielle et le serra avec une force qui étonna cette dernière.

— Je dois être en forme pour le boulot aussitôt que mes cicatrices pourront être camouflées par du maquillage.

La gravité qu'elle perçut dans la voix d'Anaïs alarma Gabrielle.

— Je suis escorte. Je sais que tu l'as deviné quand Maud Graham m'a questionnée. J'étais trop fatiguée pour en discuter, mais si tu es revenue, c'est que tu n'es pas trop choquée.

— J'ai juste une question. Est-ce que Rémi était un de tes clients ?

— Non. Mais Daniel Couture, oui. Deux hommes ont été tués, j'ai moi-même été agressée, mais je ne vois aucun lien entre ces trois événements. Ça m'obsède. Il doit y avoir un élément qui m'échappe et j'ai peur de la suite... Qu'est-ce qui m'attend ? Qui sera blessé ou tué dans mon entourage ? Si c'était toi ?

— Moi ?

— Je ne comprends rien à ce qui est arrivé. Tu as reçu des lettres anonymes. On peut supposer n'importe quoi.

Anaïs laissa retomber sa tête contre l'oreiller, ferma les yeux et murmura qu'elle allait peut-être rater sa session à l'université.

— Si je manque trop de cours...

— Tu t'es fait battre, tu aurais pu mourir ! Tes professeurs vont sûrement te proposer des arrangements, des délais pour tes travaux. Et je peux demander à des étudiants de t'apporter leurs notes de cours si tu m'indiques qui joindre.

— Tu n'es pas mal à l'aise, à cause de mon travail ?

— Non. Je suis seulement inquiète parce que tu n'es pas protégée. Maud Graham a l'air de t'apprécier. Ça me surprend de sa part, je la pensais plus *straight*, mais c'est bon pour toi. Elle ne rangera pas ton dossier dans le classeur treize, celui qu'on n'ouvre jamais. Tu sais ce qu'on devrait faire quand tu seras remise de tout ça ? Aller à Vancouver. Repartir à neuf. Tout oublier.

— Tu oublies que j'ai entrepris des études.

Gabrielle fit la moue. Elle avait vraiment envie de quitter Québec, le froid, les problèmes, Alexandre et tout le reste.

— As-tu reçu une autre lettre ?

— Je n'en recevrai plus. Maud Graham m'a téléphoné. Un de mes élèves, Hubert Sicotte, a avoué m'avoir écrit des lettres anonymes. J'ai voulu lui donner confiance en lui, mais il a fantasmé et voilà le résultat.

Anaïs voulut sourire, grimaça. Enfin une bonne nouvelle ! Gabrielle cesserait de dépouiller son courrier avec appréhension.

— Je ne sais pas. Il y a quelque chose qui cloche et je ne parviens pas à mettre le doigt dessus. C'est dans ce que m'a dit Maud Graham, mais quoi ?

— Tu n'aurais pas dû jeter les lettres, tu aurais pu les lui remettre. Tu aurais eu des preuves...

— J'ai menti. J'ai conservé les lettres, mais je ne veux pas les montrer à Maud Graham, parce...

Un coup frappé à la porte interrompit Gabrielle qui sortit de la chambre tandis qu'une infirmière donnait des soins à Anaïs. Dans le corridor, elle se demanda si elle devait lui révéler maintenant pourquoi elle refusait de montrer les lettres à la policière, pourquoi les allusions à son passé dans les poèmes l'avaient empêchée d'agir. En son for intérieur, elle croyait mériter ces menaces, devoir expier la faute commise dix ans auparavant. Ce n'était pas un hasard si Alexandre avait croisé Denis à l'aéroport. Elle n'y comprenait rien, mais c'était trop bizarre pour être normal. Elle aurait voulu questionner le pilote sur sa rencontre avec Denis, mais elle tentait de prendre ses distances avec lui et commençait à comprendre que ce serait plus délicat qu'elle ne l'avait imaginé. Lorsqu'elle avait rompu au téléphone, Alexandre avait paru s'accommoder de sa décision et avait proposé qu'ils restent amis. Elle était d'accord. Pourquoi pas ? Mais après avoir reçu plusieurs appels et textos de sa part, elle avait vu à quel point Anaïs avait eu raison de décrire Alexandre comme un dépendant affectif. Pauvre Anaïs. Elle avait eu plus de flair pour lui que pour un de ses clients. Il fallait vraiment qu'elle change d'emploi !

***

Après avoir vu la Honda Civic disparaître derrière les bancs de neige de la rue, Nicole Rhéaume demeura immobile au beau milieu du hall d'entrée, sidérée par ce qu'elle avait appris. Les jeunes femmes qui étaient sorties de chez Anaïs Rancourt lui avaient dit qu'elles étaient venues chercher des effets personnels d'Anaïs, hospitalisée après avoir été agressée.

— Par qui ? Quand ? Je n'ai rien lu dans le journal.

— C'est pourtant arrivé, avait répondu Gabrielle d'un ton glacial, se rappelant que Nicole s'était disputée avec Anaïs à propos de Rémi Bergeron.

— C'est grave ?

— Oui. Excusez-nous, mais Anaïs nous attend.

Elle était montée dans la voiture de Tiffany sans un regard pour Nicole qui était rentrée chez elle stupéfaite.

Puis elle s'était dit qu'elle avait encore une fois raison, que son intuition était juste. Anaïs était une call-girl, elle pratiquait un métier à risques. Est-ce que Maud Graham prendrait enfin au sérieux ses informations ?

Un meurtre était bien suffisant !

Elle se dirigea vers le secrétaire du salon, ouvrit le premier tiroir pour récupérer la carte de Maud Graham, même si elle n'avait pas tellement apprécié leur dernier entretien. Lorsque la détective s'était présentée chez elle après le meurtre de Rémi Bergeron, Nicole avait détesté son ton inquisiteur, comme si elle s'imaginait qu'elle pouvait être coupable. Nicole serait contente de lui prouver qu'elle ne s'était pas inquiétée à tort du voisinage d'Anaïs Rancourt.

— Que puis-je pour vous, madame Rhéaume ?

— Avez-vous arrêté l'homme qui a agressé ma voisine ?

— Pas encore.

— Je n'aime pas ça, se plaignit Nicole. Si ce type revient par ici...

— L'agression ne s'est pas produite chez Anaïs, comme vous le savez sûrement. Vous auriez vu l'ambulance.

— J'ai remarqué une voiture tout près de chez elle, il y a deux ou trois jours. Une Dodge Aries. L'homme est resté dans son auto au moins une heure. J'ai supposé qu'il attendait son tour, mais il est reparti. Et je crois qu'il est revenu tantôt.

— Un instant, s'il vous plaît.

Nicole sourit au bout de la ligne. Le ton de Graham

avait changé, elle l'intéressait tout à coup! Peut-être qu'elle lui en dirait plus sur l'agression si elle posait les bonnes questions.

— Vous êtes certaine que c'est une Dodge Aries? À quelle heure?

— En fin de soirée. Je vérifiais si j'avais bien verrouillé les portes d'entrée. J'ai jeté un coup d'œil dans ma cour et dans la rue, comme je le fais tous les soirs, et c'est là que j'ai aperçu la Dodge. Je ne pourrais pas jurer de la couleur car la nuit change tout, mais elle était claire.

— Vous pourriez reconnaître le conducteur?

— Je ne sais pas. Je ne l'ai pas vu de près. Mais je vous jure que c'était une Dodge Aries. Je connais bien cette marque de voiture. J'en ai déjà conduit une.

— D'autres détails?

— Non. Vous pensez que ça peut être l'homme qui a battu Anaïs Rancourt?

Graham expliqua que, à ce stade-ci de l'enquête, elle se gardait de tirer des conclusions. Elle remercia Nicole Rhéaume en lui demandant de la prévenir si d'autres éléments lui revenaient en mémoire. Ou si elle revoyait la Dodge dans les parages.

— Est-ce qu'Anaïs restera longtemps à l'hôpital? Où est-elle?

— Elle ne peut pas recevoir de visites pour l'instant, mentit Graham. Je pensais que vous étiez en conflit.

— Je n'ai rien contre elle personnellement, protesta Nicole Rhéaume. C'est légitime de se poser des questions après la mort de maître Couture et celle de Rémi Bergeron. Anaïs les connaissait tous les deux. Et maintenant, c'est à son tour d'être victime d'une tentative de meurtre. Il y a de quoi s'inquiéter.

Graham admit qu'elle avait raison.

— Je vous remercie d'avoir pris la peine de nous signaler cette Dodge Aries, assura-t-elle plus aimablement.

Nicole sourit, satisfaite. Elle avait fait son devoir de
citoyenne. Elle méritait qu'on s'adresse à elle avec respect.

***

Gabrielle aurait dû l'appeler. Elle aurait dû être bouleversée, inquiète, déboussolée par ce qui était arrivé à sa
copine, mais elle ne lui avait pas encore téléphoné pour
qu'il la rassure. Alexandre Mercier sentait la colère grandir en lui, le submerger, et il poussa un hurlement qui
fit fuir tous les oiseaux perchés dans les cèdres qui bor-
daient les limites de l'immense terrain.

Pourquoi n'avait-elle pas besoin de lui ?

S'était-elle épanchée sur une autre épaule que la
sienne ?

Il rentra chez lui, se servit un scotch, le but d'une traite
et se resservit un autre verre. Il allait se calmer, réfléchir
à la situation. S'il ne savait pas ce qu'Anaïs Rancourt
était devenue, peut-être était-ce la même chose pour Gabrielle. Elle ignorait peut-être aussi ce qui était arrivé à
son amie et où elle était. Si Anaïs était dans le coma, elle
n'avait pu prier Gabrielle de venir auprès d'elle.

Alexandre but une gorgée de Glenfiddich, apprécia la
chaleur de l'alcool, se souvint que Gabrielle n'aimait pas
le scotch mais adorait la Poire Williams. Il se dirigea vers
l'armoire, sortit un verre à digestif et le remplit d'alcool
de poire, le huma. Le parfum du fruit lui rappela Gabrielle lorsqu'elle sirotait un verre devant le feu de cheminée. Il revivrait ces moments bénis ! Il devait y croire,
visualiser leur avenir !

Et si Anaïs avait réussi à joindre Gabrielle et qu'elle était chez elle ? Cette pensée traversa l'esprit d'Alexandre comme une épée qu'on aurait rougie dans la braise. Mais oui ! C'était le plus simple, elle s'était réveillée, avait utilisé son cellulaire et appelé sa copine qui s'était précipitée pour l'aider. Il était un foutu imbécile qui devait maintenant élaborer une stratégie pour reconquérir Gabrielle et rayer définitivement Anaïs Rancourt de la carte. Il termina le scotch et vida le digestif d'un trait sans être le moindrement apaisé.

***

Il ventait moins, sembla-t-il à Maud Graham, lorsqu'elle traversa le terrain de stationnement de l'hôpital. Il y aurait encore des tempêtes, mais le pire de l'hiver était passé. Il restait mars, bien sûr, le mois le plus exaspérant de l'année, mais la lumière avait déjà changé, plus ardente. Les jours s'allongeaient et il ferait bientôt clair quand Maxime partirait pour l'école. Dans l'ascenseur, elle se demanda pourquoi elle retournait visiter Anaïs Rancourt, alors qu'elle n'avait rien découvert sur son agresseur. Elle en avait discuté avec Rouaix et Provencher qui trouvaient étrange que la jeune femme ait connu deux victimes de meurtre avant d'être elle-même attaquée. Ils ignoraient, tout comme Graham, dans quelle direction orienter les recherches.

— Pour l'instant, on a préféré que les journaux ne sortent rien, avait dit Rouaix, mais on devrait peut-être révéler l'agression.

— Anaïs refusera. À cause de ses clients.

— Tu n'as pas à lui demander son avis, avait dit Provencher. C'est une enquête criminelle. Elle connaît les règles, si elle étudie en droit.

— J'attends qu'elle soit en meilleure forme.

— Et pendant ce temps-là, on permet à son agresseur de disparaître.

— Daniel Couture a été tué par un ancien colocataire. Aucun lien avec Anaïs Rancourt.

— Mais avec Bergeron? avait répliqué Rouaix.

Bergeron... pensait Graham. En quoi ses liens avec Anaïs avaient-ils pu avoir des conséquences aussi désastreuses? Et pourquoi ne croyait-elle pas que Sicotte ou Vignola avaient pu s'en prendre à lui? Qu'est-ce qu'Anaïs pourrait lui apprendre de plus au sujet de l'enseignant?

Les portes de l'ascenseur s'ouvrirent et Graham s'avança dans le couloir jusqu'à la chambre d'Anaïs. Elle la trouva moins abattue quand elle entra dans la pièce, remarqua un livre sur la table de chevet.

— On vous a apporté de la lecture?

— Oui, mais j'ai du mal à me concentrer. Ou c'est un prétexte pour ne rien faire...

— Se reposer n'est pas rien faire, c'est favoriser la guérison.

— On est fin psychologue, dans la police? ironisa Anaïs.

— Ça dépend des jours, des personnes.

— Excusez-moi. J'en ai assez d'être ici. Pourquoi êtes-vous venue?

— Je vais à la pêche aux souvenirs. Peut-être qu'un détail vous est revenu en mémoire?

— Non et les médicaments ne m'aident pas à être plus cohérente... Alors Sicotte a avoué avoir écrit les poèmes anonymes?

Graham allait acquiescer, mais elle répéta « les poèmes » en interrogeant Anaïs du regard.

308

— Les poèmes qu'elle a reçus de ce malade, précisa la blessée.

— Hubert Sicotte m'a dit qu'il n'avait pas écrit de poèmes. Des lettres, oui, mais pas des poèmes.

— Gabrielle a reçu des poèmes, affirma Anaïs. Elle m'a même mentionné les mauvaises rimes.

— Sicotte prétend détester la poésie. Il a admis avoir rédigé trois lettres enflammées et...

Anaïs coupa Graham; Gabrielle avait reçu au moins six lettres.

— Vous devriez les voir.

— Tiffany lui avait suggéré de me les montrer, mais Gabrielle les aurait jetées.

— Non, elle a menti. Parce qu'elle avait peur de vous. Vous devriez vous asseoir, c'est une longue histoire.

Graham ôta son manteau avant de tirer la chaise vers le lit. Elle écouta le récit d'Anaïs, apprécia qu'elle s'en tienne aux faits et ne multiplie pas les commentaires personnels.

— C'est vraiment dommage d'avoir accepté d'être harcelée par peur des conséquences des révélations sur son passé, murmura Graham.

— Gabrielle était dans la voiture par hasard. Elle a tenté d'obliger Denis à ralentir, à s'arrêter. Elle a eu tort de ne pas rester auprès de l'adolescent. Tort de ne pas dénoncer Denis, c'est vrai. Tout remonte à la surface. Il paraît qu'il est revenu en ville. Peut-être que Gabrielle pourrait enfin faire la paix avec le passé, si elle disait la vérité maintenant.

— On fera des recherches sur ce Denis Blanchard, dit Graham en songeant qu'Anaïs plaiderait avec passion quand elle serait avocate.

Des voix lui firent tourner la tête. Trois étudiantes

pénétrèrent dans la pièce, s'arrêtèrent en reconnaissant Graham qui les avait interrogées à propos de Bergeron.

— C'est gentil de m'apporter les notes de cours, dit Anaïs.

— Avez-vous du nouveau pour Rémi ? s'enquit une des étudiantes.

Graham secoua la tête. On continuait à récolter des indices. Elle prit congé d'Anaïs après lui avoir promis de rencontrer Gabrielle.

Elle quitta la chambre en se disant qu'elle n'aurait pas eu autant de copines pour la visiter si elle avait été hospitalisée durant ses études. À l'âge d'Anaïs, elle n'avait qu'une seule amie, Léa. Qui serait venu lui porter les notes de cours de l'école de police ? Elle se sentit subitement émue en pensant que Grégoire et Maxime viendraient la voir si ça lui arrivait aujourd'hui. Et Alain, et Rouaix, Provencher, Joubert. Tiffany, aussi. Elle espéra que la jeune policière soit bientôt fixée quant à son avenir.

En sortant de l'hôpital, elle l'appela pour lui parler des lettres anonymes.

— Je savais qu'elle me mentait ! s'exclama Tiffany.

— Je vais tirer tout ça au clair avec Gabrielle. Veux-tu nous rejoindre chez elle ?

— J'en ai le droit ?

— Elle sera plus à l'aise si tu es là.

Trente minutes plus tard, Graham et Tiffany renonçaient à rencontrer Gabrielle après avoir sonné plusieurs fois à la porte de son immeuble et lui avoir téléphoné.

— On se rend au gym ?

— Je te suis.

Gabrielle n'était pas là non plus. Stéphane apprit aux policières qu'elle ne s'était pas présentée après le lunch, alors qu'elle devait donner trois cours avant le souper.

— J'ai appelé sur son cellulaire sans succès. Ça ne ressemble pas à Gabrielle, elle est sérieuse. Qu'est-ce qui se passe ?

— C'est justement ce qu'on voudrait savoir, dit Tiffany McEwen qui espérait que sa voix ne trahisse pas l'inquiétude qui la gagnait.

Un coup d'œil à Maud Graham qui n'avait pas prononcé un mot depuis leur arrivée au gym ne put la rassurer. Sa supérieure était inquiète.

— On lui dit de vous appeler dès qu'on la joint, promit Maud Graham.

Dehors, les deux femmes restèrent devant l'établissement sans parler durant une longue minute.

— On retourne chez elle, décréta Graham.

— J'appelle Anaïs à l'hôpital. Elle connaît les habitudes de Gabrielle, ses amis.

— Elle est inscrite sous son vrai nom, Annie Roy.

— Comment Gabrielle a-t-elle pu oublier de prévenir son gérant ou de reporter ses trois cours ? C'est anormal. Penses-tu qu'elle a disparu parce qu'elle fréquente Anaïs Rancourt ? Il se passe trop de choses autour d'elle.

— Je veux voir ces maudites lettres, pesta Graham.

Elle appela au poste pour s'assurer qu'on maintenait une surveillance devant la demeure des Sicotte. Elle questionnerait Hubert après être passée chez Gabrielle. Joubert la rejoindrait là-bas.

Anaïs, que Tiffany avait réussi à joindre, s'affola au bout du fil. Gabrielle avait promis de lui téléphoner afin de savoir ce dont elle avait besoin, mais elle n'avait pas eu de ses nouvelles depuis plusieurs heures.

— Il doit y avoir une explication, fit Tiffany. Connais-tu ses amis ?

— Elle s'entend bien avec la gang du gym. Elle n'a

pas vraiment revu les gens qu'elle fréquentait à Québec quand elle était plus jeune. À part Jeff, qu'elle a rencontré par hasard il y a quelques jours. C'était son amoureux, autrefois. Et Alexandre, bien sûr.

— Alexandre ?

— Mais oui ! J'aurais dû y penser tout de suite. Gabrielle doit être avec lui.

Anaïs marqua une pause avant de reprendre.

— Ça me surprend pourtant parce qu'il la mettait mal à l'aise.

— De quelle façon ?

— Ils ont rompu. Ou plutôt, Gabrielle l'a quitté. Ça semblait s'être bien passé, Alexandre avait proposé qu'ils conservent des relations amicales. Mais, depuis, il lui a envoyé des tas de textos.

— Menaçants ?

— Non, mais Gabrielle doit l'avoir rencontré pour s'expliquer avec lui, tenter de lui faire comprendre qu'il devait lâcher prise.

— Qui est cet Alexandre ?

Anaïs rapporta à Tiffany tout ce qu'elle savait sur le pilote avant de lui faire promettre de la rappeler dès qu'elle aurait du nouveau sur son amie.

— Alexandre qui ? demanda Graham.

— Anaïs l'ignore, répondit Tiffany. Je peux chercher. Il ne doit pas y avoir tant de pilotes qui s'appellent Alexandre et qui habitent à Val-Bélair.

— Parfait. Tu rentres au bureau pour te mettre là-dessus. J'envoie un agent à l'hôpital pour protéger Anaïs. On ne sait jamais... On a un trou de quatre heures entre le moment où Gabrielle a quitté le gym et maintenant. Joubert me rejoindra chez elle.

Tiffany McEwen fit remarquer à Maud Graham qu'on

l'avait consignée à des tâches administratives.

— Si tu dois répéter tout ce qu'on a appris sur Gabrielle, on perdra du temps. Tu es douée avec les ordinateurs. Fais les recherches nécessaires avec Balthazar. On s'énerve peut-être pour rien. Si Gabrielle s'est rabibochée avec Alexandre à l'heure qu'il est, ce n'est pas la peine que tout le bureau sache qu'on a paniqué inutilement.

— Joubert ne nous jugerait pas.

— C'est pour ça que je l'aime.

— Moi aussi, mais il ne s'en est pas rendu compte, avoua Tiffany.

Il y eut un silence qui sembla très long à Maud Graham ; elle ne voulait pas trahir Joubert. Tiffany McEwen l'interrogea enfin sur la suite des événements.

— Je vais d'abord chez Gabrielle. Et je te téléphone avant de me rendre chez Hubert Sicotte.

**

Ce fut d'abord une sensation contre ses joues, son front. Un tissu rêche sur son visage qui empêchait Gabrielle de voir où elle était. Elle avait les mains et les pieds liés, et on lui avait mis une cagoule sur la tête.

Où était-elle ? Elle entendait des bruits de pas sur sa gauche. Elle tâta le tissu sur lequel elle était allongée ; du velours. Il y avait un canapé en velours chez Alexandre. Elle avait soif. Et l'impression que son cou s'enfonçait dans son crâne parce que celui-ci était trop lourd. Elle ouvrit la bouche pour appeler à l'aide, mais le tissu colla à ses lèvres. Elle tenta de cracher, s'étouffa, s'agita pour se débarrasser de la cagoule, mais s'immobilisa en devinant une présence à côté d'elle.

— Tu te réveilles ?

— Alexandre ?

Elle se raidit en sentant des mains sur ses épaules. Était-ce vraiment Alexandre ? Si c'était le cas, il était devenu fou. Et si ce n'était pas lui, par qui avait-elle été enlevée ? L'une ou l'autre réponse accentuèrent sa terreur. Où était-elle ? Quelle heure était-il ?

Elle plissa les yeux quand on lui enleva la cagoule puis les ouvrit et reconnut Alexandre. Il lui souriait tout en approchant un verre de jus de son visage. Elle hésita, redoutant qu'il ait mis quelque drogue dans le liquide, mais la soif était trop forte et elle but plusieurs gorgées avant de relever la tête vers lui.

— Qu'est-ce qui se passe ?

Alexandre soupira avant de caresser les cheveux de Gabrielle. Ne se souvenait-elle pas de lui avoir dit qu'elle réfléchirait ?

— De quoi parles-tu ?

— Tu m'as dit que tu n'étais pas certaine de notre amour quand on s'est vus au Temporel, tantôt. Moi, j'en suis sûr. Je sais que tu m'aimes et je sais que tu as assez réfléchi. C'est Anaïs qui t'a influencée pour que tu me demandes une pause, parce qu'elle est sûrement amoureuse de toi. Mais si tu es honnête avec toi, et avec moi, tu admettras que tu m'aimes. On ne s'est pas retrouvés par hasard. C'est le destin qui nous a réunis. C'est seulement parce que tu es un peu trop fragile émotivement que tu hésites encore à t'engager. Mais tu sais que j'ai raison.

Gabrielle dévisageait Alexandre, incrédule. Comment s'était-elle exprimée pour qu'il comprenne exactement l'inverse de ce qu'elle souhaitait ? Il ne la quittait pas des yeux et elle détourna le regard, ne sachant de quelle manière réagir tout en étant persuadée d'une chose. Il était devenu fou.

— Nous nous aimons, Gabrielle. Et je vais t'épouser. Aujourd'hui.

***

L'appartement de Gabrielle n'était pas très grand. Graham et Joubert trouvèrent rapidement les lettres anonymes et les lurent avec une consternation grandissante. Il était évident que l'auteur des poèmes n'était pas sain d'esprit.

— Comment a-t-elle pu croire qu'il n'y avait qu'un auteur? La prose des lettres de Sicotte dégouline de romantisme, alors que les poèmes de l'autre sont vraiment bizarres.

— Ces allusions à son passé nous indiquent qu'il la connaît depuis longtemps.

— Le seul qu'elle a revu régulièrement parmi ses anciens amis est cet Alexandre dont Anaïs ignore le nom de famille.

Michel Joubert examinait la paperasse sur le bureau de Gabrielle. Il y avait des programmes d'entraînement, des notes sur un éventuel achat de skis, une page de journal découpée où il était question d'un roman à la mode et un carnet d'adresses.

— Montre-moi ça.

Maud Graham feuilleta rapidement le carnet.

— Demande le relevé de ses appels. Entrants et sortants. On téléphonera à tous les numéros jusqu'à ce qu'on tombe sur ce fameux Alexandre.

***

315

La voiture était vieille, mais confortable. Il n'était pas question que Gabrielle ait froid durant leur voyage, même court. Il aurait aimé discuter avec elle en se rendant au lac Saint-Augustin, mais il devait être prudent jusqu'à ce qu'elle ait compris qu'elle était unie à lui désormais. Légalement, ce n'était qu'une question de jours, d'heures. Il avait lu l'admiration sur son beau visage quand il lui avait glissé la bague à l'annulaire.

— Les diamants brillent presque autant que ton regard, avait-il dit.

— C'est... c'est trop, Alexandre...

— Rien n'est trop beau pour toi, finiras-tu par l'accepter?

Elle avait hoché la tête et continué à contempler le bijou. Il lui avait expliqué pourquoi on portait cette bague particulière à l'annulaire; il représentait le partenaire de vie.

— Le partenaire?

— Colle tes doigts ensemble. Tu verras que tu peux tous les éloigner facilement l'un de l'autre sauf l'annulaire. Parce qu'il est le symbole du mariage. Les pouces sont les parents, les index, la fratrie, les majeurs nous représentent et les auriculaires sont pour nos enfants. Tous nous quitteront, tôt ou tard, pour mourir ou pour faire leur vie. Mais les conjoints restent ensemble. J'étais certain que la bague t'irait parfaitement.

— Elle est très belle, avait murmuré Gabrielle.

— Essaie de faire le test, avait-il répété.

— C'est difficile avec les poignets liés. Tu me détaches?

Il avait hésité mais y avait renoncé. Il n'était pas encore assez sûr de ses réactions, même si elle était comblée par la bague. Les femmes sont tellement imprévisibles et

Dieu sait ce qu'Anaïs Rancourt avait pu lui fourrer dans le crâne pour la forcer à le quitter.

— On fait un deal, je te détache les jambes. Les mains, ça viendra plus tard, OK ?

Elle n'avait pas insisté, avait recommencé à regarder la bague. Il avait bien fait de vendre celle qui était destinée à Amélie et d'en acheter une plus grosse pour Gabrielle.

— Je ne savais pas que tu m'aimais autant, avait-elle avoué.

— Depuis tellement de temps. J'ai failli te le dire le lendemain de l'accident, mais je n'ai pas osé aller chez toi.

Elle avait l'air vraiment surprise lorsqu'il lui avait confié qu'il l'admirait depuis toujours, qu'il avait été jaloux de Jeff et qu'il aurait tenté sa chance si elle n'était pas partie en voyage au bout du monde. Il avait admis ses torts ; il aurait dû être plus persévérant pour la conquérir. Il n'avait pas compris que tous les signes étaient là pour lui démontrer qu'elle était la femme de sa vie. Pourquoi l'aurait-il suivie quand elle était partie avec Denis s'il n'était pas fou d'elle ?

— Pourquoi est-ce que je n'ai jamais dit à personne que tu étais sur les lieux de l'accident et que tu as laissé le jeune crever tout seul ? Parce que je ne voulais pas que tu aies des ennuis. C'était notre secret.

Elle s'était mise à pleurer.

— Tu as eu tort de l'abandonner, mais tu as le droit d'être heureuse maintenant.

Elle avait relevé la tête, l'avait dévisagé et il avait été étonné de ne pas lire le soulagement espéré au fond de ses yeux pâles. Elle devait être sous le choc de cette révélation, mesurer combien il l'aimait pour l'avoir si longtemps protégée par son silence. Et comprendre qu'un tel secret les liait pour toujours. Il s'assurerait cependant que cette notion était bien gravée dans son esprit en s'arrêtant sur les lieux où s'était déroulée la tragédie, dix ans auparavant. Un petit pèlerinage prouverait à Gabrielle qu'il était sérieux.

Elle était à moitié groggy. Le rohypnol avait agi dans les trente minutes suivant l'ingestion et, si le revendeur avait dit vrai, elle serait dans cet état durant plusieurs heures. Et ne devrait pas se souvenir de la moitié des événements demain. Mais quand elle verrait la surprise qu'il lui réservait pour leur voyage de noces, elle ne pourrait pas lui en vouloir d'avoir pris des mesures particulières pour la convaincre de l'épouser.

Comme elle titubait, il avait préféré la porter jusqu'à la voiture et avait repensé à Amélie Richmond, à ce corps qui lui avait semblé si lourd alors qu'elle était mince. C'était aussi étrange avec Gabrielle ; comment un corps inerte pouvait-il être plus lourd ? C'était illogique. Il souffla en l'assoyant sur le siège avant. Il aurait été beaucoup plus simple, en quittant le café où ils s'étaient donné rendez-vous pour le lunch, de se rendre directement au lac Saint-Augustin sans s'arrêter chez lui, mais comment renoncer au rituel ? On ne faisait pas une demande en mariage dans une voiture, tout de même ! Il avait couvert Gabrielle de son manteau, lui avait remis son foulard, son chapeau, et l'avait soulevée dans un élan. En sortant, il s'était dit que, à leur retour, il prendrait aussi Gabrielle dans ses bras pour franchir le seuil. Et on prétendait que les hommes n'étaient pas romantiques...

Alexandre fut déçu par la réaction de Gabrielle lorsqu'ils s'arrêtèrent sur les lieux de l'accident. Elle ne semblait pas comprendre ce qu'elle faisait là, même s'il lui rappelait que la voiture de Denis avait heurté le jeune Martin sous ses yeux. Là, après le tournant. Elle ne bougeait pas tandis qu'il lui fournissait des détails sur cette funeste soirée. Trop de rohypnol peut-être ? Il l'avait ramenée à la voiture et avait poursuivi sa route en tentant d'oublier cette perte de temps.

Tout le reste se déroulait comme prévu, heureusement. L'avion l'attendait au lac. En volant à basse altitude, le signal de son transpondeur ne serait pas capté par la tour de contrôle. Quatre cents pieds, en rase-mottes, c'était tout à fait envisageable. Il longerait le fleuve vers les États-Unis, passerait la zone des Appalaches, cap sud-est, pointe nord du lac Mégantic vers le Maine. Il pourrait prendre de l'altitude au-dessus des champs dans le bout des Etchemins, au nord de Sainte-Justine. Il n'y avait pas grand-chose. Qui pourrait lire, de toute manière, son numéro sur la carlingue du Beaver à l'heure du souper ? On n'était pas en plein été où il fait jour jusqu'à vingt heures. Il se poserait de l'autre côté de la frontière et c'est là qu'ils se marieraient. Si Gabrielle voulait faire une grande fête à leur retour, il lui accorderait ce plaisir, mais lui-même n'avait pas besoin d'avoir du monde autour de lui, du moment que Gabrielle était là.

***

— Je le crois, dit Graham à Joubert en sortant de chez Hubert Sicotte. Il a avoué avoir écrit les lettres, pris son bracelet. Il n'est pas sorti plus de dix minutes, selon le patrouilleur. Il est resté enfermé chez lui. Où aurait-il vu Gabrielle et qu'en aurait-il fait ? En plein jour ? Il a beau être obsédé...

Ils s'avançaient dans la rue pour gagner leur voiture lorsque Graham s'immobilisa si brusquement que Joubert trébucha contre elle.

— La Dodge Aries.

— Quelle Dodge ?

— Il y avait une Dodge Aries beige quand je suis venue voir Sicotte, la dernière fois. Juste là.

— Et alors ?

Graham rebroussa chemin pour sonner à la porte des Sicotte.

— Nicole Rhéaume m'a appris qu'une Dodge Aries de couleur claire s'était postée devant chez Anaïs récemment.

— On ne produit plus ce genre de voiture depuis 1999, commença Joubert. Une Dodge Aries devant la maison des Sicotte, une autre chez Anaïs en si peu de temps ? Ça ressemble à une coïncidence et tu n'y crois pas trop...

Hubert Sicotte suait l'angoisse quand il leur ouvrit. Avaient-ils eu des nouvelles de Gabrielle par la radio de leur voiture ?

— Non. On veut seulement savoir si quelqu'un du voisinage conduit une Dodge Aries.

Hubert secoua la tête puis blêmit.

— Le chum de Gabrielle, Alexandre, conduit une Dodge. J'en suis sûr. Je l'ai vue deux fois. Devant le gym et quand il est passé pour me parler du foulard. Gabrielle doit avoir deviné que je lui avais envoyé des lettres et le lui a dit. Il a voulu me voir. Il était bizarre. Je suppose que Gabrielle sort avec lui parce qu'il est pilote.

— Alexandre qui ?

— Mercier.

— Je me demande vraiment comment tout ça nous rapproche de Bergeron, fit Graham en regagnant sa voiture.

— Je lance tout de suite les recherches pour ce nom. Et pour l'auto.

— Trop de gens se connaissent pour qu'on ne trouve pas quel fil les relie.

— Tu devrais plutôt parler d'une toile d'araignée. C'est une enquête en étoile qui part dans toutes les directions.

— Mais elle a un début. Un centre. Un cœur.

**

Le hangar se trouvait devant eux et Alexandre sentit son pouls s'accélérer ; il touchait enfin au but. Ses calculs étaient bons ; ils s'envoleraient bientôt. C'était une excellente chose que Gabrielle soit à demi consciente, mais il regrettait un peu qu'elle ne puisse jouir du spectacle des lumières de Québec qui commençaient à s'allumer. Elle en profiterait à leur retour. Il ralentit pour voir si d'autres pilotes avaient décidé de voler, mais le ciel couvert semblait avoir découragé les amateurs. Il est vrai qu'aucun n'était un professionnel comme lui.

Il gara la voiture à côté du hangar qui abritait son avion. Il aurait préféré la ranger à l'intérieur, mais il ne voulait pas perdre de temps. Après tout, il reviendrait très vite au Québec, pourquoi s'inquiéter ? Il jeta un coup d'œil à Gabrielle qui somnolait toujours, puis sortit de l'auto et ouvrit la large porte du hangar. Elle grinça et Alexandre se promit de la huiler quand il reviendrait. Il s'approcha de l'avion, déverrouilla la portière, grimpa dans l'appareil et s'avança hors du hangar. Il arrêta l'appareil, en descendit, ouvrit la portière du côté gauche et revint vers la Dodge Aries pour chercher Gabrielle et l'installer à bord.

Elle était toujours aussi molle quand il l'attrapa sous les aisselles et il l'appuya quelques secondes contre la portière de la Dodge pour assurer sa prise afin de la hisser sur son épaule. Il la taquinerait plus tard en lui disant combien elle était lourde quand il la transportait vers l'avion. Non. Les femmes n'aiment pas qu'on évoque leur poids. Même si Gabrielle n'avait pas une once de graisse, elle était capable de s'imaginer qu'elle était trop grosse, alors qu'elle était parfaite. Parfaite. Et bientôt à lui. Madame Gabrielle Mercier !

Il soufflait lorsqu'il la hissa sur le siège de l'avion, mais il parvenait à son but, et la surprise fut totale quand il reçut un coup de pied en pleine figure, puis un second, puis un troisième au thorax. Il referma ses bras autour du torse de Gabrielle tandis qu'elle glissait vers le sol pour lui échapper, mais il ne parvint pas à la retenir. Elle s'éloigna en titubant. Il la rattrapa, la coucha sur le sol, mais elle se débattait et il lâcha prise. Il vit la jeune femme se relever et s'élancer droit devant elle. Elle n'irait pas bien loin même si la drogue n'était pas aussi efficace qu'il l'avait espéré, probablement à cause de la condition physique de Gabrielle. En deux minutes, au volant de sa voiture, il la cueillerait dans la neige. Elle était naïve de croire qu'elle pouvait lui échapper. Naïve et décevante. Il n'aimait pas son attitude si peu coopérative.

Il s'engouffrait dans la Dodge quand il vit son visage ensanglanté dans le miroir. Elle lui avait ouvert le front ! Tandis qu'il s'essuyait, Gabrielle pivota sur elle-même et pénétra dans le hangar, réussit à refermer la porte derrière elle. Alexandre lui cria d'arrêter ses bêtises, mais il n'obtint aucune réponse.

— Je t'ai donné la plus belle bague, hurla-t-il.

Le silence qui suivit l'écho de ses paroles lui fit l'effet d'une gifle. Tant pis pour Gabrielle. Il avait eu tort de lui accorder sa confiance. Il aurait dû l'assommer pour la transporter au lieu de lui faire boire ce jus. Il fut tenté d'enfoncer la porte tout de suite, mais y renonça. Il laisserait Gabrielle grelotter un bon moment. Transie, elle serait moins combative : son manteau était resté dans la voiture, il n'avait pas eu le temps de l'en recouvrir. Il avait commis bien des erreurs, mais n'avait quand même pas été assez bête pour lui délier les poignets !

Il sourit. Puis il se souvint qu'il y avait des outils dans le hangar. Quels outils ? Des tournevis, un marteau, des pinces. Mais elle ne pourrait pas les utiliser pour se libérer, ses mains étaient trop étroitement attachées. N'empêche, il devrait être sur ses gardes. Se méfier d'elle. Comme de toutes les femmes. Pourquoi avait-il cru qu'elle serait différente ?

***

La manière dont le temps s'écoulait étonnerait toujours Maud Graham. Alors que l'enquête concernant Rémi Bergeron s'éternisait, les informations au sujet d'Alexandre Mercier déboulaient à une vitesse folle. Les premières précisions leur étaient parvenues de l'aéroport grâce à Tiffany McEwen. Deux pilotes portaient le prénom d'Alexandre. Turcotte ou Mercier. C'était ce dernier qui résidait à Val-Bélair.

Au téléphone, tandis que Graham fonçait chez Alexandre Mercier, Anaïs n'avait pu confirmer si le pilote conduisait une Dodge, mais elle lui avait appris qu'il possédait un petit avion.

— Gabrielle m'a confié qu'il voulait l'emmener dans le Vermont.

Graham raccrocha aussitôt, se tourna vers Joubert. On devait s'informer de tous les vols prévus dans le secteur.

— Si les intentions de Mercier sont honnêtes, il aura demandé une autorisation pour décoller. Je n'aime pas l'histoire des photos, de la mèche de cheveux, ni cette visite bidon chez Hubert Sicotte.

323

La sonnerie de son cellulaire l'empêcha de poursuivre. Rouaix était avec Provencher, et celui-ci avait une information étrange à leur communiquer. Graham appuya sur la fonction haut-parleur.

— Tiffany McEwen nous a appris que la plaque de la Dodge Aries correspond à la voiture d'une certaine Karine Picard. Domiciliée à Val-Bélair. Comme ton pilote. Elle n'a pas renouvelé son permis depuis 2001 parce qu'elle est morte dans un accident de voiture. Une voiture conduite par Alexandre Mercier. Son époux. Leur fils a également trouvé la mort dans cet accident dont les causes sont nébuleuses. Ça se passait du côté de Baie-Saint-Paul. J'investigue actuellement sur les disparitions qui ont eu lieu sur notre territoire et je te rappelle. Peut-être que le nom de Mercier va apparaître.

Le cœur de Graham se mit à battre. Elle avait eu raison de prendre la disparition de Gabrielle Leland au sérieux. Elle dépêcha des hommes pour surveiller les environs de la maison d'Alexandre Mercier. Ils arrêteraient tous les véhicules qui passeraient dans les rues avoisinantes.

Au moment où Graham et Joubert arrivaient chez Alexandre Mercier, la brunante faisait place à la nuit et l'éclairage extérieur dessinait des jeux de lumière sur la neige devant la maison. Des rideaux empêchaient les enquêteurs de distinguer l'intérieur de la demeure.

— C'est possible qu'il soit couché, dit Joubert. Les pilotes vivent en permanence avec le décalage.

— Tant pis si on le réveille, grogna Graham en sonnant à la porte.

Après deux nouvelles tentatives, elle fit signe à Joubert de crocheter la serrure. Elle l'avait déjà vu à l'œuvre. Il faisait des merveilles avec un passe-partout.

— À toi, Arsène Lupin.

Il ouvrit la porte avec précaution, s'attendant à entendre un système d'alarme, mais le silence était total. Ils répétèrent plusieurs fois le nom du suspect avant d'avancer dans la pièce. Des magazines traînaient sur le tapis du salon et un verre s'était renversé sur la table basse.

— Signes de départ précipité ?

— De lutte ?

Ils firent le tour des pièces, vérifièrent chaque placard, inspectèrent le sous-sol sans trouver de traces de Gabrielle. Par la cuisine, ils accédèrent au garage double. Aucune Dodge Aries n'y était garée, mais on devinait un véhicule sous une bâche noire. En découvrant une Toyota Camry flambant neuve, Joubert interrogea Graham. Pourquoi Mercier avait-il préféré conduire une vieille Dodge au lieu de la Toyota ? Il fit lentement le tour de l'automobile, se pencha soudainement du côté de l'aile droite, appela Maud Graham.

— Regarde ! Le phare droit est brisé.

— Il faut comparer le verre avec le morceau trouvé sur l'échangeur ! Si c'est Mercier qui a frappé Bergeron, son compte est bon.

— À condition qu'on l'arrête. Il faut qu'on en sache plus sur lui !

Ils revinrent à l'intérieur, se séparèrent pour fouiller la chambre et le bureau de Mercier. Au bout de quinze minutes, Graham commençait à croire que Mercier était soit très prudent, soit innocent et que le phare éclaté relevait du hasard, mais un cri de victoire de Joubert la galvanisa.

Elle se précipita vers le bureau. Joubert tenait un scrapbook rempli de dizaines de photos de Gabrielle Leland.

— Un double fond dans la bibliothèque.

Les images indiquaient hors de tout doute que

Mercier avait suivi Gabrielle Leland à travers la ville durant des jours, des semaines, et les commentaires inscrits au dos de chacune d'entre elles prouvaient son déséquilibre. Sur chaque cliché figuraient l'heure et la date où il avait été pris ainsi que trois lignes exprimant les sentiments du photographe au moment où il appuyait sur le déclencheur.

Joubert fit venir une équipe technique tandis que Graham communiquait avec Rouaix pour lui rapporter leurs découvertes. Ce dernier lui coupa tout de suite la parole, il venait d'avoir une confirmation : des avions privés se posaient au lac Saint-Augustin. Mercier y possédait un appareil immatriculé C-GNAT.

— Je vous envoie des renforts.

Joubert grilla tous les feux de circulation, mais le trajet parut interminable à Graham qui imaginait le pire scénario. À l'approche du lac Saint-Augustin, Joubert coupa la sirène au moment où Rouaix, par radio, les prévenait que des patrouilleurs étaient postés en quatre endroits stratégiques et attendaient leurs directives.

— Soyez prudents. Mercier est peut-être armé.

Alors qu'ils gagnaient le lac, Graham saisit les jumelles pour scruter les lieux. Entre chien et loup, la neige avait pris une teinte indigo qui lui ferait bientôt épouser l'horizon.

— Je vois un avion sur la piste ! s'écria Graham. Je ne peux pas lire l'immatriculation, mais c'est le seul !

Ils roulèrent lentement jusqu'au Beaver et s'immobilisèrent. Ils descendirent sans prononcer un mot, arme au poing, puis s'avancèrent vers l'avion. Un mouvement derrière l'appareil les fit se retourner en même temps. Un homme s'éloignait du Beaver en courant.

— Arrêtez-vous ! ordonna Joubert à l'homme qui continua sa course.

— Il est seul ! Où est Gabrielle ?

Joubert remonta en voiture sans répondre, se lançant à la poursuite d'Alexandre Mercier, tandis que Maud Graham se précipitait vers l'avion, en faisait le tour, découvrant avec horreur des traces de sang sur le sol et sur l'appareil. Elle se rua sur la portière droite dont la vitre était brisée et vit Gabrielle, en état de choc, à demi inconsciente, ensanglantée, recroquevillée, qui gémissait, non, non, non.

Graham ouvrit son cellulaire pour appeler une ambulance avant d'ordonner aux patrouilleurs de les rejoindre et d'apporter des couvertures.

Elle entendit un coup de feu et se figea. Qui avait tiré ? Elle tourna la tête, vit la voiture qui décrivait un cercle. Joubert continuait à conduire, il n'avait donc pas été touché. Graham grimpa à bord de l'avion, se pencha vers Gabrielle, lui toucha le visage. La jeune femme hurla, mais à force d'entendre répéter son nom doucement, elle finit par se calmer.

— Les secours arrivent. On va vous sortir de là. C'est fini, on ne peut plus vous faire de mal.

Graham enleva son Kanuk pour recouvrir provisoirement Gabrielle tout en continuant de la rassurer. Le bruit des sirènes des voitures des patrouilleurs leur parvint, couvrant le claquement d'un second coup de feu.

Les sirènes se turent toutes en même temps et on entendit alors les cris d'Alexandre Mercier, blessé à l'épaule par Joubert.

— Appelez une autre ambulance, dit Graham à l'un des patrouilleurs.

***

Une tête dorée, une tête brune, l'une à côté de l'autre. Graham avait poussé doucement la porte de la chambre où reposait Gabrielle Leland et regardait Anaïs, allongée près d'elle, qui lui caressait l'épaule pour la réconforter.

— Elle a encore fait un cauchemar.

— Ça durera un moment.

— Oui. Je sais.

— Mais vous êtes en vie toutes les deux.

Graham posa un grand sac par terre, débarrassa le fauteuil de la plante verte qu'on y avait mise, faute de place sur la table de chevet et le rebord de la fenêtre, déjà occupés par d'autres bouquets, et commenta les derniers développements.

— L'éclat de verre correspond à celui de la Toyota Camry et les résultats d'ADN des cheveux concordent. Les chefs d'accusation s'accumulent dans le dossier d'Alexandre Mercier et ça pourrait continuer.

Elle expliqua que Provencher avait reçu un appel d'un certain Carl Richmond dès que l'arrestation de Mercier avait été médiatisée. Sa sœur Amélie avait fréquenté Alexandre Mercier durant quelques mois mais l'avait quitté parce qu'elle le trouvait trop possessif, contrôlant, inquiétant. Elle était morte noyée en octobre 2004 dans un lac où elle n'était jamais allée auparavant.

— Vous avez été très courageuse, dit Graham.

— Je dois plutôt ma survie à ma forme physique.

— Vous finirez par me convaincre de m'inscrire au gym.

Graham se leva et désigna le sac qu'elle avait apporté. Il contenait des canelés, des biscuits aux noisettes, des florentins et des macarons à la pistache.

— La cuisine n'est pas terrible ici, j'imagine.

— Je suis vivante. Comme vous l'avez dit, c'est tout ce qui compte.

— J'ai votre déposition, si vous voulez la signer.

Gabrielle tendit le bras vers Maud Graham, grimaça ; son poignet était douloureux. Le chirurgien avait dit que la cicatrice serait à peine visible, mais Gabrielle savait qu'elle était marquée pour toujours par les événements.

— C'était tellement étrange. J'avais l'impression d'être en dehors de moi. J'ai oublié beaucoup de choses.

— Mais tu as appris que tu étais plus forte que tu ne le croyais.

Gabrielle tapota ses jambes, ses bras couverts d'ecchymoses, témoignant de sa lutte acharnée avec Alexandre. Après s'être enfermée dans le hangar, elle avait cherché dans le noir une arme improvisée, avait saisi une barre de métal, senti un tissu, l'avait tiré vers elle, décelant une odeur d'essence, d'huile. Elle avait mis la couverture sur ses épaules pour combattre le froid en attendant, sans y croire, qu'Alexandre cesse de frapper sur la porte, cesse de crier toutes ces horreurs dont il la menaçait. Le silence s'était fait soudainement et elle avait cru qu'il l'avait abandonnée. Mais comment en être certaine, quand pourrait-elle sortir du hangar sans qu'il lui saute dessus ? Elle tentait de réfléchir, mais le froid, la drogue l'engourdissaient. Le bruit d'un moteur puis un fracas monstrueux l'avaient réveillée : Alexandre fonçait dans la porte du hangar avec la voiture. Elle s'était tapie dans un coin, et quand Alexandre était sorti du véhicule, elle lui avait lancé la couverture pour l'aveugler et s'était ruée dehors, avait couru vers l'avion pour s'y réfugier. Elle avait réussi à verrouiller les portières, mais Alexandre avait les clés, il avait un cric à la main. Il était monté à bord et l'avait frappée, brisant la vitre, cherchant à l'assommer. Il l'avait frappée au poignet, tandis qu'elle tentait de le repousser, se débattant avec l'énergie du désespoir. Le bruit de la sirène avait enfin fait fuir son agresseur.

— J'aurais dû me douter qu'il était dangereux quand j'ai trouvé les photos chez lui. Tu me l'avais dit.

Elle souriait à Anaïs qui protesta :

— C'est moi qui aurais dû te mettre davantage en garde. Tu ne pouvais pas deviner qu'il réagirait de façon aussi violente, car...

— Ne vous culpabilisez pas, dit Graham. Vous êtes les victimes. Il n'y a qu'un coupable. Mercier. Votre témoignage et celui de Carl Richmond, en plus de l'accusation de meurtre au premier degré sur la personne de Bergeron, l'enverront pour longtemps au pénitencier.

— Qu'il y crève, dit Gabrielle avant de désigner un bouquet de fleurs envoyé par Hubert Sicotte avec une lettre d'excuses.

— Celle-ci était signée...

Le ciel était dégagé et les premières étoiles scintillaient dans la nuit quand Maud Graham rentra chez elle. Maxime avait loué un film et se gavait de maïs soufflé en prenant toute la place sur le canapé. Était-il possible qu'il se mette vraiment à grandir ? Il s'était souvent plaint d'être plus petit que ses amis. Ces centimètres qu'il gagnait lui donneraient peut-être confiance en lui ?

— Salut, Biscuit. As-tu mangé ? Il en reste. On t'en a laissé, on est fins.

— Qui, on ?

— Michael a soupé ici.

— Avec Grégoire ?

Elle ôtait ses bottes, son manteau, soulevait Léo qui se frottait contre ses mollets. Elle saliva en reconnaissant l'odeur de sauge et de cannelle qui embaumait la cuisine.

— Grégoire est reparti depuis longtemps ?

— Il n'est pas resté. Il a apporté le poulet qu'il avait préparé, mais il n'a même pas enlevé son manteau. Il avait l'air pressé.

— Est-ce qu'il travaille ce soir?

— Je ne sais pas, j'étais au téléphone avec Alain. Ton chum arrive demain midi.

Graham composa le numéro de Grégoire, mais dut se contenter de lui laisser un message pour le remercier. Elle mit le poulet à réchauffer et les arômes achevèrent de la rasséréner. Tout rentrait dans l'ordre, Alain revenait à la maison, Maxime était resté sagement devant la télé avec son ami et Grégoire travaillerait au restaurant jusqu'à son départ pour Rome. Il devait y être à cette heure, coupant des darnes de poisson ou chez lui, taillant des légumes en julienne.

Elle se trompait sur ce dernier point. Grégoire était chez lui, en train d'ouvrir la bouteille de Condrieu que lui avait offerte Michel Joubert. Ils se souriaient un peu bêtement, se sentaient légèrement maladroits, mais étaient tout de même heureux. Plus tard dans la nuit, Michel souffla à l'oreille de Grégoire qu'il isolerait l'appartement.

— On entend le vent s'insinuer par tous les interstices.

— Ce n'est pas nécessaire, le printemps s'en vient.

Grégoire se tut durant quelques secondes avant d'ajouter que ce serait une bonne chose d'y penser à l'automne et Michel Joubert préféra oublier que Graham s'était plainte du désir de Grégoire d'emménager à Montréal.